btb

Vor über 20 Jahren verschwand Eugenio Torres, ein bekannter Arzt, Bergsteiger und Gründer einer Schule in Niger, Westafrika. Jetzt, nach dem Tod seiner Frau, bitten die Kinder Privatdetektiv Elia Contini um Hilfe. Er soll herausfinden, was mit ihrem Vater damals passiert ist. Gerüchten zufolge wurde er zuletzt in der nigerianischen Wüste gesehen. Von dort kommt eines Tages ein junger Migrant in die Schweiz. Moussa ag Ibrahim gehört dem Volk der Tuareg an und behauptet, Beweise dafür zu haben, dass Torres lebt und Hilfe braucht. Der Detektiv und der junge Mann wollen Torres' gefährliches Geheimnis aufdecken. Zwei radikal gegensätzliche Kulturen treffen im beschaulichen Tessin aufeinander. Oder gibt es vielleicht doch Gemeinsamkeiten zwischen den schneebedeckten Gipfeln der Alpen und den unendlichen Weiten der Sahara?

Andrea Fazioli, geboren 1978, lebt in Bellinzona im Schweizer Kanton Tessin. Er studierte in Mailand und Zürich Romanistik und arbeitet als Journalist bei Radio und Fernsehen. Er ist leidenschaftlicher Saxofonspieler und Pfeifenraucher. Seine Kriminalromane um den eigenbrötlerischen Privatdetektiv Elia Contini wurden von Publikum und Presse begeistert aufgenommen und mehrfach ausgezeichnet.

Andrea Fazioli bei btb

Privatdetektiv Elia Contini ermittelt:

Fall 1: Am Grund des Sees
Fall 2: Die letzte Nacht
Fall 3: Das Verschwinden
Fall 4: Solo für Contini
Fall 5: Tod in den Bergen

ANDREA FAZIOLI

TOD IN DEN BERGEN

KRIMINALROMAN

Aus dem Italienischen
von Franziska Kristen

btb

Die italienische Originalausgabe erschien 2018 unter dem Titel
»Gli svizzeri muoiono felici« bei Ugo Guanda Editore.

FSC
www.fsc.org
MIX
Papier aus verantwortungsvollen Quellen
FSC® C014496

Penguin Random House Verlagsgruppe FSC® N001967

1. Auflage
Deutsche Erstveröffentlichung Januar 2023,
btb Verlag in der Penguin Random House Verlagsgruppe GmbH,
Neumarkter Str. 28, 81673 München

Umschlaggestaltung: semper smile, München
Umschlagmotiv: © shutterstock/Tomasz Koryl; Madredus
Satz: Uhl + Massopust, Aalen
Druck und Bindung: GGP Media GmbH, Pößneck
SL · Herstellung: sc
Printed in Germany
ISBN 978-3-442-77022-9

www.btb-verlag.de
www.facebook.com/btbverlag

»Die Schweiz gleicht der Sahara.«

Ibrahim al-Koni

Metenkal (Substantiv, männlich): Ort, an dem sich etwas befindet, das nicht gesehen werden kann (ein geeigneter Ort, um Menschen, Tiere oder Dinge den Blicken zu entziehen; ein Ort, durch den die dort befindlichen Menschen, Tiere oder Dinge den Blicken verborgen bleiben). // Die *metenkal* sind unterschiedlichster Art, je nachdem, was verborgen und wessen Blicken das Verborgene entzogen werden soll. Eine weite Talebene oder ein ausgedehntes Bergmassiv können als *metenkal* dienen, um große Völker und ihr Vieh vor den Blicken von Feinden oder Reisenden zu schützen; eine Tasche kann ein *metenkal* sein, um einen Brief oder anderen kleinen Gegenstand vor dem Anblick zu verbergen.

Aus dem *Dictionnaire tuareg-français*
von Charles de Foucauld

ERSTER TEIL

Abwesenheit

1.

Tropenmeer

Nebel verhüllte die Berge und ein feiner, tückischer Regen ließ die Sturzbäche anschwellen. Zwei Männer liefen schweigend, stapften mit den Füßen über den aufgeweichten Boden. Sie stiegen das enge Tal hinauf, hielten inne, um den Pfad zu suchen. Einer sagte: »Wir haben es fast geschafft.« Dann schlugen sie den Weg über die Hochebene ein.

Es gibt Orte, an denen die Reinheit und Erhabenheit der Natur die Welt zum Verschwinden bringt. Die Laufbewegung hebt alles auf, was nicht zum Laufen selbst gehört: gestern erst wagten wir die ersten Schritte an den Händen der Eltern und heute sind wir hier, auf dieser verlassenen Ebene. Der Rest hat keine Bedeutung. Beim Laufen verliert sich jegliches Bedauern, jeglicher Zwist, jeglicher Kummer.

Carlo Farinelli war ein aufrichtiger Mann, aber in einer anderen Situation hätte er vielleicht gezögert, ehe er mit der Sprache herausgerückt wäre. An diesem Septembertag 1998, während sie über das abschüssige Geröll des Piz Coroi voranschritten, war er jedoch entschlossen, der Freundschaft treu zu bleiben.

Er kannte Eugenio seit vielen Jahren. Gemeinsam hatten sie Wanderungen, Klettersteige, Trekking- und Radtouren in die entlegensten Winkel des Erdballs unternommen. Sie hatten über Arbeit, Familie und Zukunftspläne gesprochen, hatten Seite an Seite die Siege von Juventus bejubelt. Zwar waren sie nie auf solche Themen gekommen, aber wäre es so gewesen, dann hätten sie festgestellt, dass sie mehr oder weniger dieselben Vorstellungen über den Sinn des Daseins hatten oder zumindest dieselbe Art unausgesprochener Fragen teilten. Carlo kannte Sara, Eugenios Frau, ebenso wie deren Kinder Enea und Annika.

Mit der Zeit und nach langem Ringen hatte Carlo sich in Sara verliebt. Und sie sich in ihn. Sie hatten diese Liebe geduldig ertragen, obwohl ihnen Eugenio mit seiner Unbekümmertheit und seinen Seitensprüngen keine Hilfe dabei war. Schließlich hatten sie das begonnen, was man gemeinhin als »Beziehung« bezeichnen musste.

»Mensch, wir sind da«, sagte Eugenio.

Carlo zog die Feldflasche mit dem heißen Tee aus dem Rucksack und reichte sie dem Freund.

»Danke. Dieser Regen dringt einfach überall durch ...«

Der 2362 Meter hohe Greina-Pass markiert die Grenze zwischen zwei Schweizer Kantonen: dem Tessin und Graubünden. Eugenio und Carlo überschritten ihn jedes Mal mit Ehrerbietung und in Gedanken an die Reisenden, die in früheren Zeiten genau denselben Pfaden gefolgt waren, um die Alpen zu überqueren. In der Gegend um die Greina entspringen zahlreiche Quellen, die auf der einen Seite in den Rhein und die Nordsee fließen, und auf der anderen Seite den Po und das Mittelmeer erreichen.

Für eine Bergtour war der Tag nicht ideal. Doch die beiden Freunde liebten die Greina, sie kannten die Gegend wie ihre Westentasche und beide – vor allem Eugenio – hatten eine Vorliebe für ungewöhnliche Unternehmungen. Nachdem sie den Piz Coroi bestiegen hatten, wanderten sie über die Ebene. Bald würden sie Crap la Crusch erreichen, einen gewaltigen Felsblock mit einem eingelassenen Metallkreuz. Nach jeder Wanderung hielten sie dort, um ihre Namen in das Buch in der Metallkassette einzutragen. An diesem Morgen fühlten sich beide beschwingt: im Vollbesitz ihrer Kräfte, mit elastischen Muskeln nach einer gesunden Anstrengung, die ihre wohltuende Wirkung in den kommenden Tagen entfalten würde. Wenn Carlo nur nicht dieser Gedanke umgetrieben hätte ...

»Ich bin froh, dass wir hier sind«, sagte Eugenio. »Es hat mir so gefehlt.«

Carlo nickte.

»Bei einem solchen Wetter bin ich noch nie auf den Piz Coroi gestiegen«, begann Eugenio erneut.

»Das hat vermutlich auch noch kein anderer getan«, murmelte Carlo.

»Tja«, lachte Eugenio, »keiner ist so verrückt wie wir!«

Eugenio ließ sich darüber aus, wie lebhaft die Farben zutage träten, sobald der Nebel sich lichtete, als seien die Berge eben erst entstanden.

Zu einem anderen Zeitpunkt hätte Carlo das poetische Gespür des Freundes bewundert, aber der Drang nach Wahrheit machte sich bemerkbar wie ein körperlicher Zwang, wie eine Schlinge, die ihm die Kehle zuschnürte. Obwohl er die »Beziehung« zu Sara irgendwie aufrechtzuerhalten versuchte, da sie einem wahren Gefühl entsprang, verachtete er sich doch für sein Schweigen.

»Sieh nur, dort oben, der Gaglianera und der Piz Medel ... als würde man in der Zeit zurückversetzt ... dreihundert Millionen Jahre, unglaublich, oder?«

Eugenio begann sich darüber auszulassen, dass der Augengneis ein metamorphes Gestein sei und so genannt werde, weil er aussah, als habe er lauter kleine Augen. Es war ein Spiel zwischen ihnen: meist protestierte Carlo gegen die geologischen Vorträge. Eugenio streckte den Arm aus, um auf den Punkt zu deuten, an dem das Grau des Gneises dem Gelb des Dolomits mit seinen rötlichen Manganeinlagerungen wich.

»Dort hinten, das ist Sedimentgestein aus der Trias ... zweihundert Millionen Jahre alt, unglaublich, oder?«

Carlo versuchte zu lächeln. »Unglaublich, Herr Professor ...«

Weiter südlich gab es Kalkschiefer- und Tonschieferberge, gewaltige schwarze Felsbrocken, die sich vom Piz Coroi bis zum Piz Terri übereinandertürmten. Eugenio erging sich in einer Tirade über den Ursprung der Berge, die aus Ablagerungen von Sand in den Meerestiefen entstanden waren, dort wo sich die Sedimente aus den Flüssen absetzten.

»Jedes Mal, wenn ich daran denke, wird mir ganz schwindelig!«, rief er. »Vor vielen Millionen Jahren war hier das Meer, stell dir das mal vor, ein ruhiges Tropenmeer ...«

All das Gerede über Jahrmillionen machte Carlo nervös. In diesem Szenario kam ihm die »Beziehung« nur umso schäbiger vor. Er dachte an die weißen Strände, an das Blau des Meeres und des weiten Himmels am Horizont. Warum war alles im Wandel? Unaufhörlich brachten Strömungstransporte selbst die beschaulichsten Meere durcheinander, ballten das eine zusammen, brachen das andere auseinander, rissen Wunden und zerklüfteten.

Eugenio dozierte weiter über prähistorische Epochen, während sie die grasbewachsenen Dolinen hinter sich ließen und auf Crap la Crusch in der Mitte der sumpfigen Ebene zusteuerten. Zwischen den Mäandern des Flusses, reglos inmitten der wogenden Regenschwaden, wirkte er wie ein Wrack, wie etwas, an das man sich klammern musste, um nicht unterzugehen. Die beiden Männer näherten sich und legten ihre Rucksäcke ab, schüttelten das Wasser aus den Mützen. Carlo zog die Handschuhe aus, um den Verschluss der Thermosflasche abzuschrauben. Er goss ein wenig Tee in den Deckel und reichte ihn Eugenio. Dann bewegte er die Finger, betrachtete sie: sie waren gerötet und schrumpelig. Er stellte sich seine Hände als alter Mann vor, zitternd, frierend, ohne Gefühl in den Fingerkuppen.

»Gibt's ein Problem?«, fragte Eugenio.

»Ja.«

»Mit deinen Händen? Zeig mal!«

»Nein, es sind nicht die Hände. Es geht um …«

Er legte eine Pause ein. Das Rauschen des Regens verstärkte die Stille ringsum. Carlo hörte seinen eigenen Atem, Eugenios Atem, das Geräusch eines Steines unter seinem Fuß. Jeden noch so leisen Laut auf der Hochebene nahm er wahr. Gab es wirklich einen geeigneten Ort und Zeitpunkt, um es ihm zu sagen? Sie waren allein auf diesem kargen Flecken Land, durchnässt, erschöpft, aber sie fühlten sich lebendig, lebendiger denn je. Nur hier, nur an diesem Morgen würde Eugenio es verstehen und vielleicht gar verzeihen können.

»Ich muss mit dir über etwas reden.«

Eugenio schaute ihn an.

»Es geht um Sara«, sagte Carlo. »Und um mich. Besser gesagt, um uns.«

2.

Crap la Crusch

Eugenio brach in Gelächter aus.

Es war ein schallendes Lachen, das ansteckend wirkte. Carlo konnte sich dem Charme des Freundes mit seinem blonden Bart, den grünen Augen und der sonnengebräunten Haut kaum entziehen. Wie stets wirkte er entspannt und ausgeglichen. Kaum hatte er begriffen, worum es ging, hatte er angefangen zu frotzeln, als habe Carlo ihm irgendwelchen Klatsch erzählt.

»Ich fasse es nicht! Und seit wann läuft das Ding zwischen euch schon?«

»Das Ding?«

»Ich meine, trefft ihr euch in Motels und so weiter?«

»Wir sind nicht …«

»Da ist meine Frau ja ganz schön eingespannt, neben den Kindern und dem Haushalt … na ja, aber allemal besser als ein Aerobic-Kurs, was?«

»Hör zu, Eugenio, ich kann verstehen, dass du …«

»Mensch, altes Haus!« Eugenio schlug ihm mit der Hand auf die Schulter. »Endlich hast du es geschafft, auch eine Frau zu finden … dumm nur, dass sie bereits meine ist!«

Vielleicht war es am Ende doch nicht der ideale Zeitpunkt. Oder vielleicht hatte Eugenio den Schock nicht verkraftet. Sie waren erschöpft und durchgefroren, mitten auf der Hochebene im Regen. Seit sie die Scalettahütte hinter sich gelassen hatten, waren sie auf keine menschlichen Spuren mehr gestoßen: keine Strommasten, keine Wasserrohre, keine Hochspannungsleitungen. Carlo versuchte mit aller Kraft, den Bann zu durchbrechen. Immer wieder sagte er sich im Stillen, dass es ein paar Kilometer weiter unten Häuser und Autos gab. Aber vergeblich, die Worte verloren sich in der Unerschütterlichkeit der Erde, der Felsen, des Wassers.

»Hör zu, das ist kein Scherz. Sara und ich sind ineinander verliebt.«

Der Wind strich über das dichte Gras. Über das zu jeder Jahreszeit stets gleiche Gelb, Schwarz, Grau der Felsen. Die Worte prallten gegen die Schroffheit der Landschaft, wurden ihres Sinnes entleert. *Sara und ich sind ineinander verliebt.* Sara. Und ich. Verliebt. Was sollte das heißen?

»Verliebt!« Eugenio zog eine komische Grimasse. »Regnet es nicht zu stark, um verliebt zu sein?«

»Ich weiß, es war falsch von mir, es dir nicht eher zu sagen …«

»Es war falsch von dir, es mir zu sagen, so wird ein Schuh draus!«

Eugenio hatte eine ernste Miene aufgesetzt.

»Was?«, stammelte Carlo.

»Du bist ein Dummkopf.« Eugenio zog die Mütze ab und hob den Kopf, ließ sein Gesicht vom Regen benetzen. »Ich kann es nicht fassen … Du bist so ein Dummkopf, dass ich es einfach nicht fassen kann!«

Carlo trat auf ihn zu. »Du hast allen Grund, wütend zu sein.«

»Von wegen wütend, enttäuscht bin ich. Was habt ihr euch eigentlich dabei gedacht? Wollt ihr um Verzeihung bitten? Oder eine Dreierbeziehung auf die Beine stellen?«

Eugenio senkte den Kopf und sah ihm in die Augen.

»Oder glaubst du gar, Sara würde mich verlassen?«

»Ich glaube, dass wir alle drei erwachsen sind und ...«

»Denn das würde sie niemals tun. Den Kindern zuliebe. Ich bin sehr tolerant, weißt du, ich habe meine Reisen, meine Arbeit. Es ist mir völlig egal, ob Sara einen Liebhaber hat. Schließlich habe ich selbst ...« Eugenio fuhr sich mit der Hand durch das feuchte, zerzauste Haar. »Aber was diskutieren wir überhaupt? Du hättest dir eine andere Frau aussuchen oder dich zumindest mit Sara zusammentun sollen, ohne etwas zu sagen. Doch jetzt ist das Chaos vorprogrammiert. Ich werde rumerzählen, dass mein bester Freund ein Schwein ist, Sara wird Enea und Annika alles erklären müssen. Und du weißt, wie Kinder in diesem Alter sind, sie werden dich hassen ... alle werden dich hassen!«

Carlo erstarrte. »Ich habe gedacht, wenn ich die Wahrheit sage ...«

»Halt den Mund. Und mim hier nicht den anständigen Kerl. Zwei Freunde in den Bergen, ein Handschlag unter Männern ... ist es das, was du willst?« Eugenio schien amüsiert und aufgebracht zugleich. »Willst du einen Handschlag? Oder wollen wir uns lieber prügeln, wie im Western?«

Carlo wich einen Schritt zurück. Er konnte es kaum glauben. Eugenio war Arzt, ein rationaler Mensch, an den Umgang mit Krisen gewöhnt. Auch wenn er andere Frauen hatte, blieb Sara doch immerhin seine Ehefrau. Gemeinsam hatten sie zwei Kinder aufgezogen, hatten Wohltätigkeitsveranstaltungen, Hilfsprogramme organisiert. Doch nun lachte er ununterbrochen wie ein Irrer, während der Regen ihm aus Kopf- und Barthaar triefte.

»Weiß Sara überhaupt, dass du mir alles erzählen wolltest?«

»Nein, sie … Das heißt, wir sind zusammen hier oben gewesen und bei dem Gedanken daran, unaufrichtig zu sein, habe ich mich schlecht gefühlt. Aber wir hatten darüber gesprochen und sie …«

»Ihr habt darüber gesprochen!« Wieder brach er in Gelächter aus. »Sehe ich das richtig, ihr habt darüber gesprochen, aber dann hast du sie in die Pfanne gehauen, ohne ihr ein Wort zu sagen! Ich denke, du bist Anwalt? Bist du wirklich so dumm? Jetzt, wo du alles an die große Glocke hängst, wirst du schon sehen, was die Leute sagen …«

Carlo unterbrach ihn. »Ganz ehrlich, ich habe es bisher nur dir erzählt. Keiner weiß es. Ich dachte, dass wir als erwachsene Menschen …«

»Hör mir auf mit erwachsenen Menschen. Herr Farinelli, ich fordere Sie zum Duell heraus!« Er schleuderte ihm die nasse Mütze ins Gesicht. »So macht man das doch, stimmt's? Oder soll ich dich lieber ohrfeigen?«

Er hob den Arm, als wolle er ihn schlagen. Carlo stieß ihn zurück. Was er in den Augen des Freundes sah, erschreckte ihn: Obwohl er ununterbrochen lachte, waren seine Pupillen geweitet. Etwas lauerte darauf, hervorzubrechen, etwas Böses, das gleich zum Vorschein kommen würde.

»Lass uns jetzt mal runterkommen. Du hast recht, ich hätte dir nichts davon erzählen sollen. Verzeih mir, und ich werde alles tun, was du willst, aber …«

Eugenio packte ihn an den Schultern.

»Glaub ja nicht, dass du so davonkommst! Ich habe dich

zum Duell herausgefordert!« Er versetzte ihm eine kräftige Ohrfeige. »Sie dürfen die Waffe wählen, mein Herr!«

Er hatte sich auf ihn gestürzt, hielt ihn gepackt.

»Hör zu, Eugenio …«

Um sich zu befreien, versetzte Carlo ihm einen weiteren Stoß. Eugenio reagierte blitzartig und traf ihn am Kinn. Carlo geriet auf dem Gestein ins Stolpern, konnte sich aber auf den Beinen halten. Er verlor die Mütze und während er sich umdrehte, um sie zu suchen, bemerkte er, dass Eugenio erneut zum Schlag ausholte. Er hob den Arm zum Zeichen der Ergebung. Eugenio ahmte ihn nach, hob ebenfalls den Arm. Sein Lachen wurde immer lauter.

»Wenn du schon den Mut zur Wahrheit aufgebracht hast, wieso traust du dich dann nicht, mich zu schlagen?«

Er traf ihn erneut, an der Hüfte und dann am Kiefer. Carlo erkannte, dass es unmöglich war, ihn zur Vernunft zu bringen. Die Anstrengung, der Schock, der verletzte Stolz … was auch immer es war, Eugenio hatte die Kontrolle verloren. Carlo war sicher, dass keine wirkliche Gefahr von ihm ausging – der Freund wollte ihn lediglich demütigen –, aber er musste ihn in die Schranken weisen. Vor allem angesichts der Tatsache, dass sie ein paar Stunden Fußmarsch zurück zum Auto vor sich hatten.

»Jetzt reicht's, hör mir endlich mal zu!«

Eugenio lachte und ahmte die Gebärden eines Boxers nach.

»Komm, komm schon, zeig, was du draufhast …«

Carlo seufzte. Eine tiefe Erschöpfung, ein Gefühl der Sinnlosigkeit lähmten seinen Geist und seine Muskeln. Alles erschien ihm vergeblich, die Liebe, die Freundschaft, dieser Versuch, aufrichtig und treu zu bleiben. Aber treu gegenüber was? Er und Eugenio hatten zusammen studiert und gearbeitet, hatten ihr Leben ganz und gar ausgekostet. Sie hatten sich auf sportliche Unternehmungen eingelassen und in der Anstrengung die Grenzen körperlicher Belastbarkeit ausgetestet. Sie hatten buddhistische Tempel und indische Dörfer besucht, hatten unterm Sternenhimmel der Wüste biwakiert.

Carlo war schuld, dass es damit vorbei war. Er war schuld, gewiss, und er war bereit, das zuzugeben. Aber ausgerechnet in dem Augenblick, als er um Verzeihung zu bitten versuchte, zog Eugenio ihn ins Lächerliche. Auf seine indirekte Art gab er ihm zu verstehen, dass er alles dransetzen würde, ihn zu vernichten. Er stellte ihn auf die Probe, er durfte sich nicht weiter …

Ein Faustschlag auf die Lippe unterbrach seine Gedanken. Er schmeckte Blut. Ein stechender Schmerz bohrte sich ins Gehirn, wie ein Nagel, und einen Augenblick lang verschwamm alles vor seinen Augen. Er drehte sich zur Seite. Eugenio streifte ihn an der Schulter.

»Es reicht!«, schrie Carlo.

Der Regen drang durch die Kleidung, verfing sich in den Augenlidern, erschwerte den Rückzug, zumal Eugenio ihn bedrängte. Und was hätte er auch tun sollen, über die Hochebene davonrennen? Er musste standhalten, ihn zur Vernunft bringen, selbst um den Preis, ein paar Schläge zu kassieren. Abgesehen davon, dass er sie verdient hatte.

»Schlag mich ruhig, wenn du willst.«

»Verlass dich drauf!«

Eine Faust traf ihn am Wangenknochen, die andere, mitten in die Magengrube, raubte ihm den Atem. Carlo sah den erhobenen, erneut zum Schlag bereiten Arm. Er warf sich Eugenio entgegen, drängte ihn zurück und klammerte sich mit dem gesamten Gewicht seines Körpers an ihn. Eugenio schwankte, machte einen Schritt zurück. Carlo versuchte sich zu lösen, aber durch den Schwung hatte er sein Gleichgewicht verloren.

Eugenio prallte mit dem Rücken gegen den Felsen, taumelte und stürzte zu Boden. Carlo kam ebenfalls zu Fall, rollte über die Steine. Er fand sich ausgestreckt auf dem Boden wieder, unter sich Eugenios Beine. Er spürte ein Brennen im Nacken und bemerkte, dass ein Stein ihn verletzt hatte. Mit einer Hand tastete er nach der blutenden Wunde.

»Ein Schnitt.« Hastig erhob er sich. »Was, verdammt noch mal ...«

Sein Atem ging keuchend, der Rücken schmerzte.

Er wandte sich zu seinem Freund um. »Können wir jetzt endlich reden?«

Eugenio antwortete nicht.

Später fragte sich Carlo, wie er es sofort hatte wissen können. Sein Unterbewusstsein hatte die weniger dramatischen Möglichkeiten von vornherein verworfen. Bevor er darüber nachgedacht, sich irgendeine sinnvolle Frage gestellt hatte, wusste Carlo bereits, dass Eugenio tot war.

Natürlich versuchte er, ihn anzusprechen. Er beugte sich über ihn, wollte ihn schütteln, unterließ es aber sofort, um ihm keinen Schaden zuzufügen ...

Schaden? Er ist tot, dachte er, während er ihn vorsichtig auf den Rücken drehte, den Nacken nach Verletzungen absuchte. Er ist tot. Ihm wurde bewusst, dass er irrational handelte, er fühlte ihm tatsächlich den Puls, beugte sich hinab, um einen auch noch so leisen Atemhauch zu erhaschen. Eugenio ist tot. Carlo wollte es nicht wahrhaben, aber sein eigener Körper verriet ihn: die Hände zitterten, die Kehle war ausgedorrt, die Augenlider zuckten, als habe er einen Tick.

Er ist tot … und ich habe ihn umgebracht.

Reflexartig sah er sich um. Die steppenartige Landschaft lag da wie immer, grün und grau. Über dem flachen Boden schwebten Nebelbänke, Gespenstern gleich. Die Berge waren von Regenschwaden und Wolken verhüllt. Carlo ließ den Blick wandern, so weit das Auge reichte. Gras, Felsen, Wasser. Ohne es zu merken, gab er die ganze Zeit ein Geräusch von sich, eine Art Wimmern. Was mache ich nur, dachte er, was mache ich jetzt nur, was soll ich bloß machen …

Eugenio lag reglos da. Carlo hatte nie zuvor etwas Regloseres gesehen. Aber wenn er am Ende … er war tot, aber wenn er am Ende doch noch lebte? Was wusste Carlo schon vom Leben und vom Tod? Das Wimmern kam ihm zu Bewusstsein, er versuchte sich zu beherrschen, nachzudenken. Vielleicht war es das Herz, vielleicht ein Herzstillstand oder eine Art Koma, eine Ohnmacht.

»Eugenio …«, probierte er es.

Dann lauter: »Eugenio, he!«

Seine Stimme klang heiser, krächzend, als habe er seit Stunden nicht mehr gesprochen. Er sah sich abermals um.

»He!«, rief er. »Ist da jemand? He, wir brauchen Hilfe!«

Wieder fing er leise an zu wimmern. Er beugte sich zu Eugenio hinab, horchte erneut auf den Atem, den Herzschlag. Er konnte nirgendwo Wunden entdecken, wahrscheinlich hatte er innere Verletzungen erlitten, vielleicht beim Aufschlagen auf den Felsen oder beim Sturz. Vielleicht hatte er sich einen Halswirbel gebrochen, ein unglücklicher Zufall, eine dumme Art …

Carlo weinte.

Das Wimmern hatte sich in ein animalisches Heulen verwandelt, der Rotz lief ihm aus der Nase und Tränen verschleierten seinen Blick. Er hob die Hände vor die Augen, wie um sich zu verstecken. An den Felsblock mit dem Kreuz gelehnt, sackte er in sich zusammen. In den Stein war die Jahreszahl 1870 geritzt. Gleich daneben, mit einer Kette befestigt, befand sich die Metallkassette mit dem Tourenbuch.

3.

Wer weiß

Ins Tal zurückkehren. Um Hilfe bitten. Warten, bis es aufklart, damit man einen Rettungshubschrauber raufschicken kann. Mit Sara reden, mit den Kindern. Sich erklären. Die Liebe ... von der Liebe reden: von der zu Sara, der zu Eugenio und auch der zu den Kindern. Hoffen, dass sie an die Liebe glauben.

Sich der Polizei stellen. Sich erneut erklären. Sagen: ein Unfall. Sagen: Er ist ausgerutscht. Und die Prellungen? Er hat sich beim Sturz verletzt. Und Ihre Prellungen? Wir sind beide gestürzt. Mitten auf der Hochebene? Und außerdem, Herr Farinelli, scheinen diese Prellungen nicht durch einen Sturz, sondern vielmehr durch eine Auseinandersetzung verursacht worden zu sein. Dieses Wort hören: Auseinandersetzung. Denken, dass es das Ende ist. Sagen: Schon möglich, dass wir gestritten haben. Schon möglich? Ja, aber nichts Ernstes. Darauf warten, dass die Ermittler die Lücken schließen, auf eine Anklage wegen fahrlässiger Tötung hoffen.

Kopfzeile: *Bleniotal, 40-jähriger Anwalt aus Lugano.* Warum wurde bei Verbrechensmeldungen eigentlich immer der Beruf erwähnt? Dann gleich mit dem Finger in die Wunde. Schlagzeile: TÖTET DEN EHEMANN DER GELIEBTEN. Und der Untertitel: *Sie waren allein in den Bergen. Der Anwalt: »Es war ein Unfall.«*

Dicht neben Eugenios Körper an den Felsen gekauert, schaffte Carlo es nicht, seinen Geist im Zaum zu halten. Wie im Fieberwahn malte er sich jede Szene der nahen und ferneren Zukunft aus, er vernahm jedes Wort, dachte an all die Fragen, die Antworten. Gleichzeitig mischten sich Bilder der Vergangenheit darunter. Eugenio, der einen Zipfel des Zeltes gepackt hielt, damit der Sturm es nicht wegfegt, auf achttausend Metern Höhe, mit eisverkrustetem Bart. Sara, die ihm die Tür öffnet, ehe er anklopfen kann, mit ernstem Gesicht und lächelnden Augen. Das Gefühl der Sehnsucht, am Abend, nach einem Arbeitstag, ausgestreckt auf dem Sofa. Das Wählen von Eugenios Nummer, das Klingeln und die Frage: Wird sie sich melden, können wir uns ein paar Minuten sprechen? Oder meldet er sich und ich werde ihn fragen, ob er die Daten für die Wandertour durch die Toskana im Kopf hat?

Vielleicht war eine Minute verstrichen, vielleicht waren es zwei Tage. Oder ein geologisches Zeitalter. Die Greina-Hochebene ringsum blieb sich immer gleich: Geröll, Sumpfland, Felsmonolithen. Der Horizont unsichtbar, die Berge im Nebel verloren. Und kilometerweit keine Menschenseele. Der letzte Mensch, die letzte menschliche Stimme war Jahrhunderte, Jahrtausende zuvor verklungen …

Genug: Carlo kam auf die Füße, rieb sich die steifen Finger. Er griff nach dem Rucksack und nahm einen großen Schluck warmen Tee. Er musste aus diesem Trancezustand herausfinden, andernfalls wäre es tatsächlich das Ende. Er würde nicht einmal nach Hause finden und wahrscheinlich während der Nacht erfrieren. Bei schwierigeren Touren nahm Carlo sein Handy mit, für den Notfall, aber auf der Greina war das nicht nötig. Er und Eugenio waren schon Dutzende Male hier oben gewesen und ebenso Sara und Eugenios Kinder. Enea kam sogar auf eigene Faust herauf, gemeinsam mit Freunden. Die Greina war eine vertraute Gegend, ein Stück Wildnis in greifbarer Nähe, um sich zu erholen, um der Wahrheit näher zu sein.

Der Wahrheit. Carlo würde diesen Augenblick für den Rest seines Lebens bereuen. Er würde tagtäglich leiden, würde weinen und sich wünschen, tot zu sein wie sein Freund. Im Grunde war Eugenio einfach so gegangen, unbeschwert. In einem Ausbruch von Wut, das ja, aber auf der Höhe des Lebens, nicht zu jung, nicht zu alt, stark, selbstsicher, voller Pläne. Carlo hingegen würde alt werden mit seinem Schmerz, der ihm Tag und Nacht im Kopf brannte. Und wenn er nicht an irgendeiner entwürdigenden Krankheit starb, würde er als Wrack in einem Altenheim enden, zusammen mit seinem Geheimnis.

Denn Carlo hatte nicht die Absicht, sich zu stellen.

Er kannte die Mühlen des Gesetzes nur zu gut, um zu wissen, dass es keine Hoffnung für ihn gab. Auch wenn keine eindeutigen Beweise vorlagen, sprachen die Indizien doch gegen ihn. Und selbst wenn man ihn freisprechen, also lediglich der fahrlässigen Tötung bezichtigen würde, wäre sein Leben zerstört. In einem kleinen Land entkommt niemand der öffentlichen Schande, der üblen Nachrede, der Missgunst der Geier, die sich am Unglück anderer erfreuen. Seine Eltern hätte der Schlag getroffen, er hätte die Kanzlei schließen, fortgehen müssen. Abgesehen davon war er nicht sicher, ob er Bewährung bekommen würde. Im schlimmsten Fall …

Carlo wollte nicht einmal ans Gefängnis denken.

Rechtsanwalt Farinelli in eine Zelle gesperrt. Und die Mitgefangenen, die ihn um Rat fragten. Oder, wer weiß, am Ende würde irgendein unzufriedener ehemaliger Klient die Gelegenheit ergreifen, ihm eins auszuwischen …

Noch immer im Delirium. In solchen Augenblicken spürte Carlo weder die Kälte noch den Regen. Es war ein gefährlicher Zustand, eine Form der Realitätsverweigerung. Dabei hätte er sich besser fragen sollen, ob es eine Möglichkeit gab, dieser Realität zu entrinnen.

Eigentlich hatten sie an diesem Tag gar nicht vorgehabt, auf die Greina zu steigen. Sie hatten nicht einmal die Absicht, sich zu treffen. Eugenio hatte ihn im letzten Moment, kurz vor dem Verlassen des Hauses, angerufen. Und Carlo hatte mit niemandem gesprochen. Beim Aufstieg hatten sie ein paar Wanderer getroffen, aber lediglich einen kurzen Gruß getauscht, praktisch ohne sich anzuschauen, mit tief ins Gesicht gezogenen Mützen. Auf der Hütte hatten sie keine Pause eingelegt, weil sie auf den Piz Coroi wollten, bevor es richtig anfing zu regnen.

Keiner weiß, wo wir sind, dachte Carlo.

Eugenio konnte wer weiß wo hingegangen sein, um an einer Felswand zu trainieren oder um allein durchs Gebirge zu joggen. Das tat er praktisch täglich, bei Regen wie bei Sonnenschein. Und oft suchte er sich abgelegene Orte, in den Bergen rings um Lugano oder Como, manchmal auch im Bavonatal oder weiter nördlich im Leventinatal. Die Greina war ein Ziel unter vielen, niemand würde auf die Idee kommen, ihn ausgerechnet hier zu suchen.

Und wenn er verschwunden wäre?

Erneut geriet Carlo in einen fast halluzinativen Zustand. Doch diesmal entwarf sein Geist Pläne, Szenarien, sah Schwierigkeiten voraus und suchte nach Lösungen. Ein Teil von ihm stand unter Schock, war von Reue geplagt, verwirrt. Ein anderer Teil reagierte dagegen wie ein gehetztes Tier: Sie dürfen mich nicht schnappen, wiederholte er, niemand darf sich in meinen Schmerz einmischen.

Wäre das Unglück daheim oder an einem näher an der Zivilisation gelegenen Ort geschehen, hätte Carlo sich vielleicht damit abgefunden. Aber in dieser urweltlichen Szenerie trieb ihn der Überlebensinstinkt nach und nach dazu an, sich zu bewegen, bestimmte Gesten zu verrichten, als habe er sie schon Tausende von Malen wiederholt. Er war ein urzeitlicher Jäger, ein *Homo abilis* oder *erectus,* der versuchte, die Naturgewalten zu bezwingen.

Er ließ sich neben Eugenios Körper in die Hocke nieder, schleifte ihn ein paar Meter weiter. Es gelang ihm, ihn bis zu einem nicht allzu hohen Felsabsatz zu bugsieren und so zu platzieren, dass eine Hälfte darüber hinausragte. Dann kauerte er auf der anderen Seite nieder und lud sich den Körper auf die Schultern. Er drückte den Rücken durch, spannte die Beinmuskeln an und kam zum Stehen. Der Leichnam lastete ihm schwer im Nacken. Mit beiden Händen hielt er ihn rechts und links gepackt, so wie Schäfer ihre Schafe tragen. Der Vergleich entlockte ihm ein hysterisches Auflachen, aber gleich darauf hatte er sich wieder im Griff und blieb ruhig. Unaufmerksamkeit durfte er sich nicht erlauben. Er schlug den Weg über die Ebene ein, mit dem Piz Ner zur Rechten und Crap la Crusch im Rücken. Jeder Schritt war eine Qual. Bein-, Arm- und Schultermuskeln schmerzten und er verspürte zunehmende Übelkeit.

Wenn ihn jemand entdecken würde, wäre er erledigt. An diesem Punkt gab es keine Ausrede mehr. Er wusste, dass er sich nicht in Sicherheit wiegen durfte, so gut sichtbar inmitten der Ebene. Trotz des Regens konnten durchaus Wanderer in der Nähe sein; ja, manche mochten die Greina gerade bei solcher Witterung, bei Regen und Nebel, die der Landschaft etwas Wildes, Existenzielles verliehen, wie Eugenio gesagt hätte.

Er durfte nicht an ihn denken. Bloß wie? Meter um Meter kämpfte er sich voran, während die Zähne vor Kälte klapperten und die Angst ihm die Kehle zuschnürte. Am liebsten hätte er geweint, sich auf die Erde geworfen und den Dingen ihren Lauf gelassen. Aber jedes Mal, wenn er kurz davor war nachzugeben, begehrte etwas in ihm auf und er bewegte sich einen Schritt vorwärts. Eugenio war tot, er hingegen lebte. Und Eugenio wäre der Erste gewesen, der sich gewünscht hätte, dass er am Leben blieb. Die Toten mit den Toten, die Lebenden mit den Lebenden. Eugenio würde verschwinden, ohne Spuren zu hinterlassen, und Carlo musste seinen Schmerz in die Welt tragen. Nichts würde mehr sein wie zuvor. Aber er würde am Leben bleiben, und in Freiheit. Wenn du nicht frei bist, wozu dann überhaupt leben?

Er steuerte auf den Canyon zu, den der Rein da Sumvitg gegraben hatte. Mit seinen feuchtglatten Felsen und dem schäumenden Wasser war er gefährlich. Aber es gab keine andere Möglichkeit. Der Gedanke an Eugenio beherrschte alles. Carlo zwang sich zum Weiterlaufen, als trage er irgendeine beliebige Last auf den Schultern, doch sobald er sich auch nur im Geringsten gehen ließ, sah er Eugenios Gesicht vor sich, hörte ihn mit seiner tiefen Stimme sprechen und lachen.

Ein altes Lied kam ihm in den Sinn. *Chissà che fine ha fatto Eugenio …* Das war absurd. »Wer weiß, was aus Eugenio geworden ist …« Er versuchte, die Worte und die Melodie aus seinem Kopf zu verdrängen, aber sie passten sich dem Takt seiner Schritte, dem abgehackten Rhythmus seines Atems an. Es war von Guccini, oder vielleicht von De Gregori. Jedenfalls von einem Liedermacher. *Chissà che fine ha fatto Eugenio, barba da mascalzone, sotto che stelle si fa la notte, sotto che sole fa colazione …* – »Wer weiß, was aus Eugenio geworden ist, mit seinem wilden Bart, unter welchen Sternen er die Nacht verbringt, unter welcher Sonne er sein Frühstück nimmt …«

Er trat an den Rand des Canyons, wo das Gelände abschüssig wurde. Er bückte sich und ließ den Körper vorsichtig zu Boden gleiten. Den Abhang hinunter hätte er ihn nicht im Gleichgewicht halten können, aber irgendwie musste er ihn bis zum Wasser schaffen. Deshalb versuchte er, soweit möglich, ihn zu rollen. Wo es nicht ging, schleifte er ihn an den Armen. Endlich erreichte er die ersten Gumpen des Sturzbaches. Er hielt inne, um ein paar Sekunden auszuruhen. Er war erschöpft. Aber das Wasser war nicht tief genug.

Lui che c'ha gli occhi così tranquilli, chissà che mare avrà incontrato … – »Er mit seinem so ruhigen Blick, wer weiß, welchem Meer er begegnet ist …« Gegen Regen, Übelkeit und Müdigkeit ankämpfend, schleppte Carlo sich am Ufer entlang. Er konzentrierte sich auf die Bewegungen, suchte nach der besten Strecke, um seine Last zu schleppen – er wollte nicht länger daran denken, dass es Eugenio war, obwohl dieses verdammte Lied ihn verfolgte. Er spürte einen metallischen, beißenden Geschmack im Mund. Seine Stiefel traten ins Wasser, balancierten über das Gestein. Mit etwas Ziehen und Zerren gelang es ihm, den Körper bis an den Rand einer zwischen den Felswänden des Canyons eingezwängten Gumpe zu schaffen.

Er blickte auf. Stieß einen Schrei aus.

Warum? Warum war ihm das passiert? Als er sich in Sara verliebte, hatte er versucht, sich von ihr fernzuhalten. Die Liebe war stärker gewesen, aber letztlich hatte Carlo sich wie ein Mann verhalten, hatte versucht, bei der Wahrheit zu bleiben. Und jetzt war er am Ende.

Keinen Meter mehr weiter.

Eher würde er sich ertränken, auf dem Grund dieser dunklen Gumpe. Vielleicht wäre es das Beste. Das Ehrlichste. Warum nur dieser erbitterte Wunsch, am Leben zu bleiben? Weinend kauerte er sich neben die Leiche. Er war zerlumpt, verdreckt, durchnässt. Die Schnittwunde am Hals blutete und allmählich verlor er das Gefühl in den Fingern. Gab es einen Sinn, diese Hölle zu verlängern? Ein Augenblick würde genügen. Ein letzter Widerstand der Lungen, die um Luft rangen. Ein letztes Zucken. Dann Bewusstlosigkeit, die Befreiung von der Zeit, von den Mühen, von jeder Form des Denkens.

Im Nichts verschwinden. Jegliche Angst hinter sich lassen.

Warum nicht?

Darum nicht. Sein Körper bewegte sich für ihn, sein Gehirn wog Gewichte und Entfernungen ab. Er sammelte die größten Steine, die er finden konnte, und benutzte sie, um den Körper zu beschweren: Er schob sie unter die Kleidung, fixierte sie mithilfe der Unterwäsche. Ständig ging ihm das Lied durch den Kopf, und der Name Eugenio, Eugenio, Eugenio, *che fine ha fatto Eugenio, anima da pirata,* »Eugenio, die Piratenseele«, wie ein Albtraum, eine böse Obsession …

Die Übelkeit gewann die Oberhand. Auf einen Felsblock gestützt, erbrach sich Carlo in den Bach. Die Armmuskeln zitterten vor Anstrengung. Am Ende stieß er ein Stöhnen aus, ein Röcheln, das in einen Hustenanfall überging. Er tauchte das Gesicht ins Wasser. Die Kälte wirkte wie ein Peitschenhieb, verlieh ihm die nötige Energie, um die Leiche in die Gumpe zu stoßen. Er suchte weitere Steine, breit und flach, und ließ sie auf den Körper hinabsinken. Das wiederholte er mehrere Male: Er wollte nicht riskieren, dass beim ersten

Hochwasser alles an die Oberfläche käme. Über eine Stunde brachte er damit zu, schichtete Stein auf Stein, bis ihn die Kräfte endgültig verließen.

Es hatte aufgehört zu regnen. Ein Sonnenstrahl drang durch das Grau, tauchte den Canyon in ein seltsames, unwirkliches Licht. Carlo ließ sich zwischen den Felsen zu Boden und auf den Rücken sinken. Lange Zeit blieb er reglos liegen, mit geschlossenen Augen und kurzem Atem, seine Brust hob und senkte sich.

Aber noch war er nicht fertig. Jener unbeherrschbare Instinkt, der sich seines Körpers bemächtigt hatte, ließ ihn aufstehen und mitten über die Ebene zurück zum Crap la Crusch wandern. Er aß einen Energieriegel und stillte den Durst, legte aber keine Pause ein. Stattdessen trug er Eugenios Rucksack bis zum Bachlauf. Er war schon im Begriff, ihn in einer der ersten Gumpen zu versenken, doch dann zwang er sich, bis zu der Stelle hinaufzusteigen, an der er den Körper hineingestoßen hatte, und noch ein Stück weiter, auf der Suche nach einer anderen ausreichend tiefen Gumpe. Schließlich füllte er den Rucksack mit Steinen, ließ ihn auf den Grund sinken und bedeckte ihn mit weiteren Gesteinsbrocken.

Auf dem Rückweg überkam ihn einen Moment lang der Gedanke, dass alles zwecklos gewesen war. Er lief zügig voran, spürte nicht länger die Schmerzen und die Anstrengung. Zwischen Geröllblöcken stieg er hinab und passierte die Scalettahütte, ohne einzukehren. Er warf dem Holzgebäude lediglich einen Blick zu: über dem spitzen Dach stieg dünner Rauch auf, aber die Fensterläden waren geschlossen. Besser so.

Wenig später jedoch, kurz vor dem Erreichen der Talsohle, begegnete er zwei Wanderern. Vor Schreck stockte ihm der Atem. Er hatte keine Spuren auf seinem Weg hinterlassen, aber wenn die beiden sich an ihn erinnerten? Eines Tages könnten sie ihn vielleicht wiedererkennen.

Es war ein Pärchen, Mann und Frau. Er bückte sich, um seinen Schuh zuzubinden, während sie hinaufsah, dorthin, wo die Berge aus dem Nebel hervorlugten. Carlo beschleunigte den Schritt, murmelte einen Gruß. Sie erwiderte ihn in schwyzerdütschem Tonfall, während er nicht einmal den Kopf hob. Carlo blickte sich nicht um, sagte sich im Stillen immer wieder, dass alles gut gehen werde, dass er sich wie ein ganz gewöhnlicher Wanderer verhalten müsse.

Er lief weiter bis zu der Stelle, wo der Wagen parkte. Zum Glück waren sie mit seinem und nicht mit Eugenios gekommen. Carlo hielt sich nicht auf, gönnte sich keine Pause. Er warf den Rucksack in den Kofferraum, nahm hinterm Steuer Platz und fuhr los, zwang sich beim Fahren zu höchster Konzentration.

Er hatte um sein Leben, um seine Freiheit gekämpft. Aber er wusste, dass er nie wieder frei sein würde, nicht wirklich. Auf dem Weg hinab nach Olivone, auf der Autobahn nach Biasca, bei der Rückkehr nach Lugano spürte er Eugenios Abwesenheit wie einen körperlichen Schmerz, als hätte man ihm einen Arm ausgerenkt. Eugenio mit halb geöffnetem Mund, aufgerissenen Augen. Eugenio am Grund des Wassers, vom Gewicht der Steine zerquetscht, verlassen in der Zeitlosigkeit der Greina. Eugenio, für immer verschwunden. *E lontano lontano, in qualche altro paese, certamente avrà comprato un diamante ed un turchese da portare a chi è rimasto qua.* – »Und in weiter Ferne, in einem anderen Land, hat er bestimmt einen Diamanten und einen Türkis erstanden, um ihn dem zu bringen, der hier zurückgeblieben ist.«

4.

Die Schweizer sterben glücklich

Während des Studiums hatten Carlo und Eugenio einige Semester zusammengewohnt. Dann hatten sie sich aus den Augen verloren, bis sie, Jahre später, bei einem Survivalcamp in der Natur wieder zueinandergefunden hatten. Carlo musste daran denken, dass Eugenio als junger Mann Klavier gespielt hatte. Ziemlich gut sogar, wie alles, was er tat.

Weshalb diese Erinnerungen? Im Frisörsalon Gaetano, Hairstyling Männer/Frauen, gab es kein Klavier. Und nichts, was an die Universität denken ließ oder an Eugenio erinnerte. Im Hintergrund das Geplärre eines Radio-Werbesenders, dazu die Kundengespräche über Bill Clinton, den Absturz der Swissair-Maschine in Kanada und die fünf Tore, die Lugano beim Spiel gegen Basel geschossen hatte.

»Wie geht es Ihnen, Herr Farinelli?«

Carlo brummte irgendeine Antwort.

»Was für ein Tag heute, nicht wahr?«

Die Hände des Frisörs machten sich wieder an seinem Nacken zu schaffen. In der Tat war an diesem Samstagvormittag alles perfekt: Sonnenschein, klarer Himmel, schimmernde Gläser auf den Bartischen, und selbst die Schlagzeilen der Zeitungen, die auf den karierten Tischdecken lagen, wirkten geradezu harmlos. Carlo war am gewohnten Ort auf das gewohnte Glas Frascati eingekehrt. Er hatte ein paar Worte mit einem Kollegen und einigen Bekannten gewechselt. Dann war er zum Haareschneiden gegangen.

Jetzt, vor dem Spiegel, dachte er an Eugenios Klavier.

Noch hatte niemand Alarm geschlagen: Es kam vor, dass Eugenio ohne Vorankündigung aufbrach und längere Zeit in einer abgelegenen Gegend kampierte. Er nannte das »Härtetest«, als Vorbereitung für seine Reisen in die Wüste oder in große Höhen. Nur, dass Eugenio diesmal dort oben auf der Greina geblieben war. Sara konnte das nicht wissen, aber sie wirkte beunruhigt. Obwohl Carlo versuchte, sich natürlich zu geben, war er ungewollt kühler und zurückhaltender. Er wusste, dass er auf sie verzichten musste. Er würde auf alles verzichten müssen.

Im Wartebereich für die Kundschaft saßen zwei Frauen und ein Mann mittleren Alters. Nachdem der Mann die *Gazetta dello Sport* gelesen hatte, blätterte er zerstreut in einem Klatschblatt. Die Frauen unterhielten sich, und Carlo, der praktisch nebendran saß, hörte notgedrungen zu.

»Besser so«, sagte die Ältere. »Wenigstens ist er glücklich gestorben, und sie haben ihn gut gepflegt.«

»Wir sind ja schließlich in der Schweiz. Stell dir vor, mein Schwager dagegen …«

Hin und wieder verschluckte das Geräusch eines Föhns oder eines anderen Apparates ein paar Satzteile.

»Sie ist nämlich stur. Ich sag zu ihr, Mama, du bist keine zwanzig, sondern achtzig … es bringt nichts, dass du die Tablette nachts um zwei nimmst, wenn du vor Schmerzen nicht mehr kannst!«

»Hat sie denn Angst?«, fragte die andere. »Ich meine, Angst vor dem Arzt?«

»Bei der Physiotherapie geht es sehr schonend zu.«

»Sie wird schon sehen, wenn sie eines Morgens ihre Schulter nicht mehr bewegen kann …«

Der Mann legte die Zeitschrift beiseite. »Wollen wir später wiederkommen?«, fragte er an eine der beiden Frauen gewandt. Sie war gerade dabei zu erzählen, dass sie nach Malaga reisen würden.

»Wir fahren nächste Woche, und ich weiß immer noch nicht, welche Kleider ich mitnehme!«

Die andere Frau lenkte die Aufmerksamkeit auf ihre gefütterte Jacke.

»Eigentlich für Kinder«, erklärte sie strahlend. »Ich habe sie gestern bei Vögele gekauft, Größe 152, aber sie sitzt perfekt … dieses Blau wollte ich schon immer haben!«

Die erste Frau sagte, dass es die ideale Jahreszeit für eine Reise ans Meer sei. Die zweite erzählte, dass ihr Sohn gerade aus Thailand zurückgekehrt sei. Insel Phuket. Fünfunddreißig Grad, aber glücklicherweise kaum Touristen.

»Und die Leute sind von einer außer-gewöhn-lichen Natürlichkeit! Man wird da unten kaum Geld los, nur der Flug kostet, aber es ist fantastisch dort, das Meer ist fantastisch …«

Carlo hob den Kopf, versuchte, sich im Spiegel wiederzuerkennen, während der Frisör seine Schultern abbürstete.

»Noch ein bisschen Gel, Herr Farinelli?«

Eigentlich wollte er nicht, aber wie hätte er ablehnen sollen? Er wartete, bis der Frisör seinen Haarschopf in Form gebracht hatte, dann erhob er sich. Er zog die neue Wildlederjacke an und steuerte auf die Kasse zu.

Der Frisör lächelte.

»Mit diesem Haarschnitt sehen Sie aus wie ein kleiner Junge!«

Erst später, als er die Seepromenade entlanglief, begriff Carlo, was mit ihm vorging. Es war keine Reue, es war nicht die Angst, dass ihm jemand auf die Schliche kommen könnte. Und es war auch nicht der Kummer über den Verlust Eugenios … oder Saras. Es war ein umfassenderes Gefühl, wie ein Abschiednehmen von Gegenwart und Zukunft, wie ein Verschwinden der Hoffnung. Mit vierzig Jahren, mit gegeltem Haar und gebräuntem Gesicht, erlebte Carlo Farinelli den ersten Tag seines Alters.

5.

Die Familie Torres

»Meine Mutter ist vor wenigen Wochen gestorben«, sagte die junge Frau.

»Das tut mir leid«, murmelte Contini.

»Wir sind alle zusammengekommen. Sie wissen ja, wie das ist. Wir haben geredet und haben gemerkt, dass … dass wir eine Familie sind.«

Die junge Frau legte eine Pause ein. Ihr Vater, der hinter ihr saß, berührte mit der Hand ihre Schulter, als wolle er sie zum Weiterreden ermutigen.

»Eine Familie zu sein bedeutet, dass man sich umeinander kümmert«, sagte sie in etwas verunsichertem Ton. »Auch um die Abwesenden.«

Hinter dem Schreibtisch vermerkte Contini eifrig etwas in seinem Notizbuch, aber in Wahrheit war er erstaunt. Für gewöhnlich wandten sich die Leute eher mit schlichten Problemen an einen Detektiv: etwa um verschwundene Personen, Geld, Gegenstände oder Tiere aufzuspüren. Familien kamen normalerweise nie vollzählig, im Gegenteil, oft heuerte einer der Angehörigen ihn gerade deshalb an, weil er den anderen misstraute. Doch an diesem strahlenden Dezembertag waren alle hier: der Vater, zwei Kinder, ein Freund der Familie und die Erinnerung an die verstorbene Mutter.

»Unser Vater ist verschwunden«, sagte die junge Frau.

Contini sah zu dem Mann hinter ihr.

»Giovanni ist nicht mein Vater. Das heißt, nicht mein leiblicher Vater. Für mich ist es, als wäre er es, aber mein wahrer Vater ist gegangen. Er …«

Der Bruder mischte sich ein: »Er hieß Eugenio Torres.«

»Ja«, sagte die junge Frau. »Er ist im Herbst 1998 verschwunden.« Sie drehte sich zu ihrem Bruder um: »Enea war siebzehn. Ich knapp acht.«

»Ich muss noch mal nachhaken.« Contini sah in sein Notizbuch und wandte sich an die junge Frau. »Sie haben als ›Familie Torres‹ einen Termin vereinbart, aber wenn ich Sie recht verstehe, sind nur Ihr Bruder und Sie mit Eugenio verwandt.«

An diesem Punkt räusperte sich der Freund der Familie. Contini schaute ihn an: weißes, bis auf die Schultern wallendes Haar. Dunkle, kluge Augen.

»Fontana mein Name.« Er hatte einen schönen Bariton, der Vertrauen einflößte. »Ich bin Arzt. Ein Freund und Kollege des verstorbenen Eugenio.«

»Verstorben?«, fragte Contini.

»Also …«, begann die junge Frau.

»Höchst wahrscheinlich«, fiel ihr Doktor Fontana ins Wort.

»Aber nicht sicher«, sagte Contini.

Fontana sah ihn an. »Nicht sicher«, räumte er ein. »Wir wollen jedoch behutsam vorgehen. Leider erweisen sich Erkundungen der Vergangenheit für die Beteiligten nicht immer als angenehm.«

Erkundungen, dachte Contini. Die Angelegenheit schien noch heikler zu sein als gedacht. Doch bevor er sich die Geschichte erzählen ließ, mussten die Beziehungen untereinander geklärt werden. Er richtete den Blick auf den Mann, der bisher noch nicht gesprochen hatte. Ein etwa Siebzigjähriger mit runden Brillengläsern, auf denen sich die Sonne spiegelte.

»Stört es Sie? Ich kann die Jalousien runterlassen.«

Der Mann deutete eine verneinende Geste an. »Die Landschaft ist umwerfend«, murmelte er.

Alle sahen zum Fenster hinaus. Jenseits des alten Landungsstegs verlor sich der See im schimmernden Licht bis zum Monte Brè. Keiner ließ einen Kommentar fallen, doch der Mann mit den runden Brillengläsern errötete, als befürchtete er, einen Fauxpas begangen zu haben.

»Tut mir leid. Ich … habe mich noch nicht vorgestellt.« Er erhob sich und streckte Contini die Hand hin. »Giovanni Mariotti mein Name. Ich bin … ich war Saras Lebensgefährte. Verzeihung. Vielleicht dürfte ich nicht hier sein. Aber wir sind tatsächlich eine richtige Familie.«

Contini bemerkte, dass seine Augen gerötet waren.

»Freut mich, Sie kennenzulernen.« Er schüttelte ihm die Hand. »Mein aufrichtiges Beileid.«

»Sara hätte nicht gewollt, dass wir herkommen«, sagte Mariotti.

»Tatsächlich nicht?«

»Sie war sehr krank«, schaltete sich Enea, der ältere der beiden Geschwister ein. »Wir haben das nie thematisiert, aber sie sprach ganz allgemein nicht gern über Eugenio.«

»Sie hätte sich jedoch gefreut, euch alle hier zusammen zu sehen«, sagte Fontana. »Da bin ich ganz sicher, Giovanni.«

Mariotti merkte, dass er immer noch stand. Er murmelte ein Wort der Entschuldigung und kehrte auf seinen Platz zurück.

Contini schlug erneut das Notizbuch auf. »Was halten Sie davon, wenn Sie mir jetzt, wo wir uns bekannt gemacht haben, alles von Anfang an erzählen?«

6.

Die Ohrringe

»Unser Vater war ein ungewöhnlicher Mensch«, begann Annika. »Vielleicht hat deshalb zunächst niemand bemerkt, dass er verschwunden ist.«

Sie sah zu Fontana, als suche sie nach Bestätigung.

»Er war Sportler«, übernahm er das Wort. »Er liebte Extremreisen und konnte tagelang, ja wochenlang fortbleiben, ohne ein Lebenszeichen zu geben.«

Annika bückte sich, um etwas aus ihrer Tasche zu ziehen.

»Das sind ein paar Zeitungsausschnitte ...« Sie reichte Contini eine Ledermappe. »Unser Vater war ein bekannter Arzt und Wohltäter. Viele haben nach ihm gesucht. Die Polizei, Journalisten, Detektive wie Sie. Aber seit September 1998 hat ihn niemand mehr gesehen, nie wieder.«

Contini schaute sie an: Sie wirkte jünger als ihre achtundzwanzig Jahre, vielleicht wegen der feinen blonden Haare oder der zarten Gesichtszüge, die in ständiger Bewegung waren. Enea sah dagegen älter aus als siebenunddreißig: stämmig, struppiges Blondhaar, bereits ergrauender Bart. Diesmal war er es, der die Schwester unterbrach.

»Am Ende erklärte die Polizei, dass er vermutlich in den Bergen umgekommen sei.«

»Wo in den Bergen?«, fragte Contini.

»Das weiß man nicht«, antwortete Fontana. »Ich habe die Praxis mit ihm geteilt und erinnere mich, dass wir telefoniert haben. Er hat mir gesagt, dass er am nächsten Tag wandern gehen wollte. Er plante eine Trekkingtour durch die Sahara und absolvierte täglich seine Trainingskilometer.«

»Aber hat er nie Bescheid gegeben, wohin er geht?«

»Manchmal. Ich habe viel darüber nachgedacht ... Zu wissen, wo man ihn suchen musste, hätte entscheidend sein können, verstehen Sie? Aber leider war er an dem Tag nicht konkret geworden. Keiner seiner Kumpel vom Training hatte mit ihm gesprochen.«

»Ist er oft allein los?«

»Ja, er mochte abgeschiedene Orte. Das Bavonatal, das Calancatal, die Gipfel rings um die Leventina, in Graubünden oder dem Kanton Uri. Auch das Bleniotal, wo er im Sommer mit der Familie Urlaub machte.«

Contini stellte weitere Fragen, notierte die Antworten, betrachtete die Zeitungsausschnitte. Doch in der Zwischenzeit suchte er nach einer Ausrede. Es war sinnlos: Wenn innerhalb von zwanzig Jahren nirgendwo eine Leiche aufgetaucht war, was sollte er dann heute ausrichten? Es sei denn, sie hielten es für möglich, dass er noch am Leben war, wie Annika zu glauben schien. Contini schloss nichts von vornherein aus, aber dass ein bekannter Arzt im Nichts verschwand, ohne wenigstens eine Spur zu hinterlassen, war unwahrscheinlich.

»Herr Contini«, sagte Fontana, »ich habe den Eindruck, Ihrerseits eine gewisse Skepsis zu verspüren.«

Bevor er antwortete, notierte Contini das Wort *Skepsis.*

»Sind Sie Psychotherapeut?«

Fontana lächelte. »Merkt man das?«

»Das habe ich geraten. War Torres ebenfalls einer?«

»Nein, Eugenio war Allgemeinmediziner. Wissen Sie, Herr Contini, bevor wir auf Sie zugekommen sind, haben wir Informationen eingeholt. Es gibt etliche Detektivbüros speziell für die Suche nach verschwundenen Personen. Offenbar besteht in unserer Gesellschaft ein Bedarf danach ... zu verschwinden, meine ich, und somit auch danach, die zu finden, die verschwunden sind. Ich vermute, dass auch Sie bereits entsprechende Aufträge hatten.«

»Einige.«

»Aber nicht nach zwanzig Jahren, oder?«

Contini schüttelte den Kopf. »Das ist nicht der Punkt. Sagen Sie, warum haben Sie ausgerechnet mich gewählt?«

»Weil Sie auf eigene Faust arbeiten«, erwiderte Annika. »Weil Sie die Gegend kennen. Sie wohnen in Corvesco, stimmt's? Unser Vater kannte mit Sicherheit den Monte Basso und die anderen Gipfel der Umgebung.«

»Und auch Ihr Vater ist verschwunden, als Sie Kind waren«, ergänzte Enea.

Ein Augenblick des Schweigens.

»Woher wissen Sie das?«, fragte Contini.

»Wir haben Informationen eingeholt«, antwortete Mariotti. »Sie müssen entschuldigen, wir wollten nicht indiskret sein. Aber die Geschichte ist damals durch die Presse gegangen.«

»Das war eine andere Situation«, sagte Contini. »Ich habe durch Zufall entdeckt, was mit meinem Vater geschehen ist, wenn ich mich jedoch auf die Suche nach ihm begeben hätte, wäre ich gescheitert. Vielleicht ist Eugenio Torres etwas Ähnliches widerfahren. Er könnte zum Beispiel mitten im Wald verunglückt sein ... möglicherweise ist er ausgerutscht, in einen Abgrund gestürzt. Natürlich hat man damals nach ihm gesucht, hat seine Wanderfreunde befragt. Aber – entschuldigen Sie, wenn ich deutlich werde –, was meinen Sie, was heute noch von ihm übrig sein soll?«

Schweigen. Contini wartete, um die Bedeutung seiner Worte zu allen vordringen zu lassen. Bisweilen beschränkte sich seine Arbeit genau darauf: Den Leuten das zu sagen, was sie ohnehin wussten. Als er bemerkte, dass Fontana zum Sprechen anhob, kam er ihm zuvor.

»Ich kann es verstehen.« Er sprach leise, sah in erster Linie zu Annika und Enea. »Ich verstehe, was es heißt, wenn ein Mensch, der da ist, der redet und arbeitet, plötzlich verschwindet. Er ist nicht mehr da, aber er ist nicht mit Sicherheit tot. Am Ende glaubt man ihn irgendwo in der Schwebe, an einem irrealen Ort.«

»Genauso so ist es«, murmelte Annika.

»Dadurch wird die Trauerarbeit verhindert«, mischte sich Fontana ein. »Und auch wenn das Leben weitergeht und die Familie vereint bleibt, ja selbst, wenn die Vaterrolle neu besetzt wird wie, dank Gianni, in unserem Fall, gibt es immer etwas, das ungelöst bleibt.«

»Das betrifft eher Ihre als meine Arbeit.«

»Ganz und gar nicht!«, rief Fontana aus. »Der Prozess der Verarbeitung kann Handlungen erforderlich machen. Solange Sara am Leben war, hat sie sich jeglichem Vorgehen in diesem Sinne widersetzt, auch zum Wohl der Kinder. Es gab eine konkrete, reale Familie, der ihre Aufmerksamkeit und Fürsorge galt.«

»Das scheint mir eine kluge Entscheidung«, sagte Contini.

»Gewiss. Aber es funktioniert nicht bei allen. Wenn du dich vor Geistern fürchtest, genügt es nicht, die Fenster aufzureißen. Manchmal hat jemand das Bedürfnis, in den Ecken und unter den Betten nachzusehen, um jeden Zweifel aus dem Weg zu räumen.«

Contini wollte etwas einwenden, aber Fontana ließ sich nicht unterbrechen.

»Verzeihen Sie, wenn ich Ihnen einen Vortrag halte. Wir sind gemeinsam hergekommen, um Ihnen zu zeigen, dass wir es ernst meinen. Natürlich spreche ich vor allem in Eneas und Annikas Namen. Aber wir stehen allesamt hinter der Sache.«

Contini wandte sich an Enea, der ihm besonders abweisend und schweigsam vorkam.

»Steht ihr wirklich dahinter?«

»Ja«, bestätigte er. »Es macht nichts, wenn Sie nichts finden.«

»Wir verspüren das Bedürfnis, einen Versuch zu unternehmen«, fügte Annika hinzu. »Einen letzten Versuch. Das sind wir unserem Vater schuldig, verstehen Sie?«

Contini sagte nicht zu, den Fall zu übernehmen. Aber er schaffte es auch nicht, ihn abzulehnen.

Er erhob sich. »Ich lasse es mir durch den Kopf gehen.«

Gianni Mariotti begann zu versichern, dass man ihn in jedem Fall für die entstandenen Umstände bezahlen werde und dass er sehr hoffe, dass … er unterbrach sich. Entschuldigte sich dafür, über Geld gesprochen zu haben.

Contini beruhigte ihn und begleitete alle aus dem Büro, die Treppe hinunter, die zur Hauptstraße führte. Dann kehrte er zurück nach oben, schloss die Tür und setzte sich in den Korbsessel am Fenster. Auf der Fensterbank lagen ein Stück Holz und ein Messer. Contini begann erneut an der Form eines Bootes zu schnitzen, wie er es getan hatte, bevor die Familie Torres-Mariotti eingetroffen war. Aber er arbeitete unkonzentriert: irgendetwas machte ihn stutzig. Etwas, das eines der Familienmitglieder gesagt oder getan hatte, ein Missklang im Gesamteindruck.

Es klingelte an der Tür.

Contini lugte durch das Guckloch, durch das er überwachen konnte, wer den Warteraum betrat. Und er sah Annika Torres, eine Hand auf der Türklinke, einen Fuß drinnen, den anderen draußen.

»Darf ich reinkommen?«, fragte sie mit leiser Stimme. »Herr Contini?«

Contini öffnete die Tür. »Haben Sie etwas vergessen?«

»Ach, da ist sie ja …«

Neben dem Schreibtisch stand die Tasche, aus der sie die Mappe mit den Zeitungsartikeln gezogen hatte. Contini versuchte, der jungen Frau in die Augen zu schauen.

»Alles in Ordnung?«

»Ja …« Ihr Blick wich aus.

»Sie haben die Tasche gar nicht wirklich vergessen, stimmt's?«

»Ich wollte Ihnen etwas sagen.«

Contini bedeutete ihr, Platz zu nehmen, doch sie blieb stehen.

»Ich muss mich beeilen, die anderen warten auf mich.« Sie nahm die Tasche und zog einen festen Pappumschlag hervor. »Es geht um etwas, wovon nur ich weiß.«

In dem Umschlag steckte ein Paar blauer Ohrringe. Annika reichte sie dem Detektiv.

»Ich habe sie zu meinem achten Geburtstag bekommen. Ich hatte mir gerade erst Ohrlöcher stechen lassen. Es war im Oktober, mein Vater war seit wenigen Wochen verschwunden … und sie lagen einfach so im Postkasten, unfrankiert.«

»War kein Brief dabei?«

»Nichts. Wir haben die Großeltern gefragt, Freunde, nichts. Ich war klein und sie haben mir nicht viel erzählt. Ich glaube, dass auch Mutter an ein Geschenk meines Vaters gedacht hat, zumindest anfangs. Am Ende kam sie zu dem Schluss, dass es ein Irrtum sein musste: Sie wollte die Ohrringe ins Fundbüro bringen, aber ich habe mich dagegen gesträubt. Noch heute bin ich sicher, dass es mein Vater war.«

»Haben Sie mit jemandem darüber gesprochen?«

»Nein, nicht einmal mit meiner Mutter. Aber ich glaube, dass im Grunde auch sie davon überzeugt war ... es sind echte Ohrringe, verstehen Sie?«

Es waren tropfenförmige Steine, eingefasst in zwei schwarze Gehänge.

»Vor ein paar Jahren habe ich sie einem Juwelier gezeigt«, fügte Annika hinzu. »Er hat mir gesagt, dass es Türkise sind.«

7.

Die fernsten Sterne

Als Annika gegangen war, zog Contini seine Jacke über und trat hinaus auf den Landungssteg. Im Schneidersitz nahm er vor dem See Platz. Er wollte nicht denken, wollte nur die Bewegungen des Lichts betrachten, den über die Wasserfläche streifenden Sonnenschein und die Dämmerung des Winternachmittags.

Er wollte ein wenig Zeit vertrödeln.

Privatdetektiv in der italienischen Schweiz zu sein, hat den Nachteil, dass man oft nicht genügend Geld zusammenkratzt, um bis zum Monatsende zu kommen. Der Vorteil ist, dass niemand dich daran hindern kann, deine Zeit zu vertrödeln, wenn dir gerade danach ist. Zumindest eine Weile lang, denn irgendwann findet die Realität immer einen Vorwand, dich zurückzuholen. Wie das Bürotelefon, das klingelt und verstummt, ein zweites Mal klingelt, ein drittes Mal, bis du nicht länger so tun kannst, als sei nichts.

»Hm, ja?«

»He, was für eine Art von Begrüßung ist das denn?«

Die schrille Stimme Francescas.

»Ach so, hallo, Tschuldigung.«

»Meldest du dich normalerweise nicht mit einem heiseren ›Contini‹?«

»Hm, ja.«

»Jedenfalls ist dein Handy ausgeschaltet. Alles in Ordnung?«

Contini nickte. Eine Pause entstand.

»Du hast genickt, stimmt's?«, fragte Francesca.

»Hm, ja.«

Francesca brach in Gelächter aus.

»Ich lass dich auf deinem fernen Planeten. Sehen wir uns heute Abend?«

»Um fünf habe ich einen Termin, danach fahre ich nach Corvesco.«

»Gut. Ich habe bis vier Uhr Schule, unterwegs kann ich was einkaufen. Morgen fange ich allerdings zeitig an, zum Schlafen würde ich daher zurück nach Locarno fahren. Oh, entschuldige, es hat geklingelt, ich muss aufmachen. Schalt dein Handy an!«

Langsam legte Contini den Hörer auf, erwog, auf den Landungssteg zurückzukehren. Aber er spürte, dass die Zeit, an nichts zu denken, vorüber war. Er musste sich entscheiden, ob er den Fall der Familie Torres annehmen oder dankend ablehnen wollte – die Kunst dankend abzulehnen, beherrschte Contini meisterhaft.

Einmal abgesehen von den finanziellen Überlegungen, die gegen Ende des Jahres immer drängender wurden, gab es an dieser Geschichte irgendetwas, das seine Aufmerksamkeit geweckt hatte. Vor allem schien ihm, als habe er unter den Familienmitgliedern eine Unnahbarkeit wahrgenommen. Eine Art kollektive Verschwiegenheit, nicht feindselig, aber verschlossen. War es ein Hilferuf? Es wirkte wie das Bewusstsein der eigenen Ohnmacht, wie Verzweiflung.

Aufmerksam las Contini die Zeitungsausschnitte: über

Torres' Leben, seine Hilfsprojekte in Afrika und Indien, seine sportlichen Unternehmungen. Dann dachte er an die Familie: an Enea und Annika, an Doktor Fontanas gewählte Ausdrucksweise, Gianni Mariottis Verlegenheit. Schließlich zog er einen senkrechten Strich in sein Notizbuch. Oben drüber schrieb er die Worte PRO und KONTRA. Links notierte er: *Geld, Schweigen, Verzweiflung, Schmerz, Hilfe.* Und rechts: *zwecklos, Mühe, Illusion, Schmerz.* Er bemerkte, dass *Schmerz* zweimal vorkam.

Er legte den Stift beiseite und gab sich geschlagen. Er würde den Fall annehmen.

Später, um fünf, traf er sich mit Signora Valentina Forni, der stellvertretenden Bürgermeisterin der Gemeinde Capriasca. Eine blonde, üppige Frau mit Grübchen auf den Wangen. Sie war aufgeregt.

»Es ist das erste Mal, dass ich hautnah einen Detektiv zu Gesicht bekomme!«

»Hautnah?«, entfuhr es Contini.

»Also nicht im Fernsehen und so weiter. Aber ich denke, in der Realität ist alles anders, oder?«

Contini zuckte mit den Schultern. »Es ist immer alles anders.«

Signora Forni überlegte einige Sekunden lang. Dann kam sie zu dem Schluss, dass es sich um weise Worte handeln musste. Sie goutierte sie mit einem Augenaufschlag und fing an, ihr Problem zu schildern.

»Also«, begann sie, »es geht hier nicht um solche Detektivgeschichten wie den Ehemann beschatten oder ein geheimnisvolles Verbrechen aufklären. Das heißt, ein Verbrechen gibt es schon, aber es ist nicht geheimnisvoll. Ich weiß, wer der Schuldige ist. Wir müssen ihn nur noch dingfest machen.«

Signora Forni erklärte, dass alles mit der Weihnachtsbeleuchtung zu tun habe – Contini kam nicht umhin, die Worte *Weihnachten* und *Beleuchtung* in sein Heft zu notieren – und mit der Schlechtigkeit der Leute, die um Weihnachten herum stärker zutage trete als im restlichen Jahr. Während Contini der Versuchung widerstand, *Schlechtigkeit* zu notieren, erklärte ihm Signora Forni weiter, dass sie die Aufgabe habe, sich innerhalb der Gemeinde um die gesellschaftlichen Aktivitäten rund ums Fest zu kümmern: Umtrunke, Kaffeekränzchen für die Alten, Basare. Dazu gehörte unter anderem auch die Planung des Weihnachtsschmucks auf Straßen und Plätzen. Zumal sie bereits vor ihrer Ernennung das eigene Haus samt Garten stets festlich zu schmücken pflegte.

»Es ist eine Art Hobby, eine Leidenschaft, der ich seit meiner Kindheit nachgehe …«

Sie zeigte Contini Fotos eines mit Lichterketten, leuchtenden Weihnachtsmännern, Rentieren und Sternschnuppen geschmückten Einfamilienhauses.

»Aber das schürt Neid, denn die Menschen sind schlecht. Schauen Sie nur.«

Sie zeigte ihm ein weiteres Foto des Hauses, auf dem etwa die Hälfte der Dekoration fehlte.

»Ich habe Anzeige gegen Unbekannt erstattet. Übrigens habe ich alles aus eigener Tasche bezahlt, das kann ich beweisen, die Gemeindeverwaltung hat damit nichts zu tun. Aber es ist gleich zweimal passiert, verstehen Sie? Also habe ich beschlossen zu handeln und dachte, dass Sie mir dabei helfen könnten.«

Contini wagte den Vorschlag, eine Videokamera oder eine Alarmanlage zu installieren, aber die stellvertretende Bürgermeisterin erklärte ihm, dass es ihr nicht bloß um die Festbeleuchtung ginge. Ihr Ziel sei es, den Schuldigen zu erwischen, nämlich ihren Kollegen aus der Gemeindeverwaltung, Attilio Ghidossi, der ihren weihnachtlichen Eifer seit jeher untergrabe.

»Sind Sie denn sicher, dass er es war?«, fragte Contini. »Es handelt sich um eine Straftat, und von einem Gemeinderat …«

»Machen Sie Witze? Natürlich hat er die Drecksarbeit nicht selbst erledigt! Dieser feige Hund hat seine Handlanger geschickt: Er hat zwei Neffen, zwei richtige Schlitzohren. Die lassen sich nicht zweimal bitten, diese Halunken!«

Contini nahm den Auftrag an, denn der Gedanke an die zu begleichenden Rechnungen ließ ihm keine Ruhe. Dann schloss er sein Büro und fuhr nach Hause.

Tagtäglich pendelte er zwischen Paradiso unweit von Lugano und dem Dorf Corvesco in den Tessiner Bergen hin und her. In den letzten Jahren hatte der Verkehr immer stärker zugenommen, doch Contini wollte nicht auf sein altes Haus am Waldrand verzichten. Außerdem nutzte er die Autofahrten, um ein paar Musikkassetten zu hören – solange die Anlage noch funktionierte – und um über die Fälle nachzudenken, an denen er gerade arbeitete.

An diesem Abend hatte er das Bild von Eugenio Torres im Kopf. Sein Gesicht mit vierzig Jahren, so wie es zum Zeitpunkt seines Verschwindens ausgesehen hatte. Er war ein in jeder Hinsicht erfolgreicher Mann gewesen: aus wohlhabender Familie, über Jahre hinweg Schweizer Rekordhalter in etlichen Leichtathletikdisziplinen, Abschluss des Medizinstudiums an der Universität Zürich mit Bestnote, Erkunder neuer Klettersteigrouten in den Alpen, Bezwinger von Achttausendern in Tibet, Experte für die Sahara und das Überleben in der Wüste, politisch engagiert, Ehemann, aufmerksamer Vater, Initiator von Wohltätigkeitsprojekten in Indien und Niger.

Und all das hatte im Nichts geendet.

Vielleicht hat er sich umgebracht, dachte Contini, als er in Corvesco eintraf. Zu viel des Glücks, ein Übermaß an gesellschaftlichem und wirtschaftlichem Erfolg, eine latente Depression. Immerhin war die Schweiz in den Neunzigerjahren das europäische Land mit der höchsten Suizidrate gewesen. Aber die meisten hatten die Dienstwaffe der Armee benutzt, während Torres von einem Tag auf den anderen vom Erdboden verschwunden war.

Die naheliegendste Vermutung war und blieb ein Unfall. Contini stellte sich Torres vor, wie er in einem entlegenen Tal eine Felswand erklomm. Er malte sich den Ruck und den Sturz hinab in Sträucher und Gestrüpp aus. Niemand wusste, wo er war, also war sein Körper dort liegen geblieben und wilden Tieren zum Opfer gefallen. Wenn es wirklich so gelaufen war, gab es keine Hoffnung, irgendwelche Überreste zu finden. Natürlich könnte Contini Freunde und Bekannte befragen, sich über die gewohnten Ziele informieren, die Meinung von Alpinisten einholen. Aber diese Spuren hatten 1998 bereits Polizei und Ermittler verfolgt. Auch die Technologie würde nicht weiterhelfen: Drohnen, Satellitenaufnahmen, Suchsoftware … abgesehen davon, dass Contini so gut wie keine Ahnung davon hatte, war es dafür reichlich spät. Zu spät.

Er parkte den Wagen einige Hundert Meter vom Haus entfernt. Es war stockdunkel, ringsum Wald. In vollen Zügen sog er die frische Luft ein. Wenn es zu spät war, weshalb hatte er den Fall dann angenommen?

Weil er an das Unwahrscheinliche glaubte.

Die Erfahrung hatte ihn gelehrt, dass Dinge, auch die abwegigsten, geschehen können. Und dass diese Dinge die Eigenschaft haben, gerade dann zu geschehen, wenn niemand mehr daran glaubt, wenn die Vernunft einem nahelegt, sie zu vergessen.

Auch Contini hatte praktisch zwei Jahrzehnte nichts mehr von seinem Vater gehört, genau wie Annika und Enea. Offenbar hatten sie sich an ihn gewandt, weil sie glaubten, er könne sie verstehen. Tatsächlich kannte er diese Art der Verunsicherung. Man versucht, die letzten Augenblicke zu rekonstruieren, fragt sich, was er gedacht, ob er vielleicht Angst gehabt hat ... aber gleich danach taucht die Frage auf: Und wenn er noch am Leben ist, wo auch immer?

Vielleicht hatte es einen Augenblick gegeben, in dem Torres Angst verspürt hatte, eine Sekunde bevor er auf den Felsen zerschmettert war, oder nachdem er sich im Wald verirrt hatte, mit einem gebrochenen Bein. Contini hob den Blick zum Himmel und stellte sich vor, dass Torres dasselbe getan hatte, bevor er starb, dass er den Abgrund ermessen hatte, der ihn vom Rest der Welt trennte.

Die fernsten Sterne ...

Ein altes Lied kam ihm in den Sinn und er hielt inne, reckte die Nase in die Luft. Es musste ein Volkslied aus dem Süden sein, vielleicht aus den Abruzzen. *Luntane cchiù luntane de li luntane stelle* ... »Fern, ferner als die fernsten Sterne ...« Wo hatte er es nur gehört? Es war eine verschüttete Erinnerung, eine Melodie, die sich mit keinem Ort, keiner Vorstellung in Verbindung bringen ließ. *Luce la luce cchiù belle, che me fa'ncore cantà* ... »leuchtet das schönste Licht, das mich noch singen lässt ...«

Er lief weiter. Nach ein paar Schritten sah er die erleuchteten Fenster und wusste, dass Francesca ihn erwartete. Aber während er den schmalen Weg hinauflief, fühlte er sich plötzlich abgeschnitten, ohne ersichtlichen Grund. Francesca war dort, zum Greifen nahe, und dennoch nahm er sie als unerreichbar wahr, fast als gehöre sie in eine andere Welt. Wieder dachte er an Torres, mit seiner Familie, seinen Freunden, an Torres, der wahrscheinlich allein gestorben war.

Wie oft schon hatte Contini die Tiefe des Grabens ermessen, der jedes menschliche Wesen von allen anderen trennt. Vielleich mochte er seine Arbeit gerade deshalb. Eine Verbindung zu Eugenio Torres suchen, ungeachtet jeglicher Logik und Vernunft, um über zwanzig Jahre des Schweigens zu durchdringen. Was war das anderes als der Versuch, den Graben zu überwinden?

8.

DJ Deodorant

»Wir sollten dann auch mal den Urlaub planen.«

Francesca hatte mit dem Rücken zu ihm gesprochen, behielt dabei das Risotto auf dem Herd im Blick. Contini schenkte Wein in die Gläser auf dem Küchentisch, während der graue Kater so tat, als sei er zufällig da, und schnupperte, ob es etwas Gutes für ihn gäbe.

Contini war versucht, den Satz geflissentlich zu überhören. Er steckte voller alarmierender Worte: »Urlaub«, »wir sollten« und vor allem »planen«. Er bemerkte, dass der Kater den Schwanz hin und her schwenkte und ihn herausfordernd ansah. Das ist deine Sache, mein Freund, ich selbst werde mich nicht von hier fortbewegen. Contini richtete die Flasche mit dem Merlot auf und stellte sie in die Tischmitte. Du hältst dich für besonders schlau, aber wer soll dich füttern, wenn mir plötzlich ein Urlaub ins Haus schneit? Keine Sorge, Detektiv, du wirst, wie stets, irgendeine Lösung finden.

»Was meinst du?«, drängte Francesca.

»Ja«, sagte Contini. »Hast du Safran rangemacht?«

Francesca sah ihn an.

»Was die Arbeit betrifft, bin ich ziemlich entspannt«, beeilte er sich hinzuzufügen. »Aber es gibt noch ein paar Dinge, die ich erledigen muss.«

»Wir könnten Skifahren gehen.« Francesca schüttete Safran hinein und rührte, um ihn zu verteilen. »Eine Kollegin von mir hat ein Apartment im Wallis, sie könnte es uns ein paar Tage überlassen.«

»Fährt sie nicht selbst hin?«

Francesca gab einen Löffel Brühe dazu. »Du kannst doch Skifahren, stimmt's, Contini?«

Er nickte. »Aber es ist Jahre her, dass …«

»Es ist Jahre her, dass du Urlaub gemacht hast«, unterbrach ihn Francesca. »Ich meine, richtig Urlaub, mindestens eine Woche am Stück.«

»Und es ist Jahre her, dass ich eine richtige Arbeit hatte.« Contini reichte ihr ein Weinglas. »Ich frage mich, was wir in all der Zeit gemacht haben.«

Francesca lächelte. Sie stießen an.

»Auf die verpassten Urlaube …«, sagte Contini.

»Diesmal kommst du mir nicht aus. Ich habe beschlossen, dass wir uns die Aufgaben fürs Erste teilen.«

»Die Aufgaben?«

»Ich kümmere mich um das Gepäck und die Reise. Derweil schließt du bis Weihnachten oder spätestens Silvester alle noch offenen Fälle ab. Die Schule fängt am 8. Januar wieder an, uns bleibt also genau eine Woche.«

»Die offenen Fälle abschließen …«, murmelte Contini. »Das wird nicht einfach.«

»Ist der Fall schon lange ungelöst?«

»Zwanzig Jahre, in etwa. Aber vielleicht hat alles auch schon eher angefangen.«

Wann fängt man an zu verschwinden? Contini hatte schon einige Fälle von Leuten bearbeitet, deren Spuren sich verloren hatten. Manchmal wollten Eltern lieber nicht die Polizei alarmieren, und um die jugendlichen Ausreißer aufzuspüren, genügte oft die Überwachung der sozialen Netzwerke. Manchmal ging es auch um Suizid, Gedächtnisschwund oder Entführung (vor allem bei Kindern von getrennt lebenden Eltern). Seiner Erfahrung nach machten sich jedoch neunzig Prozent der Leute freiwillig aus dem Staub, auch wenn einige eine eingeschränkte Denk- und Willensfähigkeit aufwiesen. Und wenn man sie nicht in den ersten Monaten fand, stieg die Wahrscheinlichkeit, dass sie tot waren.

Während des Essens schilderte Contini den Fall und versuchte Francesca begreiflich zu machen, warum er sich darauf eingelassen hatte. Sie hörte ihm schweigend zu. Dann nahm sie einen Schluck Wein und sah Contini dabei unverwandt an.

»Du willst rausfinden, was ihm widerfahren ist«, sagte sie. »Welches Ende dieser Mann genommen hat. Aber machst du der Familie nicht etwas vor?«

»Ich habe sie gewarnt, dass es schwierig werden würde. In Wahrheit geht es ihnen, glaube ich, darum, einen letzten Versuch zu unternehmen, auch wenn er vermutlich zum Scheitern verurteilt ist.«

»Ja, aber wie lange soll das gehen? Wie lange wollen sie dich suchen lassen, ehe sie aufgeben?«

»Entweder ich habe nach all den Jahren Glück und finde gleich etwas, oder eben nichts, dann schließe ich den Fall.«

»Das wird nicht einfach«, bemerkte Francesca.

»Hab ich dir doch gleich gesagt.«

»Du wirst diesen Mann noch ein Weilchen am Leben erhalten.«

Das Risotto war aromatisch und goldgelb. Contini schob es mit der Gabel zum Tellerrand, wie er es als Kind getan hatte. Der Safranduft mischte sich mit dem Geruch nach Zwiebel,

Käse und Gemüsebrühe. Aus dem Topf stieg eine Dampfwolke auf, die die Scheiben beschlagen ließ.

»Hoffnung kann schmerzlich sein«, sagte Francesca. »Zu denken: Unser Vater wird niemals zurückkehren, ist eine Sache. Zu denken, unser Vater ist nicht hier, wir wissen nicht warum, aber jemand sucht nach ihm, ist etwas ganz anderes.«

»Hätte ich also ablehnen sollen?«

»Mich wundert, dass du so schnell angenommen hast. Sicher nicht wegen des Geldes, und erst recht nicht aus persönlicher Betroffenheit.«

Contini zog eine Grimasse. »Wie lautet also der Urteilsspruch?«

»Dir ist irgendetwas aufgefallen.« Francesca heftete den Blick auf ihn. »Dir ist etwas aufgefallen, das dich stutzig macht. Und wenn du mich weiter so anstarrst, wird dein Risotto kalt.«

Contini senkte den Blick. Er aß eine Gabel voll.

»Da war etwas«, sagte er dann. »Vor allem in dem Verhalten der beiden Kinder. Sie hat mir diese Ohrringe gezeigt. Aber es war, als würden sie mich bitten, aktiv zu werden und etwas aufzudecken, was sie mir nicht sagen können.«

Francesca seufzte. »Ich werde das Apartment jedenfalls trotzdem für uns reservieren. Zumal meine Kollegin schon mit den anderen Lehrern gewettet hat, dass wir nicht fahren.«

»Überlässt sie es uns denn umsonst?«

»Ja, sie sagt, dass es ohnehin leer steht, aber wenn sie die Wette gewinnt, würde immerhin ein bisschen Geld für sie rausspringen.«

»Bin ich so berechenbar?«, fragte Contini.

Francesca stand auf, um die Teller in die Spüle zu bringen. Im Vorbeigehen fuhr sie ihm mit der Hand durchs Haar.

»Du bist Contini. So bist du halt. Aber ich mag dich genau so.«

Contini zog den Kopf weg.

»Du kannst es nicht leiden, wenn man deine Haare anfasst …«

»Hm.«

»Du nimmst die absurdesten Fälle an, du streifst allein durch die Wälder, dein Haus ist das einzige in Corvesco ohne Weihnachtsdekoration. Doch da werden wir gleich für Abhilfe sorgen!«

Francesca brachte ein Ungetüm von einer Tasche zum Vorschein, aus der ein Stück Goldgirlande hervorlugte. Contini fragte sich, wo sie die bis dahin versteckt hatte. Dann versuchte er zu verhandeln: »Bist du sicher, dass … «

»Du machst den Abwasch, ich hänge Kugeln auf. Und Misteln an die Tür.«

Der graue Kater beendete seine Mahlzeit und verließ mit erhobenem Schwanz die Küche. Er wollte nicht an dieser Aktion beteiligt sein, mit der das gewohnte, beständige und beruhigende Contini-Chaos gestört würde.

Später kehrte Francesca nach Locarno zurück und Contini wagte sich mit einem Gläschen Grappa in der Hand ins Wohnzimmer. Die Kakteen waren vor dem Fenster zusammengeschoben und mit einer Handvoll Goldsternchen dekoriert. Die Fotoalben lagen allesamt auf dem Schreibtisch, neben dem alten Apple-Computer iMac G3, der sich zwar noch starten ließ, dabei aber schnaufte wie ein Blasebalg. Die Korbsessel standen um einen Holzklotz herum, auf dem ein vierarmiger Kerzenleuchter thronte. Der alte Fahrradrahmen, den herzurichten Contini bisher noch nicht die Zeit gefunden hatte, war zu einer Art Weihnachtsbaum umfunktioniert worden und mit Kugeln, Girlanden und Glöckchen behängt. Den blauen Keramik-Orang-Utan, den er von einem alten Kunden geschenkt bekommen hatte, zierte eine Lichterkette über der Schnauze.

Contini legte sich in die Hängematte, die in einer Zimmerecke neben dem Kamin hing. Während er den Grappa trank, dachte er, dass er gut daran getan hatte, den anderen Fall, den mit der gestohlenen Weihnachtsdeko von Signora Forni, Francesca gegenüber nicht erwähnt zu haben. Er verstand selbst nicht so genau, warum er sich auf eine derart alberne Geschichte eingelassen hatte. Aber wenn er die Sache schnell erledigte, hätte er immerhin das Geld, um die ausstehenden Rechnungen zu bezahlen. Einige hatte er vor ein paar Tagen bereits beglichen, dank der Aufdeckung eines Diebstahls in einer Privatschule: Der Schuldige war ein Lehrer, der nach seiner Entlassung »vergessen« hatte, die Schlüssel zurückzugeben. Des Nachts war er in die dunklen Schulkorridore und bis in die heiligen Gefilde des Direktors vorgedrungen, wo er die Kasse mit den Rücklagen für Klassenfahrten und obendrein eine Reihe literarischer Klassiker entwendet hatte. Eben diese literarische Spur hatte Contini zu dem Schuldigen geführt, der die Bücher, übrigens allen üblichen Vorsichtsmaßnahmen zum Trotz, gut sichtbar in seinem Arbeitszimmer platziert hatte.

Contini ertappte sich dabei, wie er an den Urlaub als etwas Unvermeidbares dachte. Er fragte sich, ob die Idee, auf Abstand zu gehen, mit Francesca irgendwohin zu fahren, die Sorgen zurückzulassen, nicht doch ganz gut war. Aber in ein Wintersportgebiet! Mit dem Geruch von Sonnencreme und Pommes frites, Radiosound neben den Liftanlagen, Bar-Lounge-Diskotheken, in denen sich allabendlich irgendein DJ mit abwegigem Namen zur Schau stellte …

DJ Snowball, dachte Contini.

DJ Deodorant. Warum nicht?

Oder DJ Stardust, angesichts der weihnachtlichen Jahreszeit.

Wenn die Gedanken anfingen, solche Kapriolen zu schlagen, war das für ihn das Zeichen, besser ein paar Schritte vor die Tür zu machen. Er zog ein paar Schichten Kleidung übereinander, füllte die Feldflasche mit warmem Tee und bereitete die Kamera vor. Noch war kein Schnee gefallen in diesem Winter, und die Fuchsspuren waren daher schwieriger zu finden. Contini kannte die Gewohnheiten dieser Tiere jedoch sehr gut, und er wusste, dass sie, abgesehen von wenigen Ausnahmen, stets demselben Netzwerk aus Pfaden folgten. Vor Kurzem hatte er einen Durchschlupf in der Nähe der Gemüsegärten von Corvesco, etwas oberhalb seines Hauses entdeckt. Der Fuchs hatte einen Tunnel in die Erde unter einem Zaun gegraben.

Genau dorthin lief er, kauerte sich hinter einen Busch und wartete.

Als er nach Corvesco hinunterschaute, bemerkte er, dass Francesca einen Stern an einem Baumstamm in der Nähe des Hauses befestigt hatte. Er schimmerte im Dunkeln, fernab von den Lichtern der anderen Häuser, den Straßenlaternen und dem Weihnachtsbaum in der Dorfplatzmitte. Es war ein kleiner, feingeschweifter Kometenstern, zwischen Bäumen versteckt, sodass man ihn von unten unmöglich entdecken konnte. Francesca hatte genau damit gerechnet, dass Contini in die Wälder hinaufsteigen und nach Füchsen Ausschau halten würde.

Er goss sich Tee ein und dachte über dieses Zeichen nach.

Francesca wusste, dass dieser Kometenstern mehr sagte als

Worte. Tatsächlich verspürte Contini wieder dieselbe Wehmut, die ihn vor dem Abendessen ergriffen hatte. Er hob den Blick hinauf zu den echten Sternen und ließ ihn dann zurück zu dem Kometen wandern. Bevor die Gefühle die Oberhand gewannen, nahm er erneut den Fuchstunnel in Augenschein. Doch er beschloss, klein beizugeben, wie es seine Pflicht war. Er würde sich auf diese verdammten Skipisten mitschleifen lassen.

Das bedeutete, dass er sich am nächsten Tag gleich auf die Arbeit im Fall Torres stürzen musste. Er würde herausfinden, ob es irgendeinen Hinweis auf eine Spur gab, die Eugenio vor seinem Verschwinden oder seinem Tod hinterlassen hatte. Mit ein bisschen Glück würde es ihm gelingen, den Kometen im Wald zu entdecken: ein kleines Zeichen, einen Schnörkel im Dunkeln, den zwanzig Jahre lang keiner bemerkt hatte, weil keiner daran gedacht hatte, von dieser Seite aus zu schauen.

9.

Wüste

Um zehn parkte Contini den Wagen in der Via delle Aie in Lugano. Es war ein grauer Morgen und im Viale Cassarate mit all den Schaufenstern, die in grellen Tönen Weihnachtliches anpriesen, herrschte hektischer Verkehr. Annika lebte ganz in der Nähe des Rundbaus von Mario Botta, im dritten Stock eines rot verklinkerten Hauses.

Die Wohnung wirkte hell und einladend. Ein Ort, an dem man sich der Heiterkeit des Alltags hingeben konnte: der Arbeit, einem Abendessen mit Freunden, einem Film auf dem Sofa mit Decke und heißer Schokolade. Ein fester Freund? Keine Spur. Weder Fotos noch Männerkleider.

Annika war hübsch, mit heller, fast durchscheinender Haut und Augen, die die Leute, mit denen sie sprach, gleichsam zu packen schienen, sie forschend musterten und sich vergewisserten, ob alles in Ordnung sei. Sie ließ Contini auf dem Sessel in der Mitte des Wohnzimmers vor dem Fernseher Platz nehmen, bot ihm Kaffee an und setzte sich neben ihm auf ein pastellfarbenes Sitzkissen.

»Ich freue mich, dass Sie bereit sind, uns zu helfen.«

Contini fühlte sich unwohl, linkisch und fehl am Platz wie ein streunender Hund, den man in ein Puppenhaus gesperrt hatte. Er fürchtete, die zerbrechlichen Tassen umzustoßen, den hauchzarten bestickten Sesselüberzug zu beschmutzen oder auch nur ein falsches Wort fallen zu lassen.

»Sie werden natürlich verstehen, Frau Torres …«

»Annika.«

»Sie werden verstehen, Annika, dass es sich in erster Linie um eine … eine Herausforderung handelt.«

»Eine Herausforderung?«

Falsches Wort. Eindeutig.

»Ich will damit sagen, dass die Wahrscheinlichkeit, Ihren Vater aufzuspüren oder auch nur dahinterzukommen, was mit ihm passiert ist, praktisch gen null geht. Mir ist es lieber, wenn Ihnen das von Anfang an klar ist.«

»Danke.« Annika nickte, ohne den Blick von ihm abzuwenden. »Aber ich glaube, in Wahrheit hat ihn nie jemand wirklich gesucht.«

An eben diesem Morgen hatte Contini die Zeitungsartikel inspiziert und mit seinem Freund, dem ehemaligen, in den Neunzigerjahren noch tätigen Polizeikommissar Giorgio Robbiani telefoniert. Der Fall Torres war nicht nur im Tessin, sondern in der gesamten Schweiz und in Italien durch die Presse gegangen. Die Polizei und auch die von der Familie engagierten Privatermittler hatten mit Sicherheit keine Spur unbeachtet gelassen. Das versuchte er Annika zu erklären. Sie nickte und biss sich auf die Lippen.

»Ich verstehe Ihre Sichtweise«, sagte sie. »Auch ich habe mit den Ermittlern gesprochen. Meine Mutter wollte das nicht, ich habe es ihr nie erzählt.«

Neben dem Fernseher hing ein Weihnachtskalender mit der Darstellung eines winterlich mit schimmerndem Puderschnee überzogenen Dorfes. Hinter den Fensterchen kamen Zeichnungen von Christbaumkugeln, Blumen, Sternen, Engeln,

Katzen und kleinen Herzen zum Vorschein. Annika erhob sich und sah Contini von oben aus erneut in die Augen.

»Sie ziehen doch nicht etwa Ihre Schlüsse, oder?«

Contini legte die Hände auf die Armlehnen. »Wer, ich?«

»Sie denken wahrscheinlich: Sieh mal einer an, diese junge Frau mit ihren Weihnachtssternchen glaubt also, ihren Vater besser zu kennen als die, die ihn wirklich gekannt haben.«

Contini wollte etwas erwidern, doch dann beschloss er, ihr am besten einfach zuzuhören.

»Als Jugendliche habe ich davon geträumt, meinen Vater wiederzufinden, irgendwo in einem fernen Land, die Familie zusammenzutrommeln, um es allen bekannt zu geben. Dann habe ich beschlossen, aufzugeben und so zu tun, als sei er tot. Aber jetzt, wo meine Mutter gestorben ist, habe ich begriffen, dass alle es so gemacht haben wie ich.«

»Sie meinen, alle tun so, als sei er tot?«

»Ganz genau. Alle sagen, es sei die naheliegendste Lösung, aber für mich ist sie ziemlich unglaubwürdig. Ein Toter verschwindet nicht, ohne Spuren zu hinterlassen.«

»Ein Lebender dagegen schon?«

Annika nahm erneut neben ihm Platz. Wohl zum ersten Mal, seit er hereingekommen war, hatte sie aufgehört, ihn anzusehen, und starrte, während sie sprach, auf den Teppich.

»Jemand wie mein Vater schon. Er war Arzt und Survival-Experte. Er hatte Geld, Zeit und Kontakte in der ganzen Welt. Er war eine charismatische Person und wusste, wie man sich Freunde macht.«

»Sie sprechen in der Vergangenheit.«

»Nicht, weil ich glaube, dass er tot ist. Ich glaube, er ist ein anderer.«

»Glauben Sie, dass er einen anderen Namen hat?«

»Ich habe mich kundig gemacht. Wer versucht, ein neues Leben zu beginnen, schafft das normalerweise nicht ganz und gar, irgendeine Gewohnheit, eine Verbindung oder Erinnerung bleibt bestehen. Mein Vater hingegen … also, wenn er sich etwas in den Kopf gesetzt hatte, konnte ihn angeblich niemand davon abbringen.«

Annika erhob sich, um die verglaste Tür einer Anrichte zu öffnen. Sie kehrte mit demselben Umschlag in der Hand zurück, den sie Contini am Tag zuvor gezeigt hatte. Wieder zog sie die beiden Ohrringe hervor.

»In meinen Augen war das ein Abschiedszeichen. Wissen Sie, dass ich sie nie getragen habe? Als ich klein war, habe ich sie auf dem Nachttisch aufbewahrt und jeden Abend vor dem Zubettgehen betrachtet.« Sie beschrieb eine ausholende Geste. »Ist Ihnen in dieser Wohnung etwas Ungewöhnliches aufgefallen?«

Alles war, wie es sein sollte. Die Halogenlampe, der Weihnachtskalender, eine Gitarre, helle Holzmöbel, eine Stereoanlage, luftige Vorhänge. Contini bemerkte eine Reihe von Reiseführern im Bücherregal und ihm fiel ein, dass Annika ja in einem Reisebüro arbeitete. Tatsächlich hingen an der Wand Poster von exotischen Orten: ein Südseestrand, eine Dschungelaufnahme, verschneite Berge, Wüstendünen.

»Und?«, fragte Annika mit der Andeutung eines Lächelns. »Was fehlt?«

»Fotos«, antwortete Contini.

Kein Foto von Annika oder Freunden, kein Selfie oder Familienfoto. In der Wohnung fehlten jegliche persönliche Gegenstände, es hätte das Apartment von irgendeiner reisebegeisterten Person sein können.

»Haben Sie auch mein Online-Profil gesehen?«, fragte Annika.

Contini nickte. Auch auf Facebook fehlten persönliche Fotos und alles war gespickt mit Landschaftsaufnahmen.

»Die Leute denken, das hätte mit meiner Arbeit zu tun. Für mich ist es dagegen eine Art Porträt meines Vaters.« Annika deutete auf die Wände. »Die Aufnahmen stammen von ihm.«

Contini versuchte sich den Menschen vorzustellen, der diese Sonnenuntergänge gesehen, diese Gipfel erklommen hatte. Verrieten die Panoramen etwas über ihn? Sicher zeugten sie von seinem Blick: seiner Vorliebe für weitläufige, wilde Orte, seinem Hang zu Farbkontrasten.

Annika näherte sich einer Aufnahme mit einer Reihe von Kamelen in einer Felslandschaft.

»Kurz vor seinem Verschwinden hatte mein Vater den Bau einer Schule in Niger in die Wege geleitet.«

»Er hatte einen Verein gegründet, richtig?«

»Eine NGO«, präzisierte Annika. »Es gibt sie immer noch. Sie heißt ›Wüstenbrunnen‹. Damals wollte mein Vater vor allem den Nomadenvölkern der Sahara helfen, die unter den Auswirkungen der Dürre litten.«

»Und heute?«

»Heute ist es schwierig. In den Neunzigerjahren gab es die ersten Tuareg-Aufstände, später ging es weiter, bis 2009. Heute ist es ein Ziel, von dem wir abraten: Gewalt, das Risiko, entführt zu werden. Wer dorthin reist, tut es auf eigene Gefahr und Verantwortung.«

Contini ahnte, was sie ihm zu verstehen geben wollte.

»Wann haben diese Aufstände begonnen?«

»Etwa in der Zeit, als mein Vater verschwunden ist. Er kannte die Gegend, die Einwohner, er hätte die Sahara tatsächlich für einen Neustart nutzen können, um ganz von vorn zu beginnen …«

»Warum?«

»… und damals wäre niemand, nicht einmal die Polizei in der Lage gewesen … entschuldigen Sie, was meinten Sie?«

»Ich habe gefragt, warum. Welchen Grund hätte Ihr Vater gehabt zu gehen? Er hatte eine Frau, zwei noch junge Kinder, eine gute Arbeit.«

Annika sah ihn schweigend an.

»Angenommen, er hatte wirklich beschlossen, ein neues Leben zu beginnen«, sagte Contini. »Meinen Sie nicht, dass die Ermittler damals eine Flucht in Erwägung gezogen haben, zumal bekannt war, dass Ihr Vater, wenn auch kein Motiv, so doch die Mittel hatte, sich aus dem Staub zu machen?«

»Aber alle gingen von einem Unfall in den Bergen aus!«

»Ein Ermittler prüft jede Möglichkeit. Und wenn Ihr Vater in einem vom Chaos heimgesuchten Land verschwunden ist, und sich die Situation dort noch verschlimmert hat, wie sollte ich ihn dann jemals aufspüren? Meinen Sie, in Niger gäbe es jemanden, der mir helfen könnte?«

Wieder sah ihn die junge Frau schweigend an.

»Aber nehmen wir an, Ihr Vater ist noch am Leben«, fügte Contini mit leiser Stimme hinzu, »sind Sie sich überhaupt sicher, dass er gefunden werden will?«

10.

Ein iPhone haben

Mit siebenunddreißig Jahren war Enea Torres vorübergehend wieder in sein Elternhaus gezogen. Nicht aus eigenem Antrieb, sondern weil die Gartenbaufirma, für die er tätig war, ihn fristlos entlassen hatte.

»Sie haben mich abgesägt«, erklärte Enea mit regloser Miene. »Abgesägt, mich, den Gärtner. Verstehen Sie?«

Contini lächelte.

»Deshalb bin ich zurück nach Hause. Das typische Muttersöhnchen, das sich nicht von seinen Wurzeln lösen kann.« Er hielt kurz inne. »Wurzeln.«

Contini lächelte.

»Tut mir leid, ich weiß, dass es nicht witzig ist. Ich komme mir vor wie ein Geistesgestörter. Aber ich bin wirklich ziemlich nervös ... ja, nervös.«

Enea legte eine Pause ein. Contini zögerte. War das jetzt eine Anspielung auf die Nervatur von Pflanzenblättern? Vorsichtshalber setzte er ein kleines Lächeln auf.

»Meine Mutter ist, kurz nachdem ich hier eingezogen bin, gestorben.«

Contini lächelte nun nicht mehr.

»Aber eigentlich war es ein Glück, so konnte ich Gianni beistehen, sie am Ende zu pflegen. Sozusagen Glück im Unglück.

Und was heißt schon Unglück … schließlich müssen wir alle irgendwann sterben, oder?« Auch Enea lächelte zum ersten Mal. »Ich wollte nur sagen, dass sie trotz allem ein glückliches Leben hatte. Gianni war ihr eine große Stütze. Als er mit Mutter zusammenkam, war ich bereits zweiundzwanzig, Annika dagegen noch ein kleines Mädchen. Er hat sie gewissermaßen großgezogen.«

Contini bemerkte, dass er ruhiger wurde, je länger er sprach.

»Sie hat es geschafft, wieder glücklich zu werden, zumindest ein Stück weit, und sie ist friedlich gestorben, an der Seite ihrer Kinder und des Mannes, den sie geliebt hat. Stellen Sie sich vor, seit sie von ihrer Krebserkrankung wusste, hat sie meinen Vater nicht mehr erwähnt, kein einziges Mal. Sie hat nie in die Vergangenheit zurückgeblickt. Das tun wir jetzt …«

»Halten Sie das für einen Fehler?«, fragte Contini.

»Gute Frage … nein, ich würde sagen, es ist ein Akt der Gerechtigkeit.«

Familie Torres lebte in einem Zweifamilienhaus in Tesserete, in der Gemeinde Capriasca. Contini hatte die Gelegenheit genutzt, um bei der stellvertretenden Bürgermeisterin Signora Forni vorbeizuschauen und sich zu vergewissern, ob die Weihnachtsdeko noch an ihrem Platz hing. Tatsächlich erinnerte das Haus der Fornis mit seinen bunt funkelnden Lichtern an eine Märchenbuchillustration. Die Torres beschränkten sich dagegen auf einen Plastikweihnachtsbaum im Esszimmer. Es war ein sehr ordentliches Haus, mit antik wirkenden Möbeln, voller Nippes, Skulpturen, Stillleben-Gemälde und Lampen mit verzierten Schirmen.

»Was meinen Sie mit Gerechtigkeit?«

»Wenn ich irgendwo verloren ginge, würde ich wollen, dass man nach mir sucht.«

»Glauben Sie, Ihr Vater ist irgendwo verloren gegangen?«

»Ich glaube gar nichts. Es könnte sein. Es könnte alles möglich sein.«

Von seinem Platz an der Ecke des Esstisches sah Contini einen Teil des Wohnzimmers. Im Gegensatz zu Annikas Wohnung mangelte es hier nicht an Personenaufnahmen. Fotos von Gianni und Sara, weitere von Annika und Enea als Kinder; es gab sogar ein Foto von Eugenio, in roter Windjacke auf einem Berggipfel. Auf anderen Fotos aus jüngerer Zeit waren andere Kinder zu sehen, oft in den Armen von Sara und Gianni.

»Ich bräuchte eine Liste von allen Verwandten, auch den entfernteren. Und von allen Leuten, die Ihre Eltern gekannt haben.«

»Ja, daran haben wir schon gedacht. Erinnern Sie sich an Doktor Fontana, der mit uns zu Ihnen ins Büro gekommen ist? Er und Gianni haben, gemeinsam mit Annika, eine Liste angefertigt. Wenn Sie in seiner Praxis vorbeischauen, wird er sie Ihnen persönlich aushändigen.«

»Kannte Doktor Fontana ihn gut?«

»Natürlich. Und auch meine Mutter. Nach dem Verschwinden meines Vaters war sie jahrelang zur Analyse bei ihm. Wir alle haben ihm eine Menge Dinge erzählt, vor allem ich und auch Annika.«

»Er ist auch Ihr …«

»Ja, genau, er ist der Familientherapeut!« Enea zog eine Grimasse, die wie ein verunglücktes Lächeln wirkte. »Nicht schlecht, oder? Wir Torres sind nämlich alle ein bisschen durcheinander. Einen Phantom-Vater zu haben ist schließlich nicht dasselbe wie einen toten oder abwesenden Vater zu haben … aber das wissen Sie ja selbst, nicht wahr?«

Contini nickte.

»Ihr Vater ist verschwunden, als Sie fünfzehn waren … zwei Jahre jünger als ich. Wie hat Ihre Mutter reagiert?«

»Sie war bereits tot«, sagte Contini. »Und Ihre Mutter?«

»Anfangs hielt sie sich die Journalisten vom Leib und sagte: Ihr werdet schon sehen, dass er zurückkommt. Als er nicht kam, wollte sie weiterhin nicht über ihn sprechen. Sie hegte keinen Groll gegen ihn, aber sie versuchte ihn zu vergessen.«

Enea massierte sich die Wange, auf der ein grau-blond melierter Bart sprießte. Er schien seinen Gedanken nachzuhängen.

»Erinnern Sie sich an den Tag des Verschwindens?«

»Ich erinnere mich an die Monate danach. Die Hölle. Annika war ein kleines Mädchen, ich ein Jugendlicher, der versuchte, das Gymnasium zu schaffen … natürlich ohne Erfolg. Und meine Mutter, Doktor Fontana, die Verwandtschaft, alle sagten, ich dürfe mich nicht gehen lassen. Fontana forderte mich auf, meine Wut herauszulassen, ihm von meinem Vater zu erzählen. Von meiner Angst, ihn zu verlieren. Und auch von meinen Schuldgefühlen.«

»Hat er Sie weitergebracht?«

»Immerhin stehen wir jetzt hier. Mutter ist Gianni begegnet, aus Annika und mir sind halbwegs normale Menschen geworden. Annika hat sogar eine Arbeit …«

»Haben Sie beide sich manchmal über Ihren Vater unterhalten?«

»Wenig. Zwar ist keiner von uns verheiratet, wir haben keine Kinder, aber jeder hatte sein eigenes Ding am Laufen, sein eigenes Leben. Bis Mutter gestorben ist und wir alle zusammengefunden haben und … egal, und wir zu Ihnen gekommen sind.«

Enea ließ sich in den Sessel zurücksinken und schaute Contini an, wie um zu fragen, was er sonst noch wissen wolle.

»Sind Eugenios Eltern noch am Leben?«, erkundigte sich Contini.

»Sie waren bereits tot, bevor er verschwunden ist. Die Mutter meiner Mutter, Federica, lebt in einem Altenheim. Die Schwester meiner Mutter, Cecilia, hat zwei Kinder um die vierzig, beide verheiratet und mit Kindern … es sind die Kleinen auf den Fotos.« Enea deutete auf die Aufnahmen an den Wänden und auf den Sideboards im Wohnzimmer. »Natürlich kannte Cecilia meinen Vater und ebenso ihr Mann sowie ihre Kinder, Paola und Diego, die ein bisschen älter sind als ich. Und was die Kleinen betrifft … die nennen Gianni ›Opa‹, und ich bezweifle, dass sie jemals etwas über Eugenio hören werden.«

Contini stutzte: »Warum bezweifeln Sie das?«

»Weil mein Vater mit jedem Jahr, das verstreicht, in weitere Ferne rückt. Die Fotos, die Erinnerungen … alles endet mit 1998. Die Vorstellung, dass er noch am Leben sein könnte, wird immer unwahrscheinlicher. Sie sind wirklich unsere letzte Hoffnung.« Er legte eine Pause ein. »Natürlich können Sie mit allen Verwandten reden, falls Sie das möchten. Aber wenn die etwas wüssten, hätten sie das schon vor zwanzig Jahren gesagt.«

Wieder diese Unnahbarkeit. Dieselbe, die Contini in Annikas Worten gespürt hatte, in Giannis ausweichendem Blick, ja selbst in Doktor Fontanas so bestimmter Art. Irgendetwas verbargen sie vor ihm. Aber warum? Wenn er wirklich ihre letzte Hoffnung war, warum sollten sie ihm dann nicht alles sagen? Warum dieser Schatten, der sich einschlich, als fürchteten sie, ihm zu viel zu verraten?

»Sind Sie sicher, dass es nicht noch etwas gibt, was ich wissen sollte?«

»Ich bin mir bezüglich gar nichts sicher.«

»Wenn Sie an Ihren Vater denken, wie stellen Sie ihn sich vor?«

»Ich komme mir gerade vor wie beim Psychotherapeuten …« Enea lächelte. »Aber ich will Ihnen ehrlich antworten: Ich stelle ihn mir lebend vor.«

»Ihre Schwester auch.«

»Ja, sie glaubt, dass er nach Afrika verschwunden ist. Das mit Afrika ist ein richtiger Spleen von ihr. Ich weiß es nicht. Manchmal spüre ich ihn ganz nahe, wissen Sie?« Enea senkte die Stimme. »Vielleicht hat er eine E-Mail-Adresse, ein iPhone, vielleicht eine Frau und Kinder, oder gar ein Haus hier im Tessin. Vielleicht klopft er eines Tages an die Tür und sagt: da bin ich, ich bin zurück!«

Enea lachte. Oder versuchte es zumindest. Dann unterbrach er sich und verschränkte die Hände, legte sie auf den Tisch, als wolle er Haltung bewahren.

»Verzeihen Sie. Die ganze Situation macht mich nervös, das hatte ich Ihnen ja schon gesagt.«

»Das ist normal.«

»Eigentlich nicht.« Er presste die Finger so fest zusammen, dass die Haut über den Knöcheln ganz weiß wurde. »Es ist ja nicht so, als sei mein Vater vor einem Monat verschwunden … oder vor einem Jahr oder fünf. Es ist längst eine alte Geschichte. Damals bin ich in der Sendung *Vermisst* aufgetreten, in der Zeitung sind Annoncen erschienen, immer wieder haben uns irgendwelche Halsabschneider kontaktiert, irgendwelche Detektive, die Profit daraus schlagen wollten und … oh, Verzeihung!«

»Kein Problem. Haben diese Leute behauptet, Informationen zu besitzen?«

»Falsche Fährten, unscharfe Fotos. Meine Mutter schenkte ihnen gar kein Gehör.«

»Und Sie?«

»Je nachdem. Ein Teil in mir wollte vergessen. Aber eine Zeit lang habe ich mich sogar um die NGO gekümmert.«

»Um den ›Wüstenbrunnen‹? Ihre Schwester meinte, dass es die Organisation immer noch gibt.«

»Ja, Leiterin ist Maddalena Storni, sie war die Anwältin meines Vaters. Aber sie sammelt nur noch Gelder, die sie anderen Organisationen übergibt.«

»Ich werde auch mit ihr sprechen.«

»Ja, genau, tun Sie das.« Enea sah ihn an. »Sie werden erfahren, was … ach, was weiß denn ich. Machen Sie einfach Ihre Arbeit.«

Jetzt galt es, direkt nachzuhaken: »Verheimlichen Sie mir etwas?«

»Verheimlichen … nein, aber ich will nicht für andere sprechen. Folgen Sie meinem Rat, holen Sie sich bei Doktor Fontana die Liste, sprechen Sie mit allen, lassen Sie niemanden aus.« Er löste die Hände und legte sie mit nach oben gedrehten Handtellern auf den Tisch. Er war jetzt ruhig, als habe er soeben eine Schwierigkeit überwunden oder eine Herausforderung gemeistert. »Lassen Sie niemanden aus.«

11.

Was wir zu Weihnachten machen

Contini hatte nicht die Eigenschaften, die man für gewöhnlich mit einem Detektiv in Verbindung bringt. Er war zerstreut, geistesabwesend und Technologie und Fremden gegenüber skeptisch. Stets am Rande großer Abenteuer und wichtiger Entscheidungen, kümmerte er sich am liebsten um seine eigenen Belange.

Dennoch war er bei seiner Arbeit durchaus erfolgreich. Für seine Kollegen blieb das ein Rätsel, aber wer ihn, wie Francesca, gut kannte, wusste, dass seine wichtigste Fähigkeit Geduld war. Contini war ein durch und durch langsamer Mensch: er dachte langsam nach, vermerkte Dutzende von Kleinigkeiten in seinem Notizheft. Er verstand es abzuwarten. Wenn er im Verkehr steckte oder am Bahnhof auf den Zug wartete, war er in der Lage, sich dem normalen Zeitfluss zu entziehen und in die von Francesca so bezeichnete »ferne Contini-Welt« zu flüchten. Er hatte ein Talent, die Leute reden zu lassen, bis sie ihm, vielleicht aus Erschöpfung, das sagten, was er wissen wollte.

Enea Torres entspannte sich gerade. Er war ruhiger und nahm den Detektiv nicht mehr als Feind wahr. Contini war sicher, dass ein paar weitere Fragen, ein paar weitere Momente des Schweigens genügen würden, bis Enea zur Sache kam.

Doch ausgerechnet, als das Eis zu brechen begann, tauchte Gianni mit zwei Einkaufstüten auf.

Die runden Brillengläser waren beschlagen und unter einer grauen Mütze lugten ergraute Haarsträhnen hervor. Während er mit der einen Hand die Tür schloss, hielt er in der anderen die beiden Tüten, neigte zur Begrüßung den Oberkörper in Richtung Contini, entschuldigte sich und wurde verlegen.

»Oh, guten Tag, ich wusste nicht, dass Sie heute ... tut mir leid, wenn ich ungelegen komme ...«

Enea stand auf und nahm ihm die Tüten ab. »Lass mal, das mach ich.«

Gianni streckte Contini die rechte Hand hin, während er mit der linken den Schal abnahm, den er um den Hals gewickelt hatte.

»Ich bin Giovanni Mariotti, wir haben uns in Ihrem Büro kennengelernt, Gianni, der Lebensgefährte von Sara, ich weiß nicht, ob Sie sich erinnern, aber da Sie hier sind, vermute ich ...«

»Ich erinnere mich«, sagte Contini. »Ich bin hier, um mit Ihnen und Enea zu sprechen.«

»Oh! Waren wir verabredet?«

Gianni murmelte etwas vom derzeitigen Notizkalender und dem des kommenden Jahres und davon, dass er beide besaß und deshalb vielleicht vergessen hatte ...

»Machen Sie sich keine Gedanken«, unterbrach ihn Contini. »Das passiert mir auch.«

»Tatsächlich? Warte, Enea, für heute Abend habe ich Hähnchenschenkel und Kartoffeln eingekauft, hier, nimm!«

In den folgenden Minuten, während die beiden die Einkäufe im Kühlschrank und in der Vorratskammer verstauten, versuchte Contini noch ein paar Informationen herauszubekommen, aber Enea blieb stumm. Gianni war dagegen redselig, solange es nicht um Sara ging. Sobald die Sprache auf sie kam, antwortete er höflich, schaffte es jedoch nicht, zusammenhängend zu bleiben: Er entschuldigte sich noch öfter als sonst, und in dem Bemühen zu helfen, brachte er alles durcheinander.

Contini hatte Erkundigungen eingezogen. Gianni war Sportlehrer für die Mittelschule gewesen. Fünfzehn Jahre lang hatte er mit Sara zusammengelebt: Als sie sich kennenlernten, war sie fünfundvierzig, er einundsechzig gewesen. Mit seinen nunmehr sechsundsiebzig Jahren war Gianni rüstig und gut in Form, aber ein Flackern in seinem Blick und ein Zittern seiner Hände zeugten vom nahenden Alter, dem echten Alter. Es würde noch ein paar Jahre auf sich warten lassen, vielleicht sechs oder sieben, aber es würde kommen. Derweil hatte Gianni noch genügend Energie, sich weitere Sorgen aufzubürden: Er war besorgt um die Familie, um Enea und Annika, um den guten Ruf der von Eugenio gegründeten NGO, um das öffentliche Ansehen von Eugenio selbst, den er zwar nie gekannt, aber durch Saras Erzählungen schätzen gelernt hatte.

»Haben Sie oft über ihn gesprochen?«, fragte ihn Contini.

»Manchmal. Ich hätte gern mehr über ihn erfahren, aber sie … sie war eine starke Frau, wissen Sie?« Seine Augen glänzten. Er räumte eine Milchpackung von einem Kühlschrankfach ins andere. »Enea, hast du mit Cecilia gesprochen? Sie hat gesagt, sie wüsste gern, was wir zu Weihnachten machen?«

12.

Verbindungen

Contini begriff, dass es Zeit war zu gehen. Doch zuvor wollte Gianni ihm die Liste mit Eugenios Verwandten und Freunden aushändigen: Er habe sie zusammen mit Annika verfasst und mit Doktor Fontana, der mit ihnen bei Contini im Büro gewesen sei, ob er sich noch erinnern könne …

»Ich erinnere mich.« Contini griff nach dem Mantel. »Hören Sie, Herr Mariotti …«

»Gianni.«

»Hören Sie, Gianni, ich danke Ihnen für die Hilfe und für die Liste. Jetzt …«

»Warten Sie! Da sind noch die Briefe! Enea, wo haben wir die hingetan?«

Contini legte den Mantel wieder ab. »Welche Briefe?«

Eine Viertelstunde später lud Contini einen Pappkarton mit etlichen Briefen, die Sara Torres im Lauf der Zeit geschrieben hatte, mit Fotos von Eugenio, weiteren Fotos von dem Krankenhaus in Indien und der Schule in Niger, mit Artikeln, die Eugenio für verschiedene Zeitschriften verfasst hatte, mit Notizen zur Organisation »Wüstenbrunnen«, Landkarten und Visitenkarten in den Kofferraum.

»Nach Mamas Tod haben wir diese alten Sachen gefunden«, hatte Enea erklärt. »Wir haben bereits alles unter die

Lupe genommen, gemeinsam mit meiner Schwester und Doktor Fontana, aber wir haben nichts Hilfreiches gefunden.«

Während Contini von Tesserete nach Lugano fuhr, rief er sich das vom mattgelben Licht der Lampenschirme nur spärlich erhellte Haus mit den massiven Möbeln und dem Plastikweihnachtsbaum ins Gedächtnis zurück. Er versuchte, sich die saubere und ordentliche Küche vorzustellen, mit den beiden, die wie Vater und Sohn wirkten, es aber nicht waren, beide darauf bedacht, die Last der Trauer und des Verlustes so gut es ging zu tragen. Vielleicht deckte Enea gerade den Tisch, während Gianni die Hähnchenschenkel anbriet und Kartoffeln kochte. Worüber sie wohl beim Essen sprechen würden? Beide waren höflich und ein wenig schüchtern und wussten nur zu gut um den Schmerz des anderen. Contini vermutete, dass der Entschluss, die Ermittlungen wiederaufzunehmen, nicht in erster Linie auf sie zurückging: Sie schienen eher zu dem Schlag von Leuten zu gehören, die auf Ereignisse reagieren und versuchen, gute Miene zum bösen Spiel zu machen.

Offenbar war es vielmehr Fontana, der die Fäden der ganzen Angelegenheit in den Händen zu halten schien. Noch war Contini nicht ganz dahinter gekommen, welche Rolle er eigentlich spielte, aber die Verbindungen zur Familie waren vielfältig: Psychotherapeut, Freund, Vertrauter, ja selbst an der Leitung der Wohltätigkeitsorganisation war er beteiligt.

Er stellte den Wagen im Parkhaus in der Via Balestra im Zentrum von Lugano ab und machte sich zu Fuß auf den Weg. Die Temperaturen waren unter null Grad gesunken. Er richtete den Mantelkragen auf und lief, vom Wind geschützt, durch die Laubengänge. Die Schaufenster wirkten wie Berghütten in einem vereisten Tal: Sie verhießen Wärme, Licht und Lächeln, alles, was nicht kalt und nicht Straße war. Contini sah hinein und lief unbeirrt weiter. Doch er verspürte den Wunsch, in der nächsten Bar einzukehren und sich wie ein Stammgast an den Tresen zu setzen, um dem Raunen der Gespräche zuzuhören. Oder ein Sportgeschäft zu betreten und sich nach Preisen für Fahrradlenker zu erkundigen. Oder in eine Buchhandlung zu gehen, zwischen den Regalen herumzustreifen und sich ein Geschenk für Francesca einpacken zu lassen.

Ihm kam der Gedanke, dass er alt wurde. Wann hatte er sich jemals nach Aperitifs, nach Fahrrädern oder Päckchen mit Schleifen gesehnt? Natürlich hatte er Francesca, die im Gegensatz zu ihm sehr gern las, hin und wieder einen Roman geschenkt, aber er hatte sich nie dazu durchgerungen, etwas als Geschenk einpacken zu lassen.

Vielleicht war der Zeitpunkt gekommen, sich an eine geruhsame Partnerschaft zu gewöhnen. An eine emotionale Beziehung wie sie alle anderen auch hatten. Hatte er es etwa nicht zugelassen, dass überall bei ihm daheim Goldgirlanden hingen? Und hatte er sich nicht mehr oder weniger breitschlagen lassen, einen Urlaub auf der Skipiste zu verbringen? Doch wenn er es recht bedachte, waren weder er noch Francesca geruhsam oder sonderlich emotional. Natürlich führten sie eine Beziehung, oder wie immer man es nennen wollte, aber vorläufig zog Contini es vor, dem nicht allzu viele Adjektive hinzuzufügen.

Auf der Piazza delle Riforma herrschte vorweihnachtliche Hochstimmung. Der große Baum, Glühweinduft, Musik, flüchtige Begrüßungen im Vorbeigehen, Handyklingeln … und Contini inmitten der Menge, verloren im Stimmengewirr, mit Mantel und dunklem Hut, anonym wie ein Detektiv, der seiner Spur folgt. Alles wie im Film, nur dass es keine

Spur gab. Die meisten Fälle löste Contini, indem er irgendjemanden beschattete oder sich mit der Kamera auf die Lauer legte. Diesmal wusste er jedoch nicht einmal, was er Doktor Fontana überhaupt fragen sollte, wenn er ihn in seiner Praxis in der Via Nassa treffen würde.

Beziehung. Dieses Wort beunruhigte ihn nach wie vor … Er hielt inne und schlug eine freie Seite seines Notizheftes auf. Er schrieb: BEZIEHUNGEN. Dann ergänzte er: FONTANA-TORRES/ EUGENIO-SARA/ EUGENIO-ENEA+ANNIKA.

Er lief weiter. Da es niemanden zu beschatten oder zu fotografieren gab, blieb ihm nur, die persönlichen Bindungen unter die Lupe zu nehmen. Das Motto von Renzo Maltese, dem Inhaber eines der renommiertesten Ermittlungsbüros der Lombardei, kam ihm in den Sinn. Hin und wieder übernahm Contini kleine Arbeiten für ihn und Maltese nutzte das, um ihn im Gebrauch von Videokameras, Mikrofonen und speziell entwickelter Ermittlungssoftware zu unterweisen. Contini wollte nichts von Software wissen – das Führen seines Notizhefts fiel ihm schon schwer genug – und um ihn zu überzeugen, betete ihm Maltese, einem Mantra gleich, immer wieder sein Motto vor: »Jeder Fall ist ein Netz von Verbindungen.«

Er hielt kurz inne. Vielleicht konnte man es so nennen. Er lächelte insgeheim bei dem Gedanken, wie Francesca reagieren würde, wenn er sie das gefragt hätte. *Hör mal, meinst du, man könnte das, was zwischen uns ist, als Verbindung bezeichnen?* Sie hätte garantiert …

Contini prallte gegen etwas Weißes, Schimmerndes.

Er taumelte, fand dann das Gleichgewicht zurück.

Er war über einen großen, von innen beleuchteten Plastikwolf gestolpert. Das Vieh markierte den Eingang zu einer kleinen Bar, die aus einem durchsichtigen, violett schimmernden Iglu bestand. Ein Kellner näherte sich, umschiffte einige mit weißem Fell bezogene Hocker und eine Reihe nachgemachter Fässer, die als Tischchen dienten. Er pflanzte sich vor Contini auf und fragte ihn mit verhaltener Höflichkeit, die jederzeit in Alarm umschlagen konnte, ob alles in Ordnung sei. Wahrscheinlich hielt er ihn für betrunken.

»Passen Sie auf!«, sagte er.

»Natürlich«, sagte Contini. »Verzeihen Sie bitte.«

»Brauchen Sie Hilfe?«

Ja, hätte er am liebsten geantwortet. Natürlich brauche ich Hilfe. Ich komme Monat für Monat kaum über die Runden, in meinem Alter spiele ich immer noch den Detektiv, ich weiß nicht einmal, ob ich eine Beziehung oder eine Verbindung habe … Und als sei dem nicht genug, ermittle ich obendrein noch im Fall eines Mannes, der seit zwanzig Jahren verschwunden ist. Ausgerechnet ich, Sohn von Ernesto Contini, der Jahre bevor man seinen Körper fand, verschwunden war, ausgerechnet ich, der gerade unterwegs zur Praxis eines Psychiaters ist. Und ob ich Hilfe brauche.

»Nein, danke«, antwortete er. »Alles in Ordnung.«

13.

Wakefield

An der Ecke zur Via Nassa, neben einer Boutique für Markenkleidung, stand ein Drehorgelspieler mit Zylinder und rötlichem Bart. Contini nickte ihm flüchtig zu und lief noch ein paar Meter bis zu einem Schild mit dem Hinweis auf die Praxis von Dr. med. Luca Fontana, Mitglied des Ärzteverbandes FMH, Spezialist für Psychiatrie und Psychotherapie.

»Contini«, meldete er sich durch die Gegensprechanlage.

Die Tür öffnete sich mit einem Summen und er trat ins Treppenhaus, während die Drehorgel ein altes französisches Chanson anstimmte. Er kam nicht auf den Titel, aber ihm war, als habe Juliette Gréco es in den Fünfziger- oder Sechzigerjahren gesungen.

Das Wartezimmer war leer. Er nahm zwischen einem Ficus Benjamin und einem Stapel Zeitschriften Platz. Irgendwie ging es um die Seine bei Nacht, um Clochards, unter Brücken … *Sous les ponts de Paris!* Das fiel ihm im selben Moment ein, als Fontana in der Tür erschien, und ihn hereinbat.

»Sie wirken überrascht«, sagte der Arzt und deutete auf einen gepolsterten Stuhl vor dem Schreibtisch. »Lassen Sie mich raten … wegen des Namens?«

»Wegen des Namens? Nein, ich habe an ein Lied gedacht. Welcher Name?«

»Welches Lied?«

Fontana lächelte. »Wir stellen beide gerne Fragen, was?«

Die Einrichtung des Arbeitszimmers war schlicht: moderne Möbel, abstrakte Gemälde, ein Metallschreibtisch mit Computer und ein Notizblock.

»Ich habe das Lied erkannt, das die Drehorgel unten gespielt hat«, sagte Contini. »Und welchen Namen meinten Sie?«

»Meinen eigenen: Luca Fontana. Viele Patienten fragen mich, ob ich auf das Flicken von Rissen spezialisiert sei.«

Contini sah ihn an.

»Es gab einen Künstler namens Lucio Fontana«, erklärte der Arzt. »Er ist für seine Interaktionen mit dem Raum bekannt: zum Beispiel hat er Leinwände mit Rissen versehen und dadurch neue Perspektiven erzeugt ... Aber das war nur ein Scherz am Rande.«

»Sie versuchen jedenfalls, Risse zu flicken«, sagte Contini.

»Gut kombiniert!« Fontana neigte den Kopf. »In der Tat habe ich Annika und Enea bei ihrer Initiative unterstützt. Es ist übrigens das erste Mal, dass ich offiziell etwas Konkretes unternehme, um den Vater aufzuspüren.«

»Geht die Initiative wirklich von den beiden aus?«

»Von wem denn sonst?«

Contini antwortete nicht.

»Glauben Sie, ich hätte sie manipuliert? Das ist eine schwere Unterstellung.«

»Ich habe nichts unterstellt.«

»Und ich habe nicht gesagt, dass Sie es getan haben. Ich habe Sie lediglich auf die Tragweite einer solchen Behauptung hingewiesen.«

Contini sah ihm in die Augen. »Wollen Sie mit Worten spielen?«

»Gute Frage.« Fontana stieß sich mit seinem Stuhl ein Stück zurück, verschränkte die Hände vor der Brust und schüttelte den Kopf. »Denn Spielen ist eine ernste Angelegenheit. Erstaunt es Sie, wenn ich Ihnen sage, dass die Suche nach dem verschwundenen Vater für Annika und Enea auch eine Art Spiel ist?«

Fontana legte eine Pause ein. Contini wartete, bis er fortfuhr.

»In unserem Fach greifen wir gern auf das Beispiel des kleinen Kindes zurück, das mit einer Spule an einem Faden spielt. Das Kind hat Spaß daran, sie über den Rand seiner Wiege zu werfen, sie also zu verlieren, sagen wir, sie sich selbst zu überlassen, um sie dann mithilfe des Fadens wieder zurückzuholen, wobei es jedes Mal mit seligem Staunen lächelt. Ist es der Zwang zur Wiederholung, der es zu dem selbst erzeugten Verlustschmerz treibt? Oder ist sich das Kind von Anfang an seiner Widerstandskraft bewusst?«

»Hier gibt es keinen Faden«, bemerkte Contini.

»Ich seh schon, Sie sind ein Mann des Konkreten.« Der Psychiater lächelte. »Die Familie Torres hat Eugenio in der Tat zwangsweise gehen lassen müssen. Aber die beiden jungen Leute haben vielleicht das Bedürfnis, am Faden zu ziehen.«

»Dann bin ich quasi eine Art Therapie?«

»Ihre Arbeit ist zumindest zu etwas nutze: auch die Null muss eine Form finden. Es ist wie mit dem Messer von Lichtenberg. Kennen Sie das?«

»Nein.«

»Das ist noch so eins von unseren kleinen Spielen: ein Messer ohne Klinge, dem der Griff fehlt … das es also nicht gibt, oder? Und trotzdem sprechen wir davon.«

»Und was heißt das?«

»Das heißt, es gibt es, ohne dass es existiert.«

Contini sah ein, dass er sich auf Fontana einlassen musste, wenn er durch ihn etwas Nützliches in Erfahrung bringen wollte.

»Ließe sich Ihrer Meinung nach dasselbe auch über Bindungen sagen?«

Fontana gab sich interessiert. »In welchem Sinne?«

Um sich den Anstrich eines Detektivs und nicht so sehr den eines Patienten zu geben, schlug Contini sein Notizheft auf der Seite auf, auf die er BEZIEHUNGEN geschrieben hatte.

»Ich spreche von unsichtbaren Bindungen, die auch nach Jahren der Abwesenheit bestehen bleiben. Es gibt Leute, die sich an Eugenio Torres erinnern, die ihm nachtrauern, die den ›Wüstenbrunnen‹ am Laufen halten. All das sind Bindungen.«

»Hat Gianni Ihnen die Liste ausgehändigt? Meinen Sie, die wird Ihnen weiterhelfen?«

»Ich würde gern die Zusammenhänge begreifen. Hat Eugenio sich gut mit seiner Frau verstanden? War er ein liebevoller Vater? Hatte er Freunde? Sie beide, zum Beispiel. Welche Beziehung bestand zwischen Ihnen?«

»Ah, ich merke schon, Sie lenken das Gespräch auf Ihr Terrain.«

Contini wartete.

»Wir waren Kollegen … ich würde nicht sagen Freunde, das eher nicht, dazu waren wir zu unterschiedlich. Aber wir haben uns jeden Tag gesehen.«

»Sind Sie gut miteinander ausgekommen?«

»Eugenio kam mit jedem gut aus. Ein überschwänglicher Charakter, ein bisschen egozentrisch, aber zu Großmut fähig.

Er war ein Enthusiast, der sich mit Leib und Seele auf die Dinge stürzte. Ich bin eher zurückhaltend.«

»Haben Sie ihn auf seinen Reisen begleitet?«

»Nein, aber ich habe seine NGO unterstützt. Ich habe ihm auch ein bisschen bei den bürokratischen Angelegenheiten geholfen, gemeinsam mit seiner Frau, mit Rechtsanwältin Storni, die sich noch heute um die Leitung der Organisation kümmert, mit Carlo Farinelli, der mit ihm auf Reisen ging, und mit weiteren auf der Liste angeführten Personen.«

»Ich weiß, dass Sara, Enea und Annika bei Ihnen in Behandlung waren. Können Sie mir, ohne das Berufsgeheimnis zu verletzen, verraten, ob auch Eugenio Ihr Patient war?«

»Das hat Ihnen Enea gesagt, oder? Er stellt mich immer als Familienpsychiater vor … Nein, Eugenio war jedenfalls kein Patient von mir.«

»Es gibt da etwas, dass Sie mir verschweigen.«

»Wie bitte?« Fontana runzelte die Augenbrauen. »Von was reden Sie?«

»Ich habe den Eindruck, dass Sie etwas vor mir verbergen. Sie, Annika, Enea und auch Gianni. Und ich verstehe den Grund nicht.«

»Ein Eindruck. Dabei sind Sie doch, wenn ich nicht irre, ein Mann des Konkreten.«

Contini wollte nicht insistieren, sondern probierte es mit einer anderen Fährte.

»Sagen Sie, haben Eugenio und Sara sich gut verstanden? Ich frage Sie das nicht als Psychiater, sondern nur in Ihrer Rolle als einstiger Kollege.«

Fontana zuckte die Schultern. »Sie waren ein ganz normales Paar. Mit Höhen und Tiefen.«

»Hatte er andere Frauen?«

»Meinen Sie, er könnte mit einer Geliebten durchgebrannt sein? Das wäre banal.« Der Arzt schüttelte den Kopf. »Eugenio war nicht der Typ dafür. Er war nicht unbedingt ein treuer Ehemann, aber er hatte keinen Grund, sich aus dem Staub zu machen. Und das ist es, was mich nach wie vor so stutzig macht. Wenn er nicht in den Bergen umgekommen ist, wieso hätte er dann irgendwo in der Welt verschwinden sollen?« Fontana zückte den Notizblock, der vor ihm auf dem Schreibtisch lag. Dann griff er nach einem Füller und starrte ihn an, als suche er Inspiration. »Manchmal, wenn es um Fälle von Verschwinden geht, hätte ich Lust, einen Artikel über die Definition des Wakefield-Syndroms zu schreiben.«

»Hat das was mit dem inexistenten Messer zu tun?«

Fontana lächelte. »In gewisser Weise. *Wakefield* ist eine Erzählung von Nathaniel Hawthorne, die er vor zweihundert Jahren geschrieben hat. Offenbar geht sie auf einen realen Fall zurück. Es ist die Geschichte eines ganz gewöhnlichen Mannes, der eines Tages für eine kurze Reise sein Heim verlässt … und nicht zurückkehrt. In Wahrheit lebt er über zwanzig Jahre lang weiter in einer Straße desselben Viertels und beobachtet heimlich das Leben seiner Familie. Bis er eines Tages, bereits als alter Mann, ohne ersichtlichen Grund beschließt, nach Hause zurückzukehren.«

»Ist das wirklich passiert?«

»Es gibt ähnliche Fälle. Hawthorne bringt zum Ausdruck, dass der Protagonist, Wakefield, nicht mehr am Leben ist, ohne jedoch gestorben zu sein. Eine Leerstelle, wie …«

»Wie das Messer.«

»Ja, wie das Messer von Lichtenberg. Wakefield betrachtet seine eigene Abwesenheit, erlebt sein Leben von außen. In meinem Artikel würde ich nicht so sehr die pathologischen

Extremfälle thematisieren, sondern eher die Neurosen, die mit der Sehnsucht, mit dem Verharren am Rand des Abgrunds verbunden sind. Wer hat nicht schon einmal diese Versuchung verspürt? Alles zurückzulassen, was uns hält, was uns bestimmt. Doch es genügt ein Augenblick, so Hawthorne, man muss nur einen Augenblick lang zurückweichen, und schon läuft man Gefahr, seine Stellung für immer zu verlieren.«

»Glauben Sie, dass Eugenio eine solche Versuchung verspürt hat?«

Fontana ließ den Füller zwischen den Fingern kreisen. »Vielleicht hat er beschlossen fortzugehen, hat beschlossen, ein Niemand zu werden.«

»Könnte es sein, dass er geflüchtet ist und sich dann das Leben genommen hat?«

»Hm. Schwer zu sagen. Aber keiner, der ihm nahestand, hat jemals Anzeichen einer Depression oder Suizidabsichten bemerkt.«

»Diese Erzählung, *Wakefield*. Haben Sie mit Enea und Annika darüber gesprochen?«

»Ich glaube schon … ja, ich habe darauf angespielt.«

Einen Augenblick lang schien Fontana noch etwas hinzufügen zu wollen, doch dann schwieg er. Contini hatte wieder dasselbe Gefühl: als klopfe man an eine Tür und erhielte keine Antwort, obwohl man spürt, dass dahinter jemand ist.

»Enea sagt, dass sein Vater vielleicht all die Jahre hiergeblieben sei. Heimlich.«

»Ja, aber ich bin sicher, dass er das nicht ernst meint. Außerdem ist es unmöglich. Das Tessin ist keine Metropole wie die, in der Wakefield lebte.« Er bewegte den Stift durch die Luft, als wolle er diese Annahme streichen. »Wir sind nicht im neunzehnten Jahrhundert. Und das hier ist keine Erzählung: in der Realität geht man oder man bleibt. Wakefields Nicht-Leben ist als Bewusstseinszustand möglich, nicht jedoch als reale Bedingung.«

»Es kommt vor, dass jemand verschwindet, und dann eines Tages bereut, dass er gegangen ist«, bemerkte Contini. »Auch ich habe mit solchen Fällen zu tun gehabt … allerdings nicht nach zwanzig Jahren. Aber sagen Sie, wie reagiert eigentlich Wakefields Familie, als er zurückkehrt?«

»Das weiß ich nicht. An einem Herbstabend steigt Wakefield die Stufen seines Hauses hinauf.«

»Und dann?«

»Und dann nichts. Die Erzählung endet so.«

14.

Was aus Eugenio geworden ist

Hin und wieder verlor sich Carlo Farinelli in Satellitenkarten.

Anfangs hatte er Google Maps zur Planung von Wanderungen und Fahrradtouren verwendet. Später hatte er angefangen, irgendwelche zufällig ausgewählten Landstriche auf der Welt in den Blick zu nehmen: Er hatte sich die Häuser, die Straßen vorgestellt, die Menschen, die dort lebten. Er hatte auch Google Street View genutzt, als sähe er einen Film, jeden Tag einen anderen Ort.

Schließlich war er nach Hause zurückgekehrt.

Während er im Dunkeln in seinem Arbeitszimmer saß, betrachtete er immer und immer wieder das Zentrum Europas mit dem horizontalen Alpenband. Dann ließ er den Finger über dem Bildschirm des Tablets kreisen und hinabsinken, wie ein Falke. Aus dem Grün sah er das Dickicht Mailands auftauchen, das sich ungebrochen nach Norden erstreckte, Flüsse verschluckte, die Verzweigungen des Comer Sees und des Lago Maggiore umschloss, bis nach Chiasso, ja bis nach Mendrisio hinauf, gleich einer Flut aus Zement und Teer, die von den Bergen nur mühsam eingedämmt wird. Es gab keine Grenzen, keine Unterschiede, lediglich jenes Verengen des menschlichen Lebensraums hinter dem Monte Ceneri, das Einzwängen der Zivilisation in immer engere Täler. Bis zu den markanten Gipfeln mit ihrem tiefdunklen, von Schatten durchbrochenen Grün und dem Weiß des Schnees. Carlo erkannte den Pizzo dell'Uomo, den Piz Blas, den Piz Rondadura, den Gannaretsch, und dann den Heimstock, den Chammliberg … und er drang noch weiter vor, bewegte die Finger, bis irgendwann keine Verbindung mehr bestand, er nichts mehr erkannte und ringsum alles weiß war, makellos.

Dort war die Wildnis, zum Greifen nahe. Direkt neben der Großstadt, neben den Verkehrsadern, durch die ganz Europa strömte, gab es diese stillen Gipfel, diese Felsen und Gletscher.

Einer dieser Berge barg das Geheimnis. Carlo war nie mehr auf die Greina zurückgekehrt, aber er stellte sich vor, wie in dem Canyon Stein um Stein hinabrollte, und wie sich Eugenios Körper, von dem nach all den Jahren nur noch ein Haufen Knochen übrig war, für immer in der Natur auflöste. Für immer. Diese Worte tauchten in seinen Gedanken auf wie eine Urteilsverkündung: Es hatte weder der Polizei noch eines Gerichts bedurft, Carlo selbst war Henker und Gehängter. Er konnte und wollte nicht vergessen, dass er seinen besten Freund getötet hatte. Er war der Schmach der Bestrafung entgangen, aber jedes Mal, wenn er alleine wandern ging oder auf dem Tablet die Beschaffenheit der Landschaft in Augenschein nahm, geißelte er sich selbst mit der Erinnerung an Eugenio.

In Gedanken betrachtete er sich stets als jemand, der im Begriff war, im Räderwerk der ereignislosen Tage zu sterben. Er hatte sich immer beherrscht und immer der Versuchung widerstanden, einen Dritten ins Vertrauen zu ziehen. In den schlimmsten Zeiten war er kurz davor gewesen, mit irgendjemandem zu reden, mit einem Arzt oder mit einem Priester …

jemand, der dem Berufsgeheimnis unterstand. Stattdessen hatte er sich gezwungen, ein ganz normales Leben zu führen. Er hatte den Kontakt zu den Torres und auch zum »Wüstenbrunnen« abgebrochen. Zum Ausgleich hatte er Reisen unternommen, Leute kennengelernt, hatte gearbeitet, neue Orte, Bücher, Filme entdeckt. Nach der Trennung von Sara hatte er Affären mit anderen Frauen gehabt. Er hatte Heiterkeit, ja manchmal sogar so etwas wie Glück verspürt. Aber jedes Mal hatte er sich gesagt: Pass auf, du stirbst gerade. Carlo wusste, dass er starb, mit jedem Tag, seit er Eugenio Torres' Leiche auf dem Grund einer Gumpe versenkt hatte.

In manchen Augenblicken kam er jedoch gegen zwei Impulse nicht an: zum einen gegen ein unvorhersehbares Glücksempfinden und zum anderen gegen die Angst, entdeckt zu werden. Das erste Gefühl überkam ihn, wenn er aus seiner Deckung herauskam. Etwa, wenn er einen harten Anstieg mit dem Fahrrad hinter sich hatte, seine Lippen sich dem kühlen Quellwasser näherten und ihm überraschend bewusst wurde, dass er glücklich war. Du stirbst gerade, wiederholte er im Stillen. Aber dennoch war er glücklich. Das zweite Gefühl war hingegen komplexer, es konnte jahrelang schlummern, bis irgendjemand während eines Gesprächs darauf kam und einfach so sagte: »Wer weiß, was aus Eugenio geworden ist …«

Wie ein Fluch. Es war die Furcht, dass eines Tages irgendjemand auf die Spuren des Mordes kommen könnte, das Bewusstsein, dass die Jahre des Schweigens die Tat nur um so schändlicher machten.

Er hatte keine Fehler begangen. Nur eine kleine Dummheit, einige Wochen nach dem Verschwinden. Vielleicht, um den Tod zu verbannen, oder als eine Art Sühnegabe, hatte er ein Paar Türkisohrringe hervorgekramt, die er Jahre zuvor in Tunesien erstanden hatte, und hatte sie in der Wohnung der Torres zurückgelassen. Er hatte nie gewagt, mit Sara darüber zu sprechen, und erst recht nicht mit Annika. Es war jedenfalls unmöglich, dass sie auf ihn kommen würden. Aber er hatte deshalb viele schlaflose Nächte verbracht: Er dachte an Annika, stellte sich vor, wie sie die Ohrringe zwischen den Fingern hin und her gleiten ließ, in der blinden, kindlichen Überzeugung, dass der Vater noch am Leben sei. *Und in weiter Ferne, in einem anderen Land, hat er bestimmt einen Diamanten und einen Türkis erstanden, um ihn dem zu bringen, der hier zurückgeblieben ist …*

Nach Saras Tod war die Angst zurückgekehrt. Seit Längerem schon hatte er keinen Kontakt mehr zur Familie, aber eines Tages hatte Luca Fontana bei ihm angerufen und ihn um seine Meinung gebeten.

»Als Anwalt?«, hatte er gefragt.

»Als alter Freund von Eugenio.«

Natürlich hatte Carlo davon abgeraten, einen Detektiv zu beauftragen. Ohne allzu viel Nachdruck, aber mit der klaren Ansage, dass er bei der Sache außen vor bleiben wolle. Stattdessen hatte ein paar Tage später ein gewisser Contini bei ihm angerufen und um ein Treffen gebeten.

Hätte er ablehnen können?

Zumindest konnte er dafür sorgen, dass es ein kurzes, oberflächliches und harmloses Gespräch würde. Letztlich war er nur irgendeiner von Eugenios Freunden. Auch wenn dieser vielleicht die meisten gemeinsamen Reisen mit ihm unternommen hatte, so hatte er, Carlo, sich doch im Lauf der Jahre von den Torres und ihren Bekannten distanziert.

»Wissen Sie, wer Ihnen weiterhelfen könnte?«, sagte er zu

dem Detektiv, nachdem sie an dem Restauranttisch Platz genommen hatten. »Maddalena Storni. Wenn ich nicht irre, leitet sie immer noch den ›Wüstenbrunnen‹.«

»Ich werde auch mit ihr sprechen.«

Carlo schüttete zwei Tütchen Zucker in den Kaffee und versuchte dahinterzukommen, was für ein Typ dieser Contini war. Hager, ernst, schmales Gesicht. Die blauen Augen und die feinen Gesichtszüge verliehen ihm das Aussehen eines Träumers. Aber er verstand es, im richtigen Moment überraschende Fragen zu stellen.

»Ist es Ihnen unangenehm, über Eugenio zu sprechen?«

Carlo gab sich erstaunt. »Unangenehm? Weshalb?«

»Sie meinten, Sie hätten keine Zeit, und Sie haben schon zweimal auf dem Handy nach der Uhrzeit geschaut.«

»Das hat nichts damit zu tun.« Carlo schob das Handy auf dem Tischtuch beiseite und hob die Tasse. »Ich will ehrlich sein. Ich glaube nicht, dass Eugenio noch am Leben ist.«

Er legte eine Pause ein, um einen Schluck Kaffee zu nehmen. Er selbst hatte das Lokal ausgesucht: die Pizzeria Il Ghiottone in Lugano, mitten im Verkehr der Cinque Vie, zwischen Ampeln und Mietshäusern. Es war kein Ort, an dem man sich länger zum Mittagessen aufhielt, die Tische waren von Leuten belegt, die in der Nähe arbeiteten und rasch etwas essen wollten.

»Niemand geht davon aus, dass er noch am Leben ist«, sagte Contini.

«Sind Sie sicher?«, wandte Carlo ein. »Ich habe mit Fontana telefoniert, und laut ihm glauben die Kinder daran. Aber sie laufen Gefahr, enttäuscht zu werden.«

»Eben dafür hat man mich beauftragt, herauszufinden, was aus Torres geworden ist. Wenn er noch lebt, wollen sie ihn finden. Wenn er tot ist, wollen sie sich darüber Gewissheit verschaffen.«

Was aus ihm geworden ist, *che fine ha fatto Eugenio …* Carlo verdrängte den Refrain aus seinem Kopf und leerte die Kaffeetasse.

»Gut. Ich bin hier, um Ihnen zu helfen. Was wollen Sie wissen?«

»Laut Presse waren Sie gut eine Woche, bevor Eugenio verschwand, gemeinsam mit ihm in den Bergen.«

»Ja, auf dem Camoghè. Nichts Anspruchsvolles. Von der Alpe di Serdena sind es etwa acht-, neunhundert Höhenmeter.«

Genau so musste er das Gespräch führen. Ungezwungen sprechen, belanglose Informationen liefern, höflich und distanziert bleiben.

»Haben Sie versucht, jedes Wochenende zu trainieren?«

»Mehr oder weniger.« Carlo nahm die Antwort vorweg: »Leider bin ich das Wochenende drauf, also das letzte, an dem Eugenio von jemandem gesehen wurde, daheim geblieben: Es hatte sich viel Arbeit angestaut.«

»Und er?«

»Er hat mir nichts gesagt, so bin ich davon ausgegangen, dass er am Ende selbst verzichtet hatte … abgesehen davon war es ein kalter und regnerischer Tag.«

»Normalerweise war das für Sie jedoch kein Hinderungsgrund, oder?«

Carlo nickte. »Vielleicht ist Eugenio auch allein losgezogen. Manchmal schätzte er Gefahren leider nicht richtig ein.«

Contini schlug das Notizheft auf. Dann erkundigte er sich, welche Beziehung er zu den Angehörigen Eugenios habe. Das Wort traf Carlo wie eine Ohrfeige.

»Welche Beziehung? Nichts Besonderes. Man hat sich halt getroffen. Eugenio hatte, wie gesagt, tausend Verpflichtungen, seine ehrenamtliche Tätigkeit, die Arbeit, Familie. Ich kannte Sara und die Kinder, aber in erster Linie war ich Eugenios Freund.«

»Hm. Da Sie sich kannten, würde ich Ihnen gern eine Frage stellen.«

Carlo versuchte, Ruhe zu bewahren. »Nur zu.«

»Wissen Sie, wenn man etwas im Kopf hat … was weiß ich, eine Melodie, einen Liedfetzten, sich aber nicht erinnert, wo man es schon gehört hat …«

Carlo schluckte. »Ja …«

»Nun, mein Eindruck ist so ähnlich. Ich habe mit Annika, mit Enea, mit Fontana gesprochen, jetzt spreche ich mit Ihnen, und ich werde noch weitere Verwandte, weitere Freunde sprechen. Aber da ist etwas, das mir seltsam erscheint.«

»Aha. Und das wäre?«

»Eine Art Unnahbarkeit. Als wenn man mir nicht alles gesagt hätte. Gibt es in Ihren Augen etwas, das ich nicht weiß, irgendeine Information, die mir fehlt?«

Carlo atmete durch, langsam. Es gab nichts, was ihn beunruhigen musste. Was auch immer es war, es betraf nicht ihn.

Dann fiel ihm ein, dass Contini von all den Personen, die Eugenio nahegestanden hatten, eine überhaupt nicht erwähnt hatte. Das war sehr sonderbar. Hatten sie ihm wirklich nichts davon erzählt?

Aber warum ihn im Dunkeln lassen?

15.

Der Mann aus dem Assekrem

Carlo wohnte in Rivera und um in seine Kanzlei in Lugano zu gelangen, musste er tagtäglich über die Cinque Vie fahren. Oft blieb er an einer der Ampeln im Stau stecken. Er kam sich vor wie am Rande eines Trichters: Die Via Besso war eine Engstelle, die alle passieren mussten, um runter ins Zentrum und zum See zu gelangen. Zum Glück gab es neben den neuen Wohnsiedlungen noch eine unbebaute Freifläche. Carlo war sich sicher, dass früher oder später auch hier Kräne und Betonmischer auftauchen würden. Aber noch kam es vor, dass man neben grasenden Kühen in der Schlange stand.

Hin und wieder warf eines der Viecher wiederkäuend einen Blick auf die Wagenreihe. Carlo ließ gern das Fenster runter. Dann drehte die Kuh sich leicht zu ihm um, wandte ihm die kräftige Schnauze zu. Die Schnauze eines Wesens, das in stiller, ungerührter Gleichmut die Zeit verstreichen lässt.

Es musste ein seliger Zustand sein. Kein Denken, keine existenziellen, intellektuellen oder moralischen Probleme. Nur Wärme, Kälte, Futter, Schlaf. Jede Kuh tat das, was die Kühe seit jeher getan hatten und was andere Kühe in der Zukunft tun würden.

Am Feldrand befand sich ein Verkaufsautomat für Eier und Kartoffeln. Ein Holzschuppen mit Spitzdach, der zu dem

Betrieb gehörte, in dessen Besitz auch das Vieh war. Diese ländliche Verlockung, dieses beschauliche Rinderdasein inmitten des Verkehrs, lösten in Carlo widersprüchliche Gedanken aus: die Hoffnung, dass auch er eines Tages zu einer Form von Frieden, einem Ende der Qual finden würde, und gleichzeitig das Bewusstsein, dass sich das Glück niemals durch Gewohnheit und Wochenendvergnügen, durch den Wechsel von morgendlichen Versammlungen und abendlichen Drinks erreichen ließ.

In Wahrheit gab es für Carlo keine Hoffnung. Und vielleicht gab es sie für niemanden. Er kannte nur wenige Menschen, die sich tatsächlich zu einem außergewöhnlichen Schritt entschlossen hatten. Zu diesen gehörte ebenjener Mann, den aus irgendwelchen merkwürdigen Gründen niemand dem Detektiv gegenüber erwähnt hatte.

Sollte er es tun? Vielleicht irrte er sich auch und Contini kannte ihn bereits. Carlo sah erneut nach der Uhrzeit auf dem Handy. Letztlich könnte es eine Möglichkeit sein, um das Gespräch relativ gefahrlos zu beenden.

»Ich muss gleich los. Aber mir ist etwas eingefallen.«

»Schießen Sie los!« Contini schlug das Notizheft auf und zückte den Stift.

»Haben Sie schon mit dem Bruder gesprochen?«

Der Stift blieb in der Luft stehen. »Dem Bruder?«

Davon hatte er noch nie gehört.

»Sie wissen doch, dass Eugenio einen Bruder hatte, ein wenig älter als er. Er ist ein … nun ja, etwas eigenartiger Mensch.«

»Lebt er noch?«

»Ich habe ihn seit Jahren nicht gesehen, aber ich glaube schon. Hat man Ihnen nicht von ihm erzählt?«

Contini klappte das Notizheft zu. »Nein. Ich habe die Zeitungsartikel gelesen, die kurz nach seinem Verschwinden erschienen waren. Nirgends war die Rede von einem Bruder.«

»Eigentlich ist er ein Stiefbruder. Er ist der Sohn aus der ersten Ehe von Eugenios Vater, der übrigens noch vor dessen Verschwinden verstorben ist. Ich glaube, auch beide Mütter sind inzwischen tot, die von Eugenio und die des Bruders. Aber haben Sie alle Artikel aus allen Zeitungen gelesen?«

»Noch nicht.«

»Wenn ich mich richtig erinnere, hat irgendjemand die Geschichte ausgekramt. Sie werden bestimmt selbst noch darauf stoßen. Mich wundert nur, dass die Familie Ihnen nichts erzählt hat.«

Er legte eine Pause ein, wartete auf einen Kommentar, aber der Detektiv sah ihn nur abwartend an. Carlo ließ sich nicht lange bitten. Er warf einen erneuten Blick auf das Handy, um klarzustellen, dass er nicht den ganzen Nachmittag Zeit habe, und erklärte Contini dann, dass auch Eugenios Bruder sich in der Sahara gut auskannte. Dass seine Begegnung mit der Wüste jedoch vollkommen anders gewesen sei.

»Er hat jahrelang im Assekrem gelebt, in einer Einsiedelei auf zweitausendneunhundert Metern Höhe, im Haggar-Massiv in Algerien. Der Ort ist berühmt, weil dort vor rund hundert Jahren Charles de Foucauld gelebt hat, ebenfalls Eremit, eine Art Mystiker. Eugenios Bruder ist dem spirituellen Weg von besagtem Foucauld gefolgt und jahrelang dort oben geblieben.

»Und dann?«

»Dann ist er in die Schweiz zurück. Aber hat weiter so gelebt wie ein Eremit … Ich weiß nicht, ob Sie das kleine Dorf Corvesco kennen …«

Contini riss die Augen auf.

»Er hat sich in die Berge oberhalb von Corvesco zurückgezogen und sich dort eine Art Behausung geschaffen. Und er lebt praktisch dasselbe Leben wie in der Wüste.«

Carlo wunderte sich, weshalb der Detektiv so erstaunt wirkte. Er hatte das Notizbuch abgelegt und sich über den Tisch vorgebeugt. Den Kaffee hatte er noch nicht einmal angerührt. Er sprach mit langsamer, bedächtiger Stimme, aber man merkte, dass ihn etwas überrascht hatte.

»Sagen Sie, wie heißt dieser Bruder?«

»Na, Torres halt«, antwortete Carlo. »Er heißt Giona Torres.«

16.

Ih-i esuf-nét

Es gibt einen Alten in den Bergen oberhalb von Corvesco. Er heißt Giona und er ist ein alter Einzelgänger.

Die Leute aus der Gegend haben sich an seine Anwesenheit gewöhnt, auch wenn er anfangs für gewisses Aufsehen gesorgt hatte. Der Eremit lebt in einer Hütte aus Holz und Stein, direkt an einer Felswand. Er trägt einen grauen Bart, ist hager und spitz wie ein apokalyptisches Pferd. Auf seine Art ist er gesellig. Die Leute bringen ihm Brot, Milch, Gemüse, Zeitschriften, eine Korbflasche Wein, eine Zigarre, eine Decke. Giona bedankt sich, und manchmal, wenn er guter Stimmung ist, kocht er etwas für seine Gäste.

Wenn man die Pfade nicht kennt, ist er nicht leicht zu finden. Man muss von Corvesco aus aufsteigen, bis die Kastanien und Haselsträucher den Tannen, und weiter oben Gras und Felsen weichen, und schließlich das Geröllgelände beginnt, das zum Monte Basso hinaufführt. Hier überquert man eine Alm. Dann muss man, kurz unterhalb des Wasserfalls, den Tresalti durchwaten und sich durch Gestrüpp schlagen.

»Wer da?«

Meist wird man von Giona mit einem Warnruf in Empfang genommen, den er aus unerfindlichen Gründen lustig findet.

Es kann jedoch passieren, dass der Besucher das weniger lustig findet.

»Warum hast du mir das nicht erzählt?«

Giona lief ihm leichtfüßig entgegen.

»Freut mich ganz meinerseits, dich zu sehen, mein Junge.«

Contini blieb stehen. »Warum hast du mir nichts von deinem Bruder erzählt?«

»Weil du es schon weißt«, erwiderte der Eremit. »Du weißt es doch, oder?«

Giona trug Flanellhosen, ein Paar Bergstiefel, die vermutlich noch aus den Vierzigerjahren stammten, eine regendichte Bergsteigerjacke und eine Mütze der Chicago Bulls, die Contini ihm geschenkt hatte.

»Ich fasse es nicht.« Contini rührte sich noch immer nicht vom Fleck. »Ich fasse es nicht, dass du das extra gemacht hast. Ich dachte, sie hätten dir nichts davon erzählt.«

»Ich war es, der sie gebeten hat, meinen Namen nicht zu erwähnen«, sagte Giona. »Und ich habe ihnen nahegelegt, sich an dich zu wenden.«

»Ah, danke.«

»Aber du weißt, was das alles zu bedeuten hat, Contini, mein Junge?« Giona wiegte den Kopf hin und her und deutete ein Lächeln an. »Das bedeutet, dass du mich in all den Jahren nie nach meinem Nachnamen gefragt hast!«

Giona konnte schweigen und er konnte reden. Manchmal blieb er tagelang stumm, brachte lediglich den ein oder anderen lapidaren Satz hervor. Manchmal jedoch, wenn er es für nötig erachtete, redete er ohne Unterlass. Benommen von dem Wortschwall, hörte Contini nach ein paar Minuten auf, ein finsteres Gesicht zu ziehen. Er folgte ihm in die Einsiedelei, die sauber und aufgeräumt war. Die hier und dort zusammengeklaubten Möbel schufen eine zeitlose Atmosphäre: eine Sitztruhe war zum Tisch umfunktioniert, ein über zwei Fässer gelegtes Brett diente als Schreibtisch vor einer alten Holzbank, wie man sie aus Eisenbahnzügen kannte, als es noch dritte Klasse gab. Stets brannte ein Feuer.

Giona setzte Teewasser auf. Dann hockte er sich im Schneidersitz auf den Boden vor dem Kamin. Nachdem Contini probeweise auf einem strohgefüllten Jutesack Platz genommen hatte, ließ er sich auf einem Barhocker nieder.

»Sie sind zu mir raufgekommen«, sagte Giona. »Enea und Annika. Ich hatte sie seit Jahren nicht gesehen. Sara war hingegen hier oben gewesen, als es mit ihrer Krankheit losging.«

»Und was hat sie dir gesagt?«

»Nichts, was Eugenio betrifft. Wir haben über andere Dinge gesprochen.«

»Und die beiden jungen Leute?«

»Sie haben mir mitgeteilt, dass Sara gestorben ist und dass sie die Absicht hätten, nach Eugenio zu suchen. Ein Freund der Familie namens Luca Fontana, den sie mir noch vorstellen wollten, würde bereits Ausschau nach Ermittlungsagenturen halten. Ich habe ihnen von dir erzählt, wie du als Junge deinen Vater verloren hast, und wie vertraut du mit der Gegend bist.«

»Hm. Und warum hast du mir nichts gesagt?«

»Weil ich wollte, dass du die Freiheit hast, den Fall abzulehnen.«

Giona füllte zwei Gläser mit Tee und hob die Teekanne dabei so, dass sich beim Eingießen Schaum bildete. »Es geht nicht darum, mir einen Gefallen zu erweisen. Du hast selbst beschlossen, dass sich ein Versuch lohnt.«

Gionas Augen glänzten im Flammenschein. Er erklärte,

dass er sicher gewesen sei, dass er, Contini, ihn früher oder später aufsuchen würde. Und dass der Zeitpunkt gekommen sei, ihm seine Geschichte zu erzählen.

»Keine Angst, es dauert nur zwei Minuten. Ich erspar dir die Details des spirituellen Werdegangs. Es sei denn …«

»Spar dir das ruhig.«

»Ich habe also ein paar Jahre in der Wüste gelebt und bin dann hierhergekommen.«

Schweigen.

»Ist das schon alles?«, fragte Contini.

»Wusste ich's doch, dass du Details hören willst.«

Giona und Eugenio waren die Söhne des angesehenen Luganer Arztes Giovanni Torres, der das Meer und das Segeln liebte. Gionas Mutter Serena war gestorben, als er noch ein Kind war. Er hatte wenige, jedoch sehr klare Erinnerungen. Einige Jahre später hatte Giovanni zum zweiten Mal geheiratet, und zwar Elisa, eine Kollegin und Freundin, die ihm während Serenas Krankheit beigestanden hatte. Eugenio war zur Welt gekommen, als Giona zehn Jahre alt war. Die beiden Brüder teilten die Leidenschaft für die Berge und für ausgedehnte Wanderungen. Doch Eugenio hatte von Anfang an einen geselligeren Charakter an den Tag gelegt, während Giona eine turbulente Jugend durchlebte.

Wie es das Schicksal wollte, waren die beiden eine Zeit lang gemeinsam in der Sahara gelandet. Damals hatte Giona begonnen, sich für die Spiritualität der Wüstenväter, und insbesondere für Charles de Foucauld zu begeistern. Während Eugenio eine Wüstendurchquerung plante, hatte Giona Arabisch, Hebräisch und Tamascheq, die Sprache der Tuareg, gelernt. Mehrere Jahre hatte er in der Einsiedelei verbracht, in der auch Foucauld gelebt hatte, um dort zu lernen und zu meditieren. Er habe ein Leben im Kloster in Betracht gezogen, gestand er Contini, doch dann habe er gemerkt, dass er besser für das geeignet sei, was er selbst als *fuga mundi* bezeichnete.

»Und was ist das?«, fragte Contini.

»Es ist das Leben, das ich jetzt führe. Nicht in der Wüste, sondern hier, inmitten der Berge, in denen ich als Kind meine Ferien verbracht habe.«

Giona hatte die Weihe zum Diözesan-Eremiten nach dem Canon 603 des Kirchenrechts. Er folgte einem durch Schweigen, Gebet und Arbeit bestimmten Lebensrhythmus. Er besaß weder Computer noch Handy, aber er hatte den Kontakt zu seinen Angehörigen beibehalten, wenn auch sehr lose, und er war bereit, jeden zu empfangen, der sich bis zu seiner Behausung hinaufwagte.

»Du hast Eugenios Kindern also geraten, mich zu beauftragen.«

Giona nickte.

»Warum hast du es ihnen nicht ausgeredet?«

»Und warum hast du den Fall angenommen?«

Kurzes Schweigen.

»Du bist der Weise von uns, nicht ich«, sagte Contini. »Ich folge nur meiner Eingebung.«

»Ih-i esuf-nét.«

»Wie bitte?«

»Das ist ein Tuareg-Ausdruck«, erklärte Giona. »Er steht für die Einsamkeit. Die Abwesenheit. Die Traurigkeit ob des Fernseins einer geliebten Person. Wörtlich lautet er: seine *esuf*, seine Einsamkeit, ist in mir. Mit anderen Worten, er oder sie fehlt mir.«

»Willst du damit sagen, dass Enea und Annika der Vater fehlt?«

»Dessen bin ich sicher. Wenn du jemanden liebst, spürst du, dass er dir fehlt. Aber wenn du weißt, dass er tot ist, gibst du diesem Fehlen mit der Zeit einen Sinn, oder du versuchst es zumindest. Wenn zu dem Fehlen jedoch noch die Ungewissheit kommt, läuft man Gefahr, dass die *esuf* zu einem unheilbaren Zustand wird.«

Der Alte sprach mit leiser Stimme und starrte dabei in die Flammen im Kamin, als habe er vergessen, dass er nicht allein war.

»Kein Baum, kein Fels, nichts, was Schatten spenden würde, nur Sand und immer nur Sand ringsum. Im grenzenlosen Raum erscheinen die *kel esuf,* die von der Schwelle, die des Grabes …«

»Giona.«

»… die Schwermut, die quälenden Gedanken, es sind die *emedran*, einem Brennen gleich, das nicht von dir ablässt.«

»Giona, sag, über was reden wir da?«

Der Eremit blickte auf.

»Entschuldige … ich habe an die Einsamkeit gedacht. Jedenfalls verlangen Enea und Annika nach einer Antwort. Sie sind längst erwachsen, sie wollen Gewissheit.«

»Das habe ich begriffen.« Contini ließ sich von dem Hocker hinab. Um mit Giona auf Augenhöhe zu sein, nahm er den Platz auf dem Jutesack in Kauf. »Aber die Tatsache, dass sie danach verlangen, heißt nicht, dass ich ihnen helfen kann. Weißt du, ich habe Erkundungen eingezogen … es ist nicht leicht, Giona. Die naheliegendste Hypothese bleibt nach wie vor ein Unfall, irgendwo an einem abgelegenen Ort in den Bergen.«

»Nein.«

Contini versuchte, eine stabile Haltung zu finden.

»Wie, nein?«

»Das ist nicht die naheliegendste Hypothese. Man hätte ihn gefunden. Und es ist auch nicht die richtige Hypothese. Hör mal, Contini, wenn du dort sitzen willst, musst du dich locker machen.«

Contini war erneut auf dem Boden gelandet.

»Mach schon, sei nicht so verkrampft … magst du noch einen Tee?«

Contini schnaufte. »Was meinst du damit, dass es nicht die richtige Hypothese ist?«

»Eugenio ist noch am Leben«, sagte Giona, während er Tee einschenkte.

»Aber wie kommst du darauf? Auf welche Theorie stützt du dich?«

»Es ist keine Theorie.« Er reichte ihm das Glas. »Pass auf, es ist heiß. Vor Kurzem habe ich die Bestätigung bekommen, dass Eugenio noch lebt. Deshalb habe ich auf die Kinder gehört. Deshalb habe ich sie zu dir geschickt.«

17.

Die Geisterstadt

Liḫawla ‹aṭlālun biburqati ṯaḥmadi talūhu kabāqi-i-l-wašmi fī ẓāhiri-l-yadi … *Heute habe ich an die Verse von Tarafa Ibn al-›Abd gedacht.* In der Steinwüste von Thamad tauchen die Spuren des Lagers von Khawla auf wie die Reste einer Tätowierung auf einem Handrücken. *Heute Morgen sind wir von Timia aufgebrochen und waren um elf in Assodé. Eugenio und Carlo haben die Ruinen der Moschee, die verfallenen Häuser, das Keramikgeschirr fotografiert. Ich habe mich abseits gesetzt. Wo war die Stadt? Ich habe nur Fels gesehen und vom Wind verwehten Sand.*

Die Spuren tauchen auf wie die Reste einer Tätowierung auf einem Handrücken …

Wie viele Jahrhunderte sind vergangen? Assodé wurde noch vor dem Jahr Tausend, noch vor Agadez gegründet. Sie war die Stadt der Palmen, der Straßen und Märkte. Die Hauptstadt des Aïr. Heute ist sie nichts als Stille, eine weite, verblassende Erinnerung. Und doch gibt es noch etwas Menschliches. Ich habe es gesehen, ich habe es gehört. Etwas, das unweit der Talebene des seit Jahrtausenden versiegten kori *schlummert.*

Wie die Reste einer Tätowierung auf einem Handrücken …

Genau dort hielten meine Gefährten vor mir die Reittiere an und sprachen zu mir: Gib dich nicht dem Tod anheim!

Biete dem Unglück die Stirn! *Tarafa wurde 569 in Syrien zum Tode verurteilt. Er war sechsundzwanzig Jahre alt. Er war ein Dichter und gleichzeitig Analphabet, ein Krieger, ein Draufgänger, der zweimal sein gesamtes Hab und Gut verschleuderte. Ein Tollkühner, der sich erst die Gunst des Königs erwarb und ihn dann öffentlich verteufelte. Und von ihm bleiben nichts als Worte zurück.*

In den kommenden Tagen reisen wir nach Tintellust, dann gehe ich wieder nach Algerien. Mein Bruder und sein Freund werden in die Schweiz zurückkehren. Von dieser Reise werde ich die Wunde der Ferne, der verlassenen Orte davontragen. Es ist ein geteilter Schmerz. In den Tagen des Schweigens werde ich die Gewissheit haben, nicht allein zu sein. Die Städte sterben, das ist ihr Schicksal. Wir betrachten die Ruinen, wir spüren den Schmerz, die Sehnsucht, wie einen Schatten, der die reine Sonne verdunkelt. Aber in der Wüste ist der Schatten ein Zeichen für Leben.

Ein Franzose hat mir erzählt, dass er in den Bagzane-Bergen einen Alten kennengelernt habe, der Anfang des Jahrhunderts in Assodé geboren und aufgewachsen ist. Er war ein kel wey *und hat ihm berichtet, wie er die Stadt langsam hat sterben sehen. Er hieß Hamadou. Ich hätte ihn gern kennengelernt, aber inzwischen wird vermutlich auch er gestorben sein. Der letzte Bewohner von Assodé.*

ZWEITER TEIL

Ankunft

18.

Die älteste Giraffe der Welt

Moussa ag Ibrahim kam an einem Tag in der Regenzeit, irgendwann zwischen 1985 und 1990, im Zeltlager seines Vaters zur Welt. Als man ihn in die Schule schickte, hieß es in den Unterlagen, dass er »um 1988« geboren sei. Und als er schließlich einen Pass brauchte, bekam er auch einen Geburtstag: er wurde auf den 1. Januar 1988 datiert.

Bei seiner Ankunft in Pordenone stellte Moussa fest, dass viele emigrierte Tuareg offiziell am 1. Januar Geburtstag hatten. Issouf, ein entfernter Cousin von ihm, sagte immer, dass man für Europäer zunächst auf dem Papier existieren müsse, ehe man in der Welt existieren dürfe: Geburtsurkunde, Pass, Familienbuch, Aufenthaltserlaubnis. Dann schwieg er, die Augen vielsagend verschlossen, und fügte hinzu, dass man für diese Papiere Papier benötige.

»*Tidet ghas!*«, rief er. »Das Papier dieser Papiere sind Euroscheine!«

Moussa lächelte. Er hatte Euroscheine, denn die hatte ihm ein *tubab*, ein alter Freund seines Vaters, geschickt. Er erinnerte sich noch, wie er ihm als Kind zum ersten Mal begegnet war. Damals hatte sein Vater Ibrahim das Nomadenleben aufgegeben und Arbeit in der Uranmine in Arlit gefunden. Moussa mochte das Leben in der Stadt nicht, den Schmutz, die Lehmhütten, die Tatsache, dass in der Schule niemand Tamascheq sprach. Aber eines Tages waren der *tubab* und dessen Freunde mit dem Projekt einer Schule gekommen. Sein Vater wurde als Guide engagiert und alle gemeinsam waren sie in die Lager der Großväter, die in der Gegend um Hamzane umherzogen, zurückgekehrt.

Jeden Morgen bei Dämmerung, nach der rituellen Waschung mit Sand und dem Gebet, zündete Ibrahim ein Feuer an, damit Hadija, seine Frau, die Hirsesuppe kochen konnte, die sie mit Ziegenmilch vermischte. Dann nahm Ibrahim aus seinem *ibewin* das Nötige für die Zubereitung des Tees. Den ersten Becher, der sehr stark war, bekamen niemals die Kinder.

Es war das Jahr 1995, nach der Unterzeichnung der Friedensverträge zwischen Rebellen und Regierungsvertretern. Im selben Jahr war Mano Dayak, einer der Rebellenführer, bei einem Flugzeugunglück ums Leben gekommen. Ibrahim meinte, dass es vielleicht gar kein Unfall gewesen sei, aber er ließ sich nicht weiter darüber aus. Fast jeden Tag fuhr er in dem Geländewagen mit den *tubabs* davon: Sie suchten die Familien auf, um sie dazu zu bringen, ihre Kinder in die Schule zu schicken. Manchmal durfte Moussa sie begleiten, und er suchte in aller Eile seine Sachen zusammen, ehe sie es sich anders überlegen würden.

»*Teklé, teklé!*«, sagte Eugenio dann lachend. »Es geht los!«

Abends, bevor das schwarze Kamel des Schlafes das Lager durchquerte, saßen sie gemeinsam ums Feuer. Die Großmutter erzählte von abgelegenen Oasen in der Wüste, von den Riesenungeheuern Yajuj und Majuj, oder von den Zeiten zu Anbeginn der Welt, als es nur eine einzige Kamelkuh namens Fakaru gab, von deren Milch die ganze Welt lebte.

Moussa mochte diese alten Geschichten, aber noch lieber mochte er es, wenn Eugenio, Carlo und Maddalena von ihrem Land erzählten. Er versuchte, sich die Städte voller Menschen vorzustellen, die unterirdischen Züge, die Fußballfelder mit grünem Rasen.

Die »Wüstenbrunnen«-Schule startete mit wenigen Kindern, da die Eltern sie nicht hergeben wollten. Aber dann ließen immer mehr Familien zumindest ein Kind gehen. Moussa und sein Bruder Mohammed besuchten die Schule, während der dritte Bruder, Bashir, und die Schwester Leila den Eltern halfen.

Ibrahim wollte nicht mehr zurück nach Arlit. Er glaubte, dass er in der Stadt sterben würde, und wollte seine Kinder in der Wüste großziehen, wie es die Imazighan, ihre Vorfahren, getan hatten. Im ersten Jahr waren Moussa und Mohammed zu Beginn der Ferien zur Familie zurückgekehrt, in der Zeit des *garigara*, kurz vor dem Regen. Es gab keine Vegetation, die Brunnen waren versiegt, alle litten Durst. Dann war, wie jedes Jahr, das Leben zurückgekehrt, denn Wasser ist Leben, *aman iman*, wie die Großmutter zu sagen pflegte. Es gibt keine bessere Zeit als die *àkasa*, die Ernte, wenn das Wasser durch die verdorrten Täler fließt, wenn die Wüste blüht und nicht nur die Weiden sprießen, sondern auch die Farben, Düfte und Aromen wieder zum Vorschein kommen.

Doch manchmal kommt das Wasser nicht wieder. Die Familie erlebte das Jahr des Hungers und der Rinderpest, dasselbe Jahr, in dem die Großmutter starb und in dem Moussa nicht mehr in die Schule zurückkehrte.

Die zweite Rebellion war blutiger als die erste. 2008, als die Kämpfe zwischen Rebellen und Regierungskräften entflammten, hielten sie sich in der Nähe des Dorfes El Mecki auf. Der

Anführer des Dorfes wurde der Spionage mit einem *touraya*, einem Satellitentelefon, bezichtigt und getötet. Die Bewohner sahen sich plötzlich mit Schusswechseln, Entführungen und Vergeltungsaktionen konfrontiert. Viele flohen nach Agadez, wo sie sich in Baracken zusammendrängten, andere versuchten, sich in die *brousse*, in den Busch zu retten.

Ibrahim wählte die Wüste. Die Pisten waren mit Minen übersät, es gab kaum Nahrung und fast alle Kamele waren getötet worden. Sie hatten eine Motorpumpe retten können, doch dann ging das Benzin aus und sie wurde unbrauchbar. Sie waren zu Lumpenbündeln verkommen, mit vorstehenden Rippen und leeren Augen. Moussa und die anderen Jugendlichen belauschten die Gespräche der Erwachsenen: Ibrahim war so verzweifelt, dass er kurz davor war, nach Libyen zu gehen, wo die Tuareg angeblich gut behandelt würden. Aber es war Hadija, die für alle die Entscheidung traf. Sie wollte nicht fliehen, sie traute Gaddafi und seinen Versprechungen nicht. Es gab dort zu viele Dollars, zu viele Drogen, zu viele politische Interessen. Hadija zitierte die Worte Aghali Mahiyas, der bei beiden Aufständen mitgekämpft hatte.

»Wir sind ein widerstandsfähiges Volk. Wir halten Kälte, Wind, Sand, Hunger und Ungerechtigkeit stand. Wir dürfen die Hoffnung nicht verlieren!«

Sie hatten die Hoffnung nicht verloren, doch das Leben in Niger wurde immer härter. Abgesehen von Armut und Dürre hatten sie die Krankheit und schließlich den Tod Ibrahims hinnehmen müssen. Moussa wäre gern in die Schule zurückgekehrt, aber für ein Stipendium war er bereits zu alt. Mohammed hatte geheiratet und war wieder nach Hamzane gegangen, wo er für den »Wüstenbrunnen« arbeitete. Inzwischen wurde die Schule von mehreren italienischen und schweizerischen NGOs finanziert, obwohl es in letzter Zeit schwierig geworden war, die nötigen Mittel aufzutreiben.

Auch Hadija war eines Nachts im Schlaf gestorben, so sanft wie sie gelebt hatte. Derweil hatte auch Leila geheiratet und war nach Niamey gezogen. Bashir war bereit, sich um das Lager zu kümmern, sodass Moussa aufbrechen und ein wenig Geld verdienen konnte. Aber wie? Er konnte sich in der Wüste bewegen, aber selbst, wenn er das riesige Flüchtlingslager von Tamanrasset hinter sich lassen und bis zum Meer, bis Hammamet oder zu einem anderen Ort vordringen würde, wie hätte er von dort weiterkommen sollen?

Die Antwort kam in einem Brief, den ihm Mohammed brachte.

Später fragte sich Moussa, warum Eugenio ausgerechnet ihm geschrieben hatte. Vielleicht, weil er der Erstgeborene war, dachte er, und er erkannte, dass es die Chance seines Lebens war. Er begleitete Mohammed nach Niamey, wo sie mit Eugenio verabredet waren. Der war nicht da, aber der alte Onkel Haddoe hatte ihn getroffen und das Paket mit dem Geld in Empfang genommen. Sie hatten alle anderen aus dem Wohnzimmer verscheucht und sich in der Mitte des Teppichs niedergelassen, mit vor Staunen aufgerissenen Augen, während die Hände des Alten die Banknoten ausgebreitet hatten.

Anfangs hatte Moussa das Geld mit der Familie und Freunden teilen wollen. Doch Eugenios teils in *Tifinagh*-Schrift, teils auf Französisch und teils auf Italienisch verfassten Anweisungen waren eindeutig. Der alte Haddoe konnte nicht lesen, aber Mohammed und Moussa hatten damit keine Schwierigkeiten. Moussa begriff, dass er aufbrechen musste, um sich des Geldes würdig zu erweisen.

Bei dieser Summe war es kein Problem, einen Pass zu beschaffen, die Grenze zu passieren, zum Meer zu gelangen und einen Platz auf einem Fährschiff zu bekommen, einem langen Traum voller unbekannter Dinge und Gesichter gleich. Moussa sprach mit niemandem und las immer und immer wieder Eugenios Brief. Er war erstaunt, wie Worte vergessene Momente zu neuem Leben erwecken konnten. Eugenio sprach von Ibrahim, von seiner Angewohnheit, leise vor sich hin zu murmeln, während er *dara* spielte, von der Geste, mit der er den Sitz des Geländewagens abwischte, bevor er sich hinters Steuer setzte. Er sprach auch von Hadija, von ihren Sprichwörtern, von ihrer Fröhlichkeit und ihrer Gastfreundschaft.

In dem Brief rief er den Tag in Erinnerung, an dem sie durch die Berge von Aïr, westlich von Agadez, gelaufen waren. Eugenio hatte einige in eine Felsgrotte gemeißelte Tierdarstellungen fotografiert. Nicht einmal Ibrahim hatte gewusst, worum es sich dabei handelte. Also hatte Eugenio ihnen Schildkröten, Rinder und Giraffen gezeigt.

»Das hier«, hatte er gesagt, »ist die älteste Giraffe der Welt. Das haben eure Vorfahren gemacht, vor Tausenden von Jahren.«

»Aber diese Tiere gibt es hier doch gar nicht«, hatte Moussa eingewandt.

»Vor siebentausend Jahren gab es sie«, hatte Eugenio erklärt.

»Zu Zeiten der Menschen des Gestern?«, hatte Ibrahim gefragt.

Eugenio war beeindruckt. »Menschen des Gestern?«, hatte er gefragt.

Ibrahim hatte eine Geste angedeutet, als wolle er auf etwas hinter seinem Rücken zeigen. »Wir sind die Menschen des

Heute«, hatte er gesagt. »Aber wir sind Holz, das brennt, um die Nahrung unserer Kinder zuzubereiten.«

Moussa hatte wieder die Giraffe vor Augen, mit ihren seltsam langen Beinen, eingemeißelt in den roten Stein. Es war ein verlorenes und wiedergefundenes Bild, etwas, woran er dachte, während er in Genua an Land ging, in dem Hafen voller Männer und Frauen, die ihn ansahen und deren Blicke durch ihn hindurchgingen, in einem nie endenden Strom. Irgendwie schaffte er es, den Bahnhof zu finden und den Zug nach Mailand zu nehmen. Die Bequemlichkeit der Eisenbahnwagen, die Geschwindigkeit, die vielen Häuser und Straßen, die er aus dem Wagenfenster sah, verschlugen ihm den Atem. Er kam an, als es bereits dunkel war, aber überall brannten Lichter: Es schien, als stünde die Stadt in Flammen.

Von Mailand nahm er den Schnellzug nach Venedig, wo Issouf ihn mit dem Auto abholte. Er blieb ein paar Tage in Pordenone, um Verwandte zu besuchen. Sie waren alle zurückhaltend und stellten keine konkreten Fragen, aber insgeheim fragten sie sich, wo er das Geld herhatte, um von Niger nach Italien zu reisen. Außerdem begriffen sie nicht, warum er in die Schweiz wollte. Moussa ließ durchblicken, er habe ein Stipendium erhalten.

»Und wann ist das vorbei?«, hatte Issouf gefragt. »Hier können wir dir zur Seite stehen, vielleicht kannst du Asyl beantragen. In der Schweiz kennst du niemanden.«

»Ich muss dorthin«, hatte Moussa erwidert.

Eugenio hatte ihn ausdrücklich aufgefordert, zu ihm zu kommen, da er seine Hilfe benötige. Er hatte keine Details genannt. Aber er hatte ihm geschrieben, dass er ihm alles erklären würde, sobald er angekommen sei.

19.

Verlassenheit

Er hatte gehört, dass es eine Rangliste für die glücklichsten Länder der Welt gäbe. Niger wäre ganz unten, auf einem der niedrigsten Plätze. Die Schweiz stünde dagegen an einer der obersten Stellen. Moussa hatte diese Rangliste nie gesehen, er kannte sich mit solchen Dingen nicht aus. Er verstand nicht einmal, wie man Glück berechnen konnte. Vielleicht wurden die Leute direkt befragt oder es wurde gezählt, wie viele Menschen tagtäglich genug zu essen hatten.

Jedenfalls stand fest, dass man in Niger nur schwer alt wurde. Es gab den Reichtum der Uranminen, des Erdöls, aber alles lag in den Händen ausländischer Gesellschaften und die Arbeit war eine elende Schinderei. In der Schweiz sah Moussa dagegen viele alte Menschen Auto fahren oder auf den Straßen laufen. Die Frauen waren gut gekleidet, mit geschminkten Gesichtern, die Männer trugen keine Kopfbedeckungen, aber dafür Brillen. Das half, um glücklich zu sein: Ibrahim war in den letzten Lebensjahren fast blind gewesen, aber nachdem Mohammed eine Brille aufgetrieben hatte, war alles besser geworden.

Moussa hatte sich in Lugano einquartiert, in einem Hostel, das Eugenio ihm genannt hatte. In den ersten Tagen hatte er jedes Mal, wenn er unterwegs war, den Weg kaum zurückgefunden. In der Wüste kannte er die Dünen, die Landsenken, die Talbetten der *Wadis*, die Bedeutung der Winde und der Sterne. Auch in der Dunkelheit hatte er ein genaues Gespür für die Himmelsrichtungen. Doch jetzt begriff er nicht, wie er die Schilder lesen oder den Pfeilen auf der Straße folgen sollte.

Zum Glück lernte er schnell. Außerdem sprach er halbwegs Italienisch, und was am meisten zählte: Er hatte Geld in seinen Gürtel eingenäht. Eugenio hatte ihm geschrieben, dass er mit zweitausend Euro keine Probleme beim Zoll haben würde, aber dass es auf jeden Fall besser sei, sie niemandem zu zeigen.

Nach und nach gewann er seinen Orientierungssinn zurück. Bevor er mit Eugenio Kontakt aufnehmen würde, wollte er den Ort erkunden, an dem er angekommen war. Er hatte Europa schon im Fernsehen gesehen, er hatte davon erzählen hören, aber hier zu sein, war etwas anderes. Alles war kompliziert: die Kälte, die Fahrpläne, die Bustickets, die Fußgängerampeln.

Anfangs hatte er sich westlich gekleidet, aber dadurch war er sich noch einsamer vorgekommen. Zwar brachte er es nicht fertig, die traditionelle Tunika überzuziehen – besser Jeans und Lederjacke – aber er wickelte sich wieder den *Tagelmust* um den Kopf und ließ nur die Augen frei. Allein diese Geste ließ ihn sich der Heimat ein Stück näher fühlen.

Noch war es ihm nicht gelungen, seine Leute daheim anzurufen. Seit er sich in Venedig von Issouf verabschiedet hatte, hatte er, außer um nach Informationen zu fragen, mit niemandem mehr gesprochen. Jeden Tag betete er zu Allah *ar-rahmīn*, dem Barmherzigen, *al-ghafūr*, dem Nachsichtigen, *aṣ-ṣabūr*, dem Geduldigen, aber das Gefühl der Verlassenheit vermochte er nicht zu vertreiben.

Um sich abzulenken, beschloss er eines Abends, sich das Eis anzuschauen.

Aus dem Fernsehen wusste er, dass es ganze Felder in Weiß

gab, auf denen Menschen Schlittschuh liefen. Er ging zu Fuß, ohne sich zu verlaufen, vom Bahnhof zur Eisbahn Resega. Er hatte nicht mit so vielen Menschen gerechnet und schon gar nicht damit, dass sie so laut waren. Auch Busse gab es dort, so groß wie die Lastwagen, die sein Cousin Aghali in der Sahara fuhr. Er sah viele Polizisten, einige mit Pistole am Gürtel, andere mit Knüppeln. Moussa begriff, dass auch die glücklichen Länder Polizisten brauchten, aber er fragte sich, warum gerade die Eisbahn so viele von ihnen anzog.

Als er sich dem Eingang näherte, spürte er, dass jemand hinter ihm war.

Schon als kleiner Junge hatte er gelernt, anhand kleinster Zeichen die Nähe menschlicher Wesen zu erspüren. Er musste vorsichtig sein. Ein *imohag* lässt sich nicht von seinen Leidenschaften leiten, sondern bewahrt bei Widrigkeiten Ruhe. Weshalb sollte ihn jemand verfolgen? War es ein Freund oder ein Feind? Wie ließ sich das herausfinden? Es kam vor, dass er wegen seines *Tagelmust* misstrauisch beäugt wurde, aber normalerweise sagte niemand etwas: man warf ihm einen Blick zu und beachtete ihn nicht weiter.

Doch diesmal beobachtete ihn jemand.

Er befand sich inmitten einer Gruppe von Leuten, die allesamt gleich und sehr auffällig gekleidet waren. Sie sangen ein Lied in einer Sprache, die Moussa nicht kannte. Seine Unruhe wurde immer größer. Er wollte nicht umkehren, fühlte sich aber nicht sicher. Er beschloss, langsamer zu laufen, ließ sich von den anderen überholen. Genau in diesem Augenblick legte ihm jemand die Hand auf die Schulter.

»He, halt!«

Moussa erstarrte.

»He, ich rede mir dir, hörst du nicht, oder was?«

20.

Hooligan

Es war ein Polizist.

Moussa wusste nicht, wie reagieren. Im Grunde war es normal, dass Polizisten Leute verfolgten: vielleicht wollte dieser Mann nur eine Kontrolle durchführen. Aber Moussa war weit weg von daheim. Auch wenn er in einem glücklichen Land war, glaubte er nicht, dass ein Polizist etwas Gutes bedeutete.

»Ich entschuldige mich«, sagte er. »Ich habe nicht gehört. Zu viel Lärm.«

»Zeig deine Hände her«, erwiderte der Polizist. »Verstärkung!«, rief er.

Ein weiterer Polizist erschien und sie schoben ihn aus der Menge fort. Dann durchsuchte der eine ihn und der andere forderte ihn auf, das Gesicht zu enthüllen.

»Was hattest du vor?«, fragte der erste, jüngere von beiden.

»Das Eis anschauen, aber …«

»Weißt du nicht, dass es verboten ist?«, fragte der andere Polizist.

»Verboten? Das Eis?«

»Was soll das, willst du uns vergackeiern?«, sagte der Jüngere. »Es ist verboten, in der Öffentlichkeit das Gesicht vollständig zu verhüllen.«

»Was?«

»Du musst die *Burka* abnehmen«, befahl ihm der Polizist.

»Aber das ist keine …«

»Hast du ein Problem?«, sagte der Ältere.

Moussa nahm den *Tagelmust* ab. Die Polizisten erklärten, dass sie ein Bußgeld von bis zu zehntausend Franken über ihn verhängen könnten. Moussa erblasste: das war viel mehr als die Summe, die Eugenio ihm geschickt hatte. Er begriff nicht, was er sich hatte zuschulden kommen lassen. Der Polizist wiederholte, er solle keine Geschichten machen und dass das Gesetz eben so sei. Der Jüngere fragte ihn, aus welchem Land er käme und ob er eine Aufenthaltsgenehmigung habe.

Ruhig Blut, dachte Moussa. Du musst nur herausfinden, was du falsch gemacht hast. Er zeigte den Polizisten sein Touristenvisum, antwortete auf ihre Fragen und erkundigte sich bei dem Älteren, der der Freundlichere zu sein schien, inwiefern er die Regeln gebrochen habe. Der Polizist erklärte, dass er ihn dieses Mal laufen lassen wolle, zumal er offenbar ein Tourist sei. Aber er solle vorsichtig sein.

Er erläuterte ihm, wie das Gesetz funktionierte. Moussa verstand, dass das Tragen von *Burka* und *Niqab* in der Öffentlichkeit verboten war. Der *Hidschab* war dagegen erlaubt. Der jüngere Polizist wollte wissen, weshalb er sich verhülle.

»Du bist doch keine Frau. Oder bist du etwa ein Hooligan …?«

»Er ist unbewaffnet«, sagte der andere Polizist. »Warst du unterwegs zum Spiel?«

Moussa begriff nicht. Sie erklärten ihm, dass auf der Bahn ein Eishockeyspiel stattfand. Dann fragte der jüngere Polizist erneut nach der Verschleierung.

»Es ist ein *Tagelmust.* Bei uns tragen ihn nur die Männer, seit Tausenden von Jahren. Er muss das gesamte Gesicht bedecken, vor allem in der Öffentlichkeit.«

»Was du nicht sagst«, bemerkte der ältere Polizist. »Nervt dich das Ding nicht?«

Moussa lächelte. »Es schützt vor Hitze und Kälte.«

In Wahrheit war der Schleier ein Hüter, ein *amawal*. Man durfte ihn tragen, sobald man erwachsen wurde und er stellte ein Zeichen für Respekt, für *témédert* dar. Er sorgte für Zurückhaltung, hielt unnütze Worte im Zaum. Moussa hatte nicht die Absicht, ins Detail zu gehen, aber der junge Polizist war neugierig.

»Das heißt, ihr lasst die Frauen unbedeckt rumlaufen?«

»Sie machen es, wie sie wollen. Das Zelt gehört ihnen: Männer sind dort Gäste, so wie ich Gast in eurem Land bin.«

»Was soll das heißen? Hat die Frau etwa die Hosen an?«

»Nein, das heißt ...«

»Hör zu«, unterbrach ihn der Polizist. »Wir haben hier zu tun. Pass auf, dass du dich von diesen Leuten fernhältst, hast du verstanden?«

Er deutete auf die Gruppe gleich gekleideter Männer, die alle gemeinsam hüpften und schrien. Moussa erkannte, dass es Fans waren, und versprach, sich unter keinen Umständen unter sie zu mischen.

»Und zieh dir nicht mehr dieses Ding da übers Gesicht, okay?«

»Los, los, weiter jetzt ... und keine Faxen, mein Junge!«

Moussa blieb allein zurück, direkt neben einer Metallabsperrung und unweit des Andrangs von Fans und Polizisten. Hinter der Absperrung befand sich eine dunkle Fläche, vielleicht ein Parkplatz oder ein Fußballfeld. Von der anderen Straßenseite wirkten die Autobusse wie große schlafende Tiere.

Inzwischen war ihm die Lust vergangen, das Eis zu sehen. Er lief noch ein paar Schritte, wartete, bis sich die Augen an die Dunkelheit gewöhnt hatten. Die Polizisten waren freundlich gewesen, aber das Ablegen des *Tagelmust* hatte ihn verletzlich gemacht. Er spürte in seinem Inneren die brennende Entfernung zwischen sich und dem, was ihm kostbar war, seinen Verwandten, seinen Freunden, seinem Land.

Seinem Land? Moussa hatte nie den Gedanken gehegt, einem Land anzugehören. Sein Zuhause war dort, wo er sein Zelt aufbaute und das Vieh weidete. Nachdem sie von Arlit fortgegangen waren, hatte sein Vater ihn so erzogen: Wenn die Weiden abgegrast sind, zieht man weiter. Vor allem aber gab es den Boden unter den Füßen und oben den Himmel, und die Weite des Himmels milderte die Härte des Bodens. Jetzt jedoch wusste er nicht mehr, wo er sich befand. Während er über den Asphalt lief, begriff er, dass jeder Gast ein Bettler ist, und jede Stadt eine Wüste. Seine Mutter hatte immer gesagt: Nirgendwo verstreicht der Tag in Frieden.

Ein erneutes Gefühl der Unruhe riss ihn aus seinen Gedanken. Er dachte, einer der Polizisten würde ihn verfolgen, um sicherzustellen, dass er den *Tagelmust* nicht wieder angelegt hatte. Er bückte sich, um einen Schnürsenkel zuzubinden, sah sich um.

Niemand war da.

Moussa atmete tief durch. Noch immer niederkauernd, verscheuchte er alle Gedanken aus seinem Bewusstsein und konzentrierte sich. Gesichts-, Geruchs- und Tastsinn waren bereit, auch nur die leiseste Bewegung wahrzunehmen. Er war ganz nach außen gerichtet, empfänglich für jeden Reiz, für jede noch so geringe Veränderung gegenüber dem Nichts. Im Hintergrund hörte man die Schreie der Fans, Verkehrslärm und Radioplärren. Moussa schaltete all das aus, bis er einen Schritt hörte, der anders war als die anderen.

Gefahr war etwas, das er kannte, genau wie die Angst. Er konnte gegen eine konkrete Gefahr ankämpfen. Was ihn wehrlos machte, war die Verwirrung, waren die Gespenster der Einsamkeit. Um das Überleben zu kämpfen war das, was er von klein auf getan hatte.

Langsam lief er weiter, ohne sich umzudrehen.

Er drang von einer Straßenlaterne zur nächsten vor, immer am Fluss entlang. Neben den anderen Geräuschen, im Hintergrund, hörte er auch das Rauschen des Wassers. Und den Schritt, der hin und wieder innehielt, hin und wieder den Takt beschleunigte. Es war nicht der Schritt von einem, der seinen Weg ging. Es war jemand, der in der Dunkelheit lauerte, wartete.

Vielleicht war es Eugenio, oder ein Freund Eugenios, jemand von der Organisation »Wüstenbrunnen«. Aber weshalb hätte er sich verstecken sollen?

Langsam bog er nach rechts in eine Seitenstraße ab und warf sich dann mit einem Satz zwischen die Grünpflanzen eines Beetes. Er rührte sich nicht. Unter sich spürte er die kalte Erde. Er hob den Blick und sah den Himmel. Sternenlos, aber es war der Himmel. Vielleicht war er gar nicht so weit fort von daheim. Auch hier, in dem glücklichen Land, musste ein Mann auf sich aufpassen und den Bewegungen seiner Gegner zuvorkommen. Auch hier musste man zwischen Himmel und Erde verharren und abwarten, ob inmitten der Leere etwas in Erscheinung trat.

Es kam näher.

Moussa hielt den Atem an, spannte die Muskeln. Er rechnete damit, dass es vorübergehen würde. Dann hob er den Kopf und sah ihn. Einen breitschultrigen Mann. Moussa sprang aus seinem Versteck, stürzte sich auf ihn und packte ihn an den Armen.

21.

Der Bulle

Contini hatte den Fall Weihnachtsdeko in Angriff genommen.

Wenn er sich wirklich auf eine Woche »Auszeit« im Wallis einlassen wollte, musste er möglichst viel verdienen und versuchen, zumindest die einfachen Fälle zu lösen.

Trotz der Enthüllungen des alten Giona blieb die Angelegenheit komplex. Jahr für Jahr wurden bei der Polizei im Kanton Tessin rund fünfzig Personen als vermisst angezeigt: manchmal kehrten sie wieder heim, manchmal brachten sie sich um und manchmal (selten) wurden sie umgebracht. Doch es war noch nie passiert, dass eine Person nach zwanzig Jahren wieder aufgetaucht war.

Auch der Fall mit der Weihnachtsdeko war nicht ganz ohne. Contini konnte das Haus der Fornis nicht jede Nacht bewachen. So hatte er eine Möglichkeit ausgeheckt, um zum Angriff überzugehen. Laut der stellvertretenden Bürgermeisterin waren die für den Vandalismus verantwortlichen Täter zwei Jugendliche, nämlich die Zwillinge Nicholas und Jonathan Ghidossi, Neffen eines gewissen Attilio, der mit Signora Forni zusammen in der Gemeindeverwaltung von Capriasca saß. Ein besonnener Ermittler hätte auf eine solch irrationale Bezichtigung nichts gegeben. Aber Contini war kein besonnener Ermittler und beschloss daher, der Spur Ghidossi nachzugehen.

Der Trick war einfach: Er musste glauben, dass die Zwillinge schuldig waren, ohne Zweifel an den Tag zu legen, rundheraus und erbarmungslos, wie es die bösen Bullen machen. Am Morgen rasierte er sich nicht und zog einen Lederblouson über. Am Nachmittag ging er zu der Mittelschule, die die Ghidossi-Brüder besuchten. Er wartete, bis die Jungs sich aus dem Eingang drängten, dann stieg er mit ihnen in den Bus. Doch noch vor der Abfahrt erhielt der Fahrer einen Anruf von der stellvertretenden Bürgermeisterin persönlich.

»Sind Jonathan und Nicholas Ghidossi an Bord?«

Ein besorgter Blick zwischen den beiden. Contini erhob sich, deutete auf sich selbst und hob die Hand zu einer beschwichtigenden Geste.

»Alles in Ordnung, es handelt sich nur um eine gewöhnliche Kontrolle.«

Er ließ die Zwillinge aussteigen und sprach mit ihnen im Schutz des Haltestellenhäuschens, während die anderen im Bus saßen, sie beobachteten und kicherten, ohne jedoch verstehen zu können, was gesprochen wurde. Die Unterredung war also privat und öffentlich zugleich.

Contini setzte sich auf die Bank. Die Jungen blieben vor ihm stehen, mit dem Rücken zum Bus und dem Gefühl von tausend Blicken im Nacken. Er wartete ab. Ließ die beiden im Ungewissen schmoren.

Löchrige Jeans, gestylt lässiger Haarschopf, Piercing, Designer-Sweatshirt mit Kapuze: die Ghidossi-Zwillinge schienen nicht gerade von gestern zu sein. Aber Contini setzte seinen Bullenblick auf und sprach mit verhaltener Stimme.

»Ich bin Detektiv. Ich habe mit den städtischen Behörden gesprochen. Vor einem Monat haben wir Videokameras vor dem Haus installiert.«

Schweigen.

»Vor welchem Haus?«, fragte einer der Zwillinge.

»Wer von beiden bist du?« Contini zog das Notizheft hervor. »Jonathan?«

»Nicholas, aber ...«

»Nicholas, schön.« Contini schrieb. »Also, Nicholas, du weißt, von welchem Haus die Rede ist, oder?«

»Wir haben nichts gemacht«, mischte sich Jonathan ein.

»Jonathan, verkauf mich nicht für dumm. Ich habe hier eure Noten in Betragen, die mir nicht gerade glänzend erscheinen ...« Er tat, als suche er in der Innentasche der Jacke nach Unterlagen.

»Wir haben nichts gemacht in diesem Haus!«, rief Nicholas.

»In welchem Haus?«, fragte Contini.

»Im Haus der Fornis. Wir sind da nicht mal vorbeigekommen!«

»Woher wisst ihr, dass es sich um das Haus der Fornis handelt?«

»Das haben Sie doch selbst gesagt.«

»Ich habe gar nichts gesagt.« Contini legte eine Pause ein. »Aber wir haben die Videoaufzeichnungen.«

Die Jungs brachen zusammen. Wie eine Meereswelle kehrte das Kindliche zurück in die gesenkten Blicke, in das Zittern der Stimmen, in die Wangenröte. Fast weinend gestanden Jonathan und Nicholas die Zerstörungstat: eines Abends nach dem Essen hatten sie innerhalb weniger Minuten die Lichterketten abgerissen und die Glühbirnchen zertrümmert. Aber es waren weniger Hergang und Ausführung der Tat als vielmehr Motiv und Auftraggeber, die Contini überraschten.

22.

Das Glockenspiel

»Sie haben keinerlei Beweis.«

Contini seufzte.

»Keinen handfesten Beweis, meine ich. Nur das Geschwätz zweier Buben.«

»Aber wir sind hier nicht vor Gericht«, erwiderte Contini. »Die Frage, die wir uns stellen müssen, lautet: Was wird Ihre Frau dazu sagen?«

Renato Forni verzog sein Gesicht wie eine Schnecke, die man mit Salz bestreut hat. Er sah zur Eingangstür.

»Sprechen Sie nicht so laut.«

»Aber wir sind allein im Haus«, sagte Contini. »Vorläufig.«

Die Geschichte mit Renato Forni bewies einmal mehr, dass in jedem Mann eine Zeitbombe tickt. Anfangs hatte der Ehegatte der stellvertretenden Bürgermeisterin all die Sternchen, blinkenden Schneemänner und an Regenrinnen emporkletternden Weihnachtsmänner noch ertragen. Jahr für Jahr hatte er das Rentier hingenommen, das *White Christmas* zu schmettern begann, sobald sich das Gartentor öffnete, und auch die kleinen Elfen, die ihm von den Fenstern aus zuwinkten. Bis ihm eines Tages klar wurde, dass das letzte Quäntchen seiner schier unerschöpflichen Opferbereitschaft verbraucht war.

Vielleicht hätten sich Jonathan und Nicholas aus eigenem Antrieb zu diesem Vandalismus hinreißen lassen, aber der von Signor Forni in Aussicht gestellte finanzielle Anreiz hatte sie endgültig zu der kriminellen Tat bewogen.

»Wissen Sie, dass Ihre Frau einen Unschuldigen bezichtigt?«

»Ghidossi ist nicht unschuldig. Was glauben Sie, wer mich da neulich angezeigt hat, als ich den Wagen vor der Apotheke geparkt habe?«

»Aber das …«

»Das war eine Apotheke, da bin ich schließlich nicht zum Spaß hin!«

Contini seufzte erneut.

»Ich kann ja verstehen, dass Herr Ghidossi sich als unangenehm erwiesen hat. Aber das ändert nichts an der Tatsache, dass Sie zwei Minderjährige dafür bezahlt haben, Ihr eigenes Heim zu verwüsten.«

Forni schreckte auf. »Meinen Sie, die werden mir Probleme machen?«

Contini schüttelte den Kopf. »Ich denke, Sie sollten diese Angelegenheit untereinander regeln. Sie und Ihre Frau, meine ich.«

»Ah.«

»Niemand sonst weiß etwas davon. Außer die Ghidossi-Zwillinge, aber die werden dichthalten.«

»Glauben Sie? Ich meine, soll ich wirklich mit Valentina sprechen? Aber Sie … also, werden Sie ihr das Ergebnis Ihrer Ermittlungen mitteilen?«

»Ich hatte eigentlich vor, diese Aufgabe Ihnen zu überlassen.«

Contini ließ Renato Forni in dem großen Wohnzimmersessel zurück, der direkt neben dem erleuchteten Weihnachtsbaum stand. Von der Decke hingen eine Flut bunter Girlanden und kleiner Origami-Figuren aus Glanzpapier (Sterne, Schneeflocken, Engelchen) und in der Mitte des Sofatischchens thronte eine paillettenverzierte rote Plastikblume. Im Bücherregal neben dem Sessel plärrte ein Glockenspiel in Form eines Rentiers mit metallischer Stimme Weihnachtslieder.

Von all diesen Dingen war das Glockenspiel das grauenhafteste. Obwohl Signor Forni allein im Haus war und obwohl er so weit gegangen war, eine Straftat zu verüben, wagte er nicht, es abzuschalten. Hörte er es vielleicht gar nicht mehr? Oder hatte er Angst vor seiner Frau? Vielleicht steckte hinter dieser geballten Ladung an geschmacklosem Weihnachtszauber aber auch so etwas wie ein Gefühl. Wer konnte das wissen? Vielleicht war Signor Forni einfach nur sehr verliebt in seine Frau.

Aber wirklich sehr, dachte Contini, während er nach Lugano fuhr. Als Heilmittel gegen zu viel Gefühlsduselei hörte er eine Kassette von Georges Brassens. Er hatte Valentina Forni eine SMS geschickt: *Alles in Ordnung. Ihr Mann wird berichten.* Später würde er ihr noch die Rechnung schicken.

An diesem Morgen hatte er auch noch einen anderen Fall gelöst: Verdacht auf Vergiftung eines Schäferhundes mit phosphathaltigen Frikadellen. Das Ehepaar Antognoli, die Hundebesitzer, fürchteten eine Einbrecherbande. Aber Contini hatte bereits ähnliche Situationen erlebt: zu Weihnachten, Ostern oder auch am Valentinstag kam es vor, dass Hunde irgendwelche Süßigkeiten ergatterten und sich durch ein Übermaß an der in Kakao enthaltenen Substanz Theobromin eine Vergiftung zuzogen. Tatsächlich hatte Contini bei der Inspektion des zum Haus der Antognolis gehörenden Gartens die Überreste einer Schachtel mit Pralinen gefunden, die allesamt in Conans gierigem Schlund gelandet waren. Der Hund wäre um ein Haar daran gestorben, doch nachdem er sich die Seele aus dem Leib gebrochen hatte, hatte er sich geschworen, in seinem Hundeleben nie wieder etwas Süßes anzurühren.

Contini parkte in der Via Besso, neben dem Bahnhof. Noch war der Tag nicht zu Ende. Mit ein bisschen Glück würde er an diesem Abend herausfinden, was aus Eugenio geworden war.

23.

Die Entdeckung des Eises

Jemand hielt ihn an den Schultern, stemmte ihm ein Knie in den Rücken und zwang ihn, auf dem Bürgersteig zu Boden zu gehen.

Ihn einen Moment lang aus den Augen zu verlieren, hatte genügt.

In dieser Haltung war es sinnlos, Widerstand zu leisten.

Er breitete Arme und Beine aus, streckte sich, lag mit der gesamten Körperfläche auf dem Boden auf. Doch kaum, dass der andere den Druck verringerte, drehte er sich um die eigene Achse und ließ das Knie nach oben schnellen. Ein unterdrücktes Stöhnen war zu hören. Er holte mit der Faust aus, aber der Tuareg wich dem Schlag aus und stürzte sich auf ihn, hielt ihn am Boden fest.

Es war eine Pattsituation. Also hielt Contini den Oberkörper starr und schlug mit dem Kopf zu. Der Tuareg ließ heftig schnaubend von ihm ab. Contini ging in Stellung, bereit, sich auf den Gegner zu stürzen.

»Wer bist du?«

Contini hielt inne.

»Was willst du?«, fragte der Tuareg. »Warum verfolgst du mich?«

»Wo ist Eugenio Torres?«, gab Contini zurück.

Schweigen. Contini hob zum Zeichen der Waffenruhe die Arme. Dann streckte er dem Tuareg eine Hand entgegen. Der zögerte einen Augenblick, bevor er die Geste erwiderte. Sie schüttelten sich die Hände, aber Contini spürte, dass der Mann nervös war.

»Du hast mich verfolgt.«

»Ja.« Contini hob den Hut vom Gehweg auf. »Wir wollten herausfinden, wer dich hergeschickt hat.«

»Niemand hat mich geschickt.«

Contini sah ihn an.

»Eugenio«, sagte der Tuareg schließlich. Er rieb sich die Wange, zwischen Nase und Kieferknochen, dort, wo Contini ihn getroffen hatte. »Er hat mir gesagt, ich soll kommen.«

»Hm. Alles in Ordnung?«

Der Mann nickte. »Aber wer bist du?«

»Contini mein Name. Weißt du eigentlich, dass Eugenio seit zwanzig Jahren verschwunden ist?«

Der Tuareg riss die Augen auf. »Wie, verschwunden?«

Maddalena Storni, die Leiterin der NGO »Wüstenbrunnen«, hatte erkannt, dass hinter dem Gerede etwas Wahres steckte. In der Rue de Souvenir in Niamey, wo sich der Sitz der Schweizer Behörde für Zusammenarbeit und Entwicklung in Niger befand, hatte jemand nach Eugenio gefragt. Eine Missionarin aus Hamzane hatte der Schweizer Botschaft von Abuja in Nigeria von einem Brief an den Sohn Ibrahims berichtet, jenes Tuaregs, der Jahre zuvor Eugenio und seine Freunde in die Wüste begleitet hatte. Um Ibrahims Sohn aufzuspüren, hatte sich, wie es schien, Eugenio persönlich an einen Mitarbeiter des RPEHV, des Regionalprogramms für Erziehung und Bildung von Hirtenvölkern, gewandt.

»Ibrahim ist tot. Eugenio hat mich gefunden.«

Moussa sprach mit französischem Akzent. Sie standen unter einer Straßenlaterne unweit der Eisbahn.

»Hast du ihn gesehen?«

»Nein. Er hat mir geschrieben. Aber er hat mit Onkel Haddoe gesprochen.«

Die Schweiz unterstützte viele Entwicklungsprojekte in Niger. Abgesehen von der Finanzierung des Programms RPEHV, das sich für den Schulbesuch von Nomadenkindern starkmachte, hatte die Regierung unlängst siebeneinhalb Millionen Franken für Landwirtschaftsverbände bereitgestellt. Obwohl die Behörden wegen Entführungsgefahr von Reisen nach Niger abrieten, erhielt Maddalena einige Kontakte aufrecht. So hatte die Botschafterin ihr einen Brief zukommen lassen, der adressiert war an: *Giona Torres, irgendwo in den Schweizer Bergen, Schweiz (CH).*

»Eugenio hat auch an seinen Bruder geschrieben«, erklärte Contini. »Er hat ihm geschrieben, dass du kommen würdest. Und dass du uns zu ihm führen würdest.«

»Aber hat ihn tatsächlich seit zwanzig Jahren niemand mehr gesehen?«

Contini nickte. »Jetzt weißt du, weshalb wir dich im Auge behalten wollten. In den letzten beiden Tagen habe ich dich verfolgt …«

»Du hast mich zwei Tage lang verfolgt?«, unterbrach ihn Moussa.

»Nicht die ganze Zeit. Heute wollte ich dich ansprechen … aber du bist mir zuvorgekommen.«

»Ich habe dich erst heute Abend bemerkt.« Moussa wirkte düster. »Es ist dieses ganze Chaos, das mich verwirrt.«

Contini sah zu der erleuchteten Eisbahn, von der Chöre,

Trommelwirbel und schräge Trompetenklänge herüberschollen.

»Es verwirrt auch mich. Warum bist du hierhergekommen?«

»Ich wollte das Eis sehen. Aber dann haben mich zwei Polizisten abgefangen.«

»Das Eis?«

»Das hat nichts mit Eugenio zu tun. Es ist meine eigene Angelegenheit.«

Contini sah erneut zur Eisbahn hinüber.

»Wollen wir das Eis anschauen gehen?«

Moussa wandte ein, dass man dort jetzt nicht hineinkäme. Aber Contini führte ihn zur Eisbahn Reseghina. Unterwegs befragte er ihn zu dem Brief.

»Wieso bist du dir so sicher, dass er von Eugenio stammt?«

»Es geht darin um Dinge, die nur er wissen kann.«

Auch Giona hatte genau das gesagt. In dem Brief an ihn, in dem er Moussas Kommen ankündigte, spielte Eugenio auf einige Erinnerungen an, die bis in ihre Kindheit zurückreichten.

»Und er hat dir nicht geschrieben, wo du ihn findest?«

»Er hat mir eine Adresse gegeben.«

Contini beschloss, ihn nicht weiter unter Druck zu setzen. Sie nahmen am Rand der Eisbahn Platz. Während sie die Leute beobachteten, die übers Eis glitten, erklärte Moussa, dass er ein *kel tamascheq* sei: seine Familie gehöre zu den wenigen, die noch versuchten, auf die alte Art und Weise zu leben. Leider war das inzwischen fast unmöglich geworden. Guerillakrieg, Minen, Kampfdrohnen, Waffenschiebereien, nach Uran und Erdöl gierende Großkonzerne, Sklaverei, Menschenhandel … in der Sahara gab es keinen Frieden.

»Wir leben außerhalb der Städte. Aber wir wissen, was passiert. Und ich weiß nicht, wie lange wir noch durchhalten können.«

Sie hatten keine Schlittschuhe, setzten aber die Füße aufs Eis. Ringsum Pärchen, die Händchen haltend Schlittschuh liefen, Kinder, die Gummiseehunde vor sich herschoben, Männer und Frauen mit Weihnachtsmannmützen auf dem Kopf. Die aus den Lautsprechern dröhnende Popmusik mischte sich mit dem Gelächter und Geschrei der jungen Leute. Moussa legte die Handfläche aufs Eis.

»Es ist glatt ... und auch hart.«

»Das ist nur Wasser.«

Moussa blieb schweigsam, während er andächtig mit der Hand über die Oberfläche strich. Dann sah er auf. »Sag ... könntest du mit mir zusammen zu Eugenio gehen?«

»Hat er dir gesagt, wo er ist?«

Moussa richtete sich auf und sah ihm direkt in die Augen. »Es ist ein Geheimnis.«

»Wir werden es niemandem erzählen. Du weißt also, wo er ist?«

Moussa deutete ein Nicken an. »Aber der Ort ist nicht leicht zu finden.«

24.

Das verlorene Kamel

Zwei Tage noch bis Weihnachten.

Die Berge waren grau. Zwischen den kahlen Zweigen sah man die Steilhänge, die im Sommer vom Laub verdeckt wurden. Annika betrachtete eingehend das Profil der Bergkämme, wanderte mit dem Blick die Felswände hinab. Ehe sie sich dagegen wehren konnte, war in ihr bereits der Gedanke erwacht, dass das, was von ihrem Vater geblieben war, sich genau hier, zwischen dem modernden Laub des Unterholzes, in den Tiefen irgendeiner Schlucht befand.

Aber so war es nicht. Giona hatte einen Brief erhalten. Aus Afrika war ein Mann mit einer Nachricht eingetroffen.

»Vielleicht hat er Mutters Tod abgewartet«, sagte Enea.

»Aber warum?«

»Was weiß denn ich? Diese Briefe, dieser Typ aus Niger …« Enea wandte sich an Contini. »Kannst du dir da einen Reim drauf machen?«

»Bisher noch nicht. Aber laut Moussa …«

»Und warum ist dieser Moussa heute nicht hierhergekommen?«, unterbrach ihn Enea. »Können wir sicher sein, ihm zu trauen?«

»Nur ruhig!«, sagte Giona. »Wir können nicht sicher sein. Aber wir trauen ihm und basta.«

Annika lächelte. Sie mochte diesen sonderbaren Onkel, seine Art, in Paradoxa zu sprechen, und auch seinen mindestens um dreißig Jahre veralteten Sinn für Humor.

»Wie, wir trauen ihm und basta?«, protestierte Enea.

»Du hast dein Kamel verloren«, sagte Giona.

»Was?«

»Die Karawane macht eine Rast und du findest dein schönes weißes *méhari* nicht mehr.«

Annika bedeutete ihrem Bruder mit Blicken, den Mund zu halten. Sie standen draußen vor der Hütte: Der Eremit hatte ein Feuer entfacht und ihnen eine Tasse Tee angeboten. Doktor Fontana hatte nicht bis hier hinaufsteigen wollen: nur Annika, Enea, Contini und Giona waren da. Annika stampfte mit den Füßen auf dem gefrorenen Boden, während Giona mit der Geschichte um das Kamel fortfuhr.

»Du suchst es überall. Als die Karawane weiterzieht, bricht der Abend an und du bleibst dort, mit deiner Last auf dem Boden zurück. Du fragst überall, ob jemand dein Kamel gesehen hat, du setzt eine Belohnung aus. Jemand führt dich hinters Licht und erzählt dir: Ich habe es in diese Richtung davonlaufen sehen! Andere versuchen es zu beschreiben, um die Belohnung einzustreichen. Sie sagen: Hatte es vielleicht ein verletztes Ohr? Hatte es nicht eine verzierte Satteldecke? Aber obwohl du nicht weißt, wo dein Kamel ist, erkennst du die Falschheit dieser Angaben. Jemand sagt: Auch ich habe mein *méhari* verloren, lass uns gemeinsam suchen! Und als endlich einer kommt, und dir tatsächlich dein Tier beschreibt, kennt deine Freude keine Grenzen. Du bittest also diesen Mann, dich zu leiten bei der Suche nach deinem Kamel.«

Einen Moment lang herrschte Schweigen.

»Ich weiß nicht, ob ich richtig verstanden habe«, murmelte Enea.

Giona streckte die Hände in Richtung Feuer. »Lasst uns reingehen, es ist kalt!«

Der Atem aus ihren Mündern bildete Dampfwolken. Die Sonne brachte die Felsgipfel zum Glänzen und erzeugte die Illusion von Wärme, von Frühling. Aber Annika spürte ihre Zehen nicht mehr.

Giona ging den Spaten holen, der an der Wand lehnte.

»Und das Kamel?«, beharrte Enea.

»Ich weiß nicht«, antwortete Annika. »Vielleicht soll das heißen, dass wir Vertrauen haben müssen. Wir haben schließlich nichts zu verlieren, oder?«

Giona warf Erde auf das Feuer.

»Wie heißt es noch mal? ›Das Entzünden von Feuer unter freiem Himmel ist strengstens untersagt.‹« Der Alte grinste. »Wir übertreten das Gesetz, Kinder, aber sagt das ja nicht dem Detektiv …«

Nachdem er das Feuer draußen gelöscht hatte, entfachte er mit ein paar dünnen Spänen ein weiteres im Kamin. Das Gemüse für eine Minestrone hatte er bereits geschnippelt: Kartoffeln, Karotten, Zwiebeln, Sellerie, Bohnen und Zucchini. Er stellte einen Topf auf den Holzofen, während Contini und Enea die Bank und die Fässer verrückten, um in der Mitte des Raumes eine Art Tisch zu schaffen.

Annika sah sich auf der Suche nach einer geeigneten Sitzgelegenheit um.

»Halt dich von dem Ding da fern«, riet ihr Contini, auf einen gefüllten weichen und geschmeidigen Sack deutend. »Wenn er dich verschlingt, gibt es kein Entrinnen mehr.«

Irgendwie schafften sie es, sich alle um den Tisch zu setzen.

Giona brachte die Minestrone bei kleiner Flamme auf dem Ofen zum Köcheln und setzte dann über dem Kamin den Tee auf. Contini zog sein Notizheft hervor und zeigte allen eine Seite, auf der er einige Zahlen notiert hatte.

27157411163347

»Was ist das?«, fragte Enea.

»Es ist der Ort, an dem sich euer Vater befindet«, antwortete Contini.

25.

27157411163347

Eugenio hatte Moussa teils auf Französisch geschrieben. Er hatte seine Eltern, Ibrahim und Hadija, erwähnt. Er hatte auf die Reisen in der Sahara angespielt. Er hatte ihn gebeten, sich ein Touristenvisum für die Schweiz zu besorgen – mit dem Geld würde das kein Problem werden – und er hatte ihm die Adresse eines günstigen Hostels genannt, wo er unterkommen könnte. Am Ende hatte er einen Satz auf Italienisch angefügt.

Moussa, du musst so schnell wie möglich kommen. Ich brauche dich. Hier die Angaben, um zu mir zu finden: 27157411163347.

Das war alles. Moussa wusste nicht, was die Zahlen zu bedeuten hatten. In der Annahme, es könne sich um geografische Koordinaten handeln, hatte er einen Freund gefragt, der als Fremdenführer arbeitete, aber das Navi hatte sie nicht erkannt. Am Ende war er zu dem Schluss gekommen, dass sich Eugenio mit ihm in Verbindung setzen würde, sobald er erst einmal in die Schweiz gereist war. Stattdessen war er auf Contini gestoßen.

»Und warum hast du uns nicht früher informiert?«, fragte Enea.

Annika merkte, dass er beunruhigt war. Schon als Kind hatte er immer, wenn er es mit der Angst bekam, barsch, ja fast grob reagiert.

»Es ist meine Schuld«, sagte Giona. »Ich wollte sicherstellen, dass die Nachricht authentisch ist, bevor ihr davon erfahrt.«

Giona zeigte den Brief, den sein Bruder an ihn »irgendwo in den Schweizer Bergen« geschickt hatte. Er erklärte, dass Eugenio darin an eine Begebenheit aus ihrer Kindheit erinnerte: eines Tages hatten sie sich während eines Familienpicknicks im Wald verlaufen und waren auf einer Brennnesselwiese gelandet. Giona setzte eine Brille auf und las vor.

»›Ich bin an die entlegensten Orte der Welt gereist, aber ich glaube, dass ich niemals so weit weg von allem gewesen bin, wie an jenem Tag in dem Brennnesselfeld.‹« Giona schaute auf. »Hat er euch jemals davon erzählt?«

Annika sah zu Enea. Beide schüttelten den Kopf.

»In dem Brief ist auch von einer Reise die Rede, die wir vor vielen Jahren durch die Wüste unternommen haben. Und am Schluss heißt es: ›Ich kann der Welt nicht länger fernbleiben. Jemand wird aus der Sahara kommen. Frage ihn: Er weiß, wo ich bin.‹«

Eugenio hatte Moussas Namen und die Adresse des Hostels angefügt. Zum Glück hatte Moussa erkannt, dass sie auf derselben Seite standen, und hatte Contini den Brief mit den Zahlen gezeigt. Leider kam auch Contini nicht die leiseste Idee, was sie zu bedeuten hatten.

Annika spürte, wie die Müdigkeit sie übermannte. Was hatte sie hier oben, in dieser Art Höhle, eigentlich verloren? Es war absurd: sie und Enea waren hier, gemeinsam mit einem Detektiv und ihrem Onkel, der immer verschrobener zu werden schien, um über einen Tuareg zu reden, der von Eugenio einen Brief erhalten hatte, einfach so, nach zwanzig Jahren, mit einem albernen Ratespiel wie aus der *Rätselwoche …*

»Alles in Ordnung?«

Continis Stimme. Annika gab sich einen Ruck. Ein paar Sekunden lang war sie beinahe nicht bei Bewusstsein gewesen.

»Entschuldigt. Ich bin bloß ein bisschen müde.«

Gionas Minestrone verhalf ihr wieder zu Kräften. Enea blieb hingegen mürrisch: Er antwortete einsilbig, aß mit über den Teller gebeugtem Kopf, als wolle er sich abschotten. Annika fragte Contini, was er vorhabe.

»Ich werde diese Zahlen unter die Lupe nehmen. Wenn Eugenio wirklich wollte, dass Moussa ihn findet, musste er ihm die Mittel dazu an die Hand geben.«

»Wenn wirklich …«, murmelte Annika.

»Diese Sachen, die er geschrieben hat, davon wusste nur er, oder?« Enea legte den Löffel ab. »Es ist das erste Mal, dass er ein Zeichen gibt, wir dürfen nicht zögern.«

Als er noch jünger war, hatte er diesen Ton an den Tag gelegt, wenn er die Mutter und Gianni mit wütenden Sätzen bombardierte. Er hatte jedes Mal gebebt, während er sprach, als würde die Gewalt des Wortschwalls seinen Körper erschüttern, und noch im selben Moment, in dem er sprach, bereute er bereits, was er sagte, aber er konnte nicht aufhören.

»Wir zahlen also für die Ermittlungen, und als kein Mensch mehr damit rechnet, kommt plötzlich heraus, dass unser Vater noch am Leben ist. Kaum vorstellbar, dass diese Ziffern nichts zu bedeuten haben? Vielleicht handelt es sich um eine Postleitzahl, was weiß ich, oder um einen Schließfachcode, um eine verschlüsselte Botschaft ... hast du versucht, im Internet was rauszukriegen?«

Contini ließ ihn zum Ende kommen.

»Ich habe es versucht«, sagte er dann.

»Und?«

»Und nichts. Diese Ziffernfolge taucht nirgendwo auf.«

»Eine Telefonnummer? Koordinaten?«

»Ich werde es in Erwägung ziehen. Um Klatsch zu vermeiden, sollten wir allerdings versuchen, die Sache vertraulich zu halten. Ich will nicht, dass es in die Medien kommt.«

»Wer weiß von der Angelegenheit?«, fragte Annika.

»Nur wir, Gianni, Luca Fontana. Und Francesca ... meine Assistentin.«

»War das unbedingt nötig?«

»Ja«, sagte Contini.

Enea errötete und murmelte ein paar entschuldigende Worte. Annika half ihm aus der Verlegenheit, indem sie Contini fragte, ob er auch Eugenios Freunde benachrichtigt habe. Er erwiderte, dass er zumindest mit Maddalena Storni darüber reden wolle, die ja den Brief für Giona erhalten hatte, und auch mit Carlo Farinelli, der ihm geschrieben hatte, um zu erfahren, wie es mit den Ermittlungen stünde.

»Und Moussa?«, fragte Enea. »Vielleicht wird er es jemandem erzählen.«

»Ich werde ihm sagen, dass er dichthalten soll«, versprach Contini.

»Gibt es etwas, das wir tun können?«, fragte Annika.

Contini antwortete ihr, dass sie bloß abwarten müssten. Annika fühlte sich wie ein kleines Mädchen beim Schuldirektor, das gesittet mit den Händen im Schoß dasaß und sich erklären ließ, dass man in der Schule geduldig sein und sich gut betragen müsse und nur sprechen dürfe, wenn man an der Reihe sei.

»Warten wir also ab«, sagte sie.

So wie sie ihre gesamte Kindheit und Jugend gewartet hatte, bis sie irgendwann vergessen hatte, dass sie wartete. Sie hatte gelernt auszuweichen, wenn ihre Freundinnen oder Partner sie nach dem Vater fragten – sie brauchte bloß zu sagen, dass er verschwunden war, und niemand stellte mehr Fragen –, während sie im Lauf der Jahre stille Verbindungen geschaffen hatte, wie etwa die Landschaftsfotografien, die Türkisohrringe oder das Volontariat beim »Wüstenbrunnen«, die Reisen, das Lesen exotischer Geschichten … vielleicht ja auch ihre Arbeit im Reisebüro, wo sie den Träumen der Leute ständig konkrete Form verleihen musste, indem sie Tickets buchte, Hotels anrief, Informationen zu Routen und Tarifen einholte.

Nach dem Essen bot Giona eine dritte Tasse Tee an. »Es ist der mildeste Aufguss, der, den man vor dem Aufbruch trinkt …«

»Willst du uns vielleicht rausschmeißen?«, fragte Contini.

»Du kannst auch über Nacht bleiben: Du wirst sehen, wie bequem das Lager ist …« Giona deutete kichernd auf den Jutesack. »Nein, Leute, hier oben könnte es anfangen zu schneien. Ihr solltet los.«

Als sie auf den Platz vor der Hütte hinaustraten, rief Giona Contini nochmals hinein, um eine Bestellung bei ihm in Auftrag zu geben. Annika nutzte die Gelegenheit, und fragte ihren Bruder, ob alles in Ordnung sei.

»Was hältst du von der Sache?«, fragte er zurück.

»Wir kommen voran. Diese Zahlen …«

»Mir kommen sie vor wie ein Scherz. Nur dass diese Briefe

völlig authentisch sind und bloß er sie schreiben konnte, mit diesen intimen Erinnerungen …«

»Vielleicht hat er irgendjemandem davon erzählt.«

»Wem denn? Wo er sie nicht einmal uns erzählt hat.«

»Vielleicht Mama?«

»Aber sie ist tot. Und außerdem, warum sollte sich jemand als Eugenio Torres ausgeben? Das ist die Frage, die wir uns stellen müssen.«

»Meinst du, dass Papa uns treffen will?«, fragte Annika.

»Ich weiß es nicht!« Enea schnaubte. »Hör zu, es ist sinnlos, darüber zu diskutieren. Wir sollten lieber aufpassen und uns nur auf uns beide verlassen.«

Annika stutzte. »Was willst du damit sagen?«

»Ich bin der große Bruder!« Enea fasste sie an den Schultern. »Ich sage dir, dass du niemandem trauen darfst … nicht einmal Contini, Giona, irgendwelchen Freunden. Diesem Tuareg. Ich weiß nicht, was es ist, aber ich bin sicher, dass dahinter eine üble Geschichte steckt.«

In diesem Augenblick trat Contini aus der Hütte, und nachdem sie sich von Giona verabschiedet hatten, begaben sich alle gemeinsam hinab ins Tal.

Schon als sie klein waren, hatte Enea immer ausgerechnet dann die Rolle des großen Bruders übernommen, wenn er sich unsicher fühlte. Annika war nicht gerade wagemutig, aber in brenzligen Situationen schaffte sie es, Ruhe zu bewahren. Vielleicht schlief sie dann schlecht, aber im Notfall wusste sie dort anzupacken, wo es sein musste: Das hatte sie während ihrer Tätigkeit für die NGO gelernt, und daran hielt sie sich auch bei ihrer Arbeit im Reisebüro.

Natürlich war es schwieriger, nicht den Mut zu verlieren, wenn man nichts tun konnte. Während sie dem Pfad durch den Wald folgten, fiel Annika ein, dass es der Tag vor Heiligabend war. Es würde das erste Weihnachten ohne die Mutter sein. Sie würden so tun, als sei nichts, aber während des gemeinsamen Essens bei Tante Cecilia, mit den Cousins und den anderen Verwandten, würde der stumme Geist Eugenios über allem schweben. Seine Anwesenheit und gleichzeitige Abwesenheit würde jeden Geschenkeaustausch, jedes Prosit, jedes von den Kindern angestimmte Liedchen durchdringen.

Großmutter Federica, die nicht mehr ganz klar im Kopf war, würde wie immer nach Neuigkeiten von unserem lieben Eugenio fragen. Diesmal würde sie sich auch nach der Mutter erkundigen und diese Frage würde für eine andere Form der Betroffenheit sorgen. Sie würden russischen Salat, gefüllte Tomaten, Cotechino mit Linsen und Salzkartoffeln und zum Abschluss Panettone essen. Wie immer. Aber dieses Jahr würde die Atmosphäre allzu friedlich sein, ohne die üblichen Streits über Politik, über Fußball oder irgendein anderes dummes Thema.

Annika erwartete Weihnachten stets mit banger Erregung, auch wenn sie am Ende enttäuscht wurde. Ihre Erwartungen waren noch die eines Kindes, aber das Ereignis reichte nicht mehr an die Hoffnungen heran. Zum Glück steckten Paolas und Diegos Kinder die Erwachsenen jedes Mal mit ihrer Fröhlichkeit an, die so unbekümmert war, dass man einfach lächeln musste. Saras Abwesenheit würde sie eine Minute lang erstaunen lassen, aber dann würden sie es vergessen. Für sie war Gianni der Opa und von einem Mann namens Eugenio Torres würden sie nie etwas erfahren.

Es sei denn …

Es sei denn, Eugenio würde nach all den Jahren wieder zum Leben erwachen.

Sie liefen fast die gesamte Zeit, ohne ein Wort zu sagen. In Corvesco verabschiedeten sie sich von Contini und stiegen in ihre Autos. Annika und Enea waren mit zwei Wagen gekommen, da er am Abend in Bellinzona noch zum Essen eingeladen war. Sie konnte es dagegen kaum erwarten, endlich nach Hause zu kommen und die Unruhe mit ein, zwei Episoden *Game of Thrones* zu besänftigen. Aber das bevorstehende Weihnachtsfest machte sich auch auf der Autobahn bemerkbar: Hinter dem Tunnel Collina d'Oro geriet sie in einen Stau.

Sie war hungrig, fror und spürte einen leichten Krampf in der rechten Wade. Zumindest gegen das Frieren gab es ein Mittel: Sie wickelte sich den Schal ums Gesicht und stellte die Heizung höher. Dann streckte sie das Bein auf dem Beifahrersitz aus, beugte sich vor, um die Fußspitze zu berühren und die Muskulatur zu dehnen. Eigentlich hatte sie nie solche Probleme, zumal sie durchtrainiert war. Im Winter ging sie in der Halle klettern und bei schönem Wetter im Freien, sie ging auch schwimmen und joggen. Doch diese Krämpfe waren nervlich bedingt. Annika war davon überzeugt, dass Nervosität in irgendeiner Form Auswirkungen auf die Milchsäure hatte.

Sie hielt, um in einem Fastfood-Restaurant in Lugano Nord einen Hamburger zu essen, dann bog sie in den Tunnel Vedeggio-Cassarate ein und schaffte es endlich, gegen zehn, bis nach Molino Nuovo.

Sie hatte sich entschieden, keinen Stellplatz im Hinterhof des Hauses zu mieten, da diese unverhältnismäßig teuer waren. Sie hatte eine Parkberechtigung für die blaue Zone und fuhr meist so lange durchs Viertel, bis sie einen freien Parkplatz sah. Ihr letzter Freund, mit dem sie bis vor ein paar Monaten zusammen war, hatte immer gesagt, dass er es nicht verstehen könne: Er würde zu viel kriegen, wenn er beim Nachhausekommen nicht die Gewissheit hätte, seinen eigenen Parkplatz vorzufinden. Er hatte so sehr insistiert, bis Annika tatsächlich zu viel gekriegt hatte. Aber statt sich einen Parkplatz zu besorgen, hatte sie ihrem Freund den Laufpass gegeben.

Zum Glück. Denn der hätte frohlockt: an diesem Abend war nirgendwo eine Parklücke zu finden. Annika überquerte den Cassarate, fuhr über den Viale Castagnola und den Viale dei Faggi, mit dem Hamburger im Magen und stressbedingter Milchsäure in den Muskeln. Sie war schon drauf und dran, den Wagen in der Parkgebührenzone zu lassen, als sie seitlich in der Via Campo Marzio einen Parkplatz erspähte.

Sie setzte einen Fuß auf den Boden, dehnte den schmerzenden Muskel und atmete tief die kühle Luft ein. Humpelnd, den Rucksack auf dem Rücken, machte sie sich auf den Weg über den Viale Cassarate und lief die Via Ciani bis zur Kreuzung Via Mola hinab. Genau an diesem Punkt, zwischen Bottas Rundbau und einem Druckereigebäude, hörte sie Schritte hinter sich.

Die Straße war dunkel und Annika nervös. Wenn jemand hier entlanglief, hätte sie ihn doch sehen müssen, oder? Stattdessen hörte sie nur Schritte, als handle es sich um einen Geist, ein imaginäres Geräusch. Sie hielt inne. Die Kontaktlinsen wurden trocken. Sie schloss die Augen, massierte sich die Lider und öffnete sie wieder.

Erneut Schritte, diesmal näher. Viel näher. Zu nahe.

Gleich darauf spürte sie eine Hand, die sie packte, und den keuchenden Atem eines Mannes, wenige Zentimeter vor ihrem Gesicht.

26.

Swisstopo

Enea und Annika hatten draußen gewartet, während Contini in die Hütte zurückgekehrt war. Giona wollte ihm etwas unter vier Augen sagen, um die beiden jungen Leute nicht zu beunruhigen … die eigentlich gar nicht mehr so jung waren, wenn man bedachte, dass Enea bereits auf die vierzig zuging. Aber wenn Contini mit ihnen sprach, hatte er immer den Eindruck, eine Art emotionale Verwundbarkeit zu spüren, als würde der Gedanke an den Vater kindliche Verhaltensweisen auslösen.

Giona schob die Tür zu und trat näher.

»Er ist es.« Seine Stimme war fast ein Flüstern. »Es sind Dinge, von denen nur Eugenio wissen konnte. Wenn er geschrieben hat, heißt das, dass er Hilfe braucht.«

»Und diese Zahlen?«

»Es ist eine verschleierte Art, etwas Einfaches auszudrücken. Er macht ein *tāngalt*, verstehst du? *Awal iha defu:* das Wort, das einen Schatten birgt.«

»Ist das wieder so ein Tuareg-Ding? Aber was hat Eugenio damit zu tun?«

»Wenn er einem Tuareg schreibt, passt er sich seinem Stil an. *Tāngalt* impliziert *asshak*, das Maß, und *takarākịt*, die Zurückhaltung. Deshalb tragen die Männer den Schleier. Sie zeigen nur das Wesentliche, das, was von Bedeutung ist.«

»Hinter diesen Ziffern steckt also ...«

»Etwas Offenkundiges, aber Verschleiertes.«

»Aber das bringt uns nicht weiter.«

Giona strich sich mit der Hand durch den Bart und sah sich im Halbdunkel des Raumes um, als sei Eugenio hier irgendwo versteckt. Einen Augenblick lang spürte Contini, wie er sich zurückzog, er wusste nicht, ob in sich selbst oder in die Vergangenheit.

»Wir müssen Vertrauen haben«, sagte Giona schließlich. »Wir müssen dafür beten, dass sich uns der Sinn erschließt. Eugenio wollte, dass der Junge versteht.«

Contini war skeptisch.

»Schließlich ...«, begann Giona.

»Sag es nicht!«

»... bist du Detektiv, oder?«

Contini seufzte. »Ich wusste, dass wir an diesen Punkt gelangen würden.«

Giona grinste, während er ihn hinausbegleitete. »Und was bist du für ein Detektiv, wenn du keine Geheimcodes knacken kannst?«

Der Eremit blieb stehen, um ihnen hinterherzuschauen, während sie hinabstiegen – Contini sah ihn von unten, unbeweglich wie einen Wachposten –, bis sie den Tresalti durchwatet hatten und im Wald verschwunden waren. Bevor sie den Pfad einschlugen, warf ihm Contini einen letzten Blick zu: im Gegenlicht stand er dort, aufrecht und dürr wie eine Bohnenstange. In diesem Moment kam er ihm vor wie ein Unbekannter. Was brachte einen Mann dazu, sich allein in die Wildnis zurückzuziehen? Giona war heiter, vielleicht ein bisschen verrückt, aber klar in seinen Urteilen und aufmerksam im Umgang mit Leuten. Dennoch hatte er beschlossen, sich aus der Welt zurückzuziehen, um … ja, um sich was zu widmen? Der Introspektion? Dem Gebet, dem Zwiegespräch mit Gott?

Giona lebte allein und nahm, abgesehen von gelegentlichen Frühmessen, an keinerlei öffentlichen Ereignissen teil. Dennoch kannte ihn jeder in Corvesco und der Umgebung. Der Gedanke, dass er dauerhaft oben in den Bergen lebte, hatte etwas Beruhigendes. War ein Zeichen der Stabilität. Aber an diesem Morgen hatte Contini zum ersten Mal eine gewisse Unruhe in seinem Verhalten bemerkt. Die Welt verschaffte sich Gehör: es ging um die Rückkehr eines verschollenen Bruders. Wie würde er reagieren, würde er es trotz allem fertigbringen, in seiner Einsiedelei zu bleiben?

Daheim angekommen, genehmigte sich Contini eine Dusche und setzte sich an den Computer, um zu den Ziffern zu recherchieren. Nach ein paar Minuten kam er zu dem Schluss, im Freien besser nachdenken zu können. Er nahm drei grob geschnitzte Holzflöße aus einer Schublade und begab sich zum Tresalti. Am Bachufer kauerte er nieder. Er beobachtete die Kaskaden, das Schäumen und die dunklen Wassergumpen. Diese Ziffern … warum kam es ihm so vor, als habe er sie schon einmal gesehen? Gionas Erklärungen zu den verschleierten Worten der Tuareg kamen ihm in den Sinn. Und wenn es sich bei diesen Zahlen tatsächlich schlichtweg um eine Ortsangabe handelte?

Er richtete sich auf und ließ die Flöße zu Wasser.

Eines wurde mitten in einer Gumpe von einem Strudel erfasst, die anderen folgten der Strömung und sausten talwärts. Contini sah ihnen hinterher. Er wartete, bis schließlich auch das dritte über Umwege, von Stufe zu Stufe hüpfend, seinen Weg nach unten fand.

Just in dem Augenblick, als er das Floß in einer Gischtwolke verschwinden sah, kam ihm eine Idee. Eigentlich war es weniger eine Idee als vielmehr ein Wort: es tauchte empor aus fernen Erinnerungen an Reisen und Erkundungstouren. Moussa hatte alles Mögliche getestet, aber es gab etwas, das er nicht wissen konnte.

Swisstopo.

Es war einfach, geradezu banal: Swisstopo. Er kehrte auf der Stelle heim, ignorierte die beharrlichen Forderungen des grauen Katers nach Nahrung, und setzte sich an den Computer.

Aber bevor er ihn anschalten konnte, wurde er von einem Klingeln an der Tür unterbrochen.

27.

Detektiv am Computer

»Was soll das sein? Swisstopo? Ein *topo*, eine ›Maus‹ aus der Schweiz?«

»Nein, es ist …«

»Ein Swisstopo, ein Schweizer Mäuschen aus Italien, haha«, lachte Francesca. »Das Swisstopo im Schweizer Käse, ganz in seinem Element. Einfach perfekt. Das kluge Swisstopo sammelt leckere Eicheln für den Winter! Es gibt da die Stadtmaus und die Landmaus und dann natürlich noch das alpine Swisstopo …«

»Hm.«

»Swisstopo ist der kleine große Freund von Heidi, das Mäuschen aus den Bergen, das Schokolade mag, und Neutralität, und gepflegten Rasen und Sauberkeit …«

»Francesca.«

»Ok, ich hör schon auf! Was soll das sein?«

»Eine Website.« Contini nahm am Computer Platz. »Vor dem Essen, gerade als du gekommen bist, habe ich versucht rauszufinden, wie sie funktioniert.«

Das Notizheft auf dem Schreibtisch war auf der Seite mit den Ziffern aufgeschlagen.

»Sind das die Angaben von Eugenio? Hast du sie entschlüsselt?«

»Es handelt sich garantiert nicht um eine Telefonnummer. Ich habe an einen Code gedacht.«

»27157411163347«, las Francesca vor. »Hast du schon probiert, die Zahlen durch Buchstaben zu ersetzten, in der Reihenfolge des …?«

»Bgaegdaaafccdg«, unterbrach sie Contini.

»Was du nicht sagst. Und nun?«

»Die einfachste Lösung ist, dass es sich um geografische Koordinaten handelt. Moussa sagt, dass das Navi sie nicht erkennt … aber er kennt Swisstopo nicht.«

»Aha.« Francesca blieb ernst. »Moussa kennt also die Maus nicht.«

Contini funkelte sie an. »Es ist das Bundesamt für Landestopografie.«

Er zeigte ihr die Website: *www.swisstopo.ch.* Oben war die rote Flagge mit dem weißen Kreuz zu sehen. In der Mitte eine Luftaufnahme von Feldern. Darunter die Ankündigung, dass die neuen *Orthofotomosaike Swissimage 10* verfügbar seien. Während sie auf den Bildschirm starrten, erschien eine Frage: *Schon gewusst, dass die Standseilbahn Ritom aufgrund ihrer maximalen Steigung von 87,8 Prozent zu einer der steilsten für den öffentlichen Verkehr zugelassenen Seilbahnen der Welt gehört?*

»Das hab ich nicht gewusst«, murmelte Francesca. »Hat das was mit unserer Maus zu tun? Nein, nein … sorry, ich hör dir schon zu!«

Sie beugte sich über ihn und gab ihm einen Kuss. »Verrate mir alles, Sherlock, und ich werde ernster sein, als irgendein Watson!«

»Dir fehlt nur noch der Schnauzbart … und hör mir jetzt bitte auf mit Nagetieren!«

Francesca deutete auf ihre geschlossenen Lippen. Contini begann zu erklären, dass man in der Schweiz andere Koordinaten verwende als die international üblichen.

»Was du nicht sagst!«, erwiderte Francesca.

Die in den Neunzigerjahren eingeführte und bis 2016 abgeschlossene nationale Landvermessung LV95 benutzte sechsstellige Koordinaten mit der Stadt Bern als Bezugspunkt. In Nord-Süd-Richtung war den Werten immer eine 1 vorangestellt und in Ost-West-Richtung eine 2. Es gab also die Achsen 2'600'000 Meter (Ost) und 1'200'000 Meter (Nord).

»Heute war ich am Tresalti und habe an meine Füchse gedacht. Vor vielen Jahren, als ich anfing, sie zu fotografieren, habe ich das Gelände auf Karten markiert. Ich bin dabei auch einer Art Kurs gefolgt … so ist mir heute aufgefallen, dass es sich bei Eugenios Zahlenreihe um vierzehn Ziffern handelt und dass am Anfang eine 2 und in der Mitte eine 1 steht.«

Contini schrieb die Zahlen erneut ins Notizbuch.

2'715'741 – 1'163'347

Francesca schnappte sich einen Stuhl und nahm neben ihm Platz. »He, eine Art Zauberei! Hast du also den Ort gefunden?«

»Noch nicht. Schauen wir mal!«

Unter *Transformations- und Recherchedienste* fanden sich eine Reihe von Optionen: REFRAME, KML-Generierung, NAVREF, geodätische REST-Webdienste (REFRAME Web API), magnetische Deklination.

»O je!«, sagte Francesca. »Und nun?«

»Das hier müsste es sein … NAVREF. Schau her, hier heißt

es, dass die Schweizer Koordinaten in die globalen Koordinaten WGS84 transformiert werden.«

Contini gab die Zahlen in ein Feld ein und klickte auf *Berechnung durchführen.* In der rechten Spalte erschienen die Koordinaten.

8° 56' 58.41627" O
46° 36' 40.87886" N

»Da sind sie!«, rief Francesca.

»Die findet das Navi«, sagte er. »Aber vielleicht genügen hier auf der Website auch die nationalen Koordinaten.«

Er öffnete die Seite *map.geo.admin.ch.* Als er mit dem Cursor über die Karte fuhr, scrollten unten die entsprechenden Koordinaten durch. Je weiter er nach Süden kam, desto dichter kamen die Ziffern an die heran, die Moussa erhalten hatte.

»Wir nähern uns dem Kanton Tessin ...« Er klickte auf Zoom, um die Karte zu vergrößern. »Gleich haben wir's, siehst du?«

Ein Klingeln ließ sie auffahren. Contini sah zum Telefon.

»Es ist die Nummer von Annika Torres. Was will sie um diese Uhrzeit?«

28.

Einsamkeit

Der Mann hielt sie am Arm.

»Lass mich los!«, schrie Annika.

Sie wich energisch zurück, blieb jedoch mit dem Rucksack hängen. Während sie versuchte sich loszuhaken, dachte sie, dass das ausgerechnet ihr und ausgerechnet in Lugano passieren musste. Sie hatte Artikel über Gewalttaten gelesen und davon sprechen hören. Es war etwas, wovor sie im Reisebüro die Frauen warnte, die in unsichere Länder reisten. Sie hatte Zahlen von Übergriffen gesehen und kannte sogar einige Selbstverteidigungstechniken. Aber auf diesen Atem, diesen Körper, diesen Geruch nach Mann war sie nicht vorbereitet.

»Hör mal …«, sagte er.

»Lass mich los«, wiederholte Annika.

Wenige Schritte vom Sitz des Roten Kreuzes und den erleuchteten Straßen entfernt. Es genügte ein Nichts, ein Hauch, um die Zivilisation hinwegzufegen …

»Ich berühre dich doch gar nicht!«

Tatsächlich stand er einfach nur vor ihr.

»Bitte entschuldige. Ich wollte dich nicht erschrecken.«

»Aber wer bist du?« Annika wich zurück. »Warum hast du mich am Arm gepackt?«

»Ich heiße Moussa ag Ibrahim. Ich weiß nicht, ob …«

»Moussa … du bist der Tuareg, der den Brief erhalten hat, stimmt's? Was machst du hier?«

Er war groß, hager, ein Mann um die dreißig, mit kurzem Haar. Der aufgestellte Jackenkragen verdeckte den Mund, reichte bis zur Nase.

»Bitte entschuldige.«

Er erklärte ihr, dass er trotz Continis Ermahnung zur Vorsicht sehen wolle, mit wem er es zu tun habe. Im Hostel hatte er über Internet die Adressen von Enea und Annika herausgefunden. Er war zuerst zu ihr gegangen, da er die Gegend kannte, und hatte auf ihre Heimkehr gewartet.

»Ich habe nach dir gerufen, aber du hast nicht geantwortet. Deshalb bin ich näher gekommen.«

»Ich habe nicht geantwortet?«

Schon möglich, dachte Annika. Sie hatte Schritte gehört, sie hatte innegehalten und die Augen geschlossen. Was war mit ihr los? Einige Stunden zuvor war sie oben bei Giona beinahe in Ohnmacht gefallen, und jetzt reagierte sie wie ein erschrockenes kleines Mädchen, nur weil ein Mann sie am Arm gestreift hatte. Ihr wurde bewusst, dass sie es gewesen war, die die Beherrschung verloren hatte. Er war nicht zudringlich gewesen: er hatte sie nur ziemlich überrascht.

»Du musst entschuldigen, ich bin sehr müde …«

»Tut mir leid. Ich komme ein andermal wieder. Es ist spät. Tut mir wirklich leid.«

Jetzt war er es, der erschrocken wirkte. Offenbar war er in einer Sackgasse gelandet.

»Ich komme ein andermal wieder«, wiederholte er.

Annika näherte sich Moussa und er wich einen Schritt zurück. Diesmal war sie an der Reihe, ihm eine Hand auf den Arm zu legen.

»Mach dir keine Gedanken«, sagte sie zu ihm. »Magst du mitkommen und bei mir was trinken?«

Er zögerte, dann reichte er ihr die rechte Hand.

»Ich heiße Moussa.«

»Annika.«

Sie schüttelten sich die Hände.

Moussa senkte den Kopf. »Ich nehme deine Einladung an.«

Sie machten sich auf den Weg.

»Lebst du mit deiner Familie?«, fragte er.

»Nein, ich lebe allein.«

»Allein? Du bist in einer Wohnung ohne irgendjemanden?«

»Es ist ein kleines Apartment.«

»Wir sind immer alle zusammen, auch in kleinen Apartments. Unsere Wohnungen sind … wie sagt man? Voll mit Leuten!«

»Überfüllt?«

»Genau!« Moussa lächelte. »Es gibt immer jemanden, der gerade kommt oder geht, Kinder, Musiker, Reisende … ein ständiges Durcheinander!«

Annika wusste nicht viel über die Tuareg, aber sie hatte immer geglaubt, in der Wüste sei es fast zu einsam. Beim Öffnen der Wohnungstür überlegte sie, eine entsprechende Bemerkung einzuflechten, aber sie hatte Angst, er könnte es in den falschen Hals bekommen. Moussa half ihr aus der Verlegenheit, indem er selbst einen Kommentar fallen ließ, während sie darauf warteten, dass das Teewasser kochte.

»Du wirst dich fragen, warum wir alle zusammenleben, wo wir uns doch in der gesamten Sahara breitmachen könnten.«

»Ertappt …«

»In der Wüste ist Einsamkeit eine Gefahr. Wenn dir schlechte Gedanken kommen, wer beschützt dich dann?«

»Das kommt auch in den Städten vor«, bemerkte Annika.

»Stimmt. Ich habe in Niamey gelebt, einer Stadt mit über einer Million Einwohnern, aber es hat mir nicht gefallen.« Moussa wurde nachdenklich. »Auch in der Sahara wachsen die Städte, die Flüchtlingslager, die Elendsviertel. Immer weniger von uns können ihr traditionelles Leben führen.«

»Tust du es noch?«

»Wir versuchen es. Zusammen mit meinem Bruder und anderen Verwandten. Aber ich weiß nicht, ob ich meinen Kindern dieses Leben wünschen würde. Ich meine, sie sollten zur Schule gehen und einen Beruf erlernen. Traditionen können sich verändern, oder?«

Die beiden umkreisten das einzige ihnen gemeinsame Gesprächsthema: den Brief Eugenios. Annika erkannte den Verdrängungsmechanismus ihres Gehirns, aber bevor sie ihn ausschalten konnte, hatte sie schon angefangen, über das Klima, über Migration und die Länder der Afrikanischen Union zu sprechen. Früher, als ihre Agentur noch versucht hatte, Reisen nach Mali oder Niger zu organisieren, hatte Annika einige Fremdenführer mit Tuareg-Wurzeln kennengelernt. Sie hatten dieselben gemessenen Gesten wie Moussa an den Tag gelegt und denselben tieftraurigen Tonfall angeschlagen, wenn sie auf die Wüste zu sprechen kamen.

»Es wäre so einfach«, sagte er. »Die Wüste ist stärker, der Mensch passt sich an. Meine Mutter sagte immer: *aba zun t-illa,* hast du etwas nicht, tu so, als hättest du es. Aber wenn nur noch Sand und Wind bleiben, wie sollen wir davon leben?«

»Ich habe gehört, dass man dabei ist, eine Art Mauer aus Bäumen zu errichten.«

»Ja, die Great Green Wall! Ein Freund von mir hat eine

Weile daran mitgearbeitet. Sie ist gigantisch! Achttausend Kilometer Bäume, mitten durch … wie viele Länder? Mindestens zehn.« Moussas Miene verfinsterte sich. »Aber in Niger ist alles schwierig!«

Er fuhr fort, dass er gerne Landwirtschaft studiert hätte. Dann hätten die Dinge ihren Lauf genommen, aber er wisse, was es heiße, einen Brunnen zu graben oder mitten im Nirgendwo den Schatten einer Akazie zu finden.

Er lächelte erneut. »Weißt du, was meine Großmutter mir immer erzählt hat? Dass dort, genau dort, wo die Sternschnuppen niedergehen, eine Quelle entspringen würde.«

Auch Annika lächelte. Bei Brunnen und Sternen musste sie an *Der kleine Prinz* denken. Nachdem sie Tee eingeschenkt hatte, suchte sie den Band heraus und las einen Abschnitt vor.

»*Ich habe die Wüste immer geliebt. Man sitzt auf einer Sanddüne. Man sieht nichts. Man hört nichts. Doch etwas leuchtet in der Stille …*«

Moussa lauschte verträumt.

»›*Es macht die Wüste schön*‹, *sagte der kleine Prinz,* ›*dass sich irgendwo ein Brunnen verbirgt …*‹ Kennst du dieses Buch?«

Moussa kam wieder zu sich. »Nein, aber einige Tuaregs haben in Mali eine Schule gegründet: die *École des Sables Saint-Exupéry.*« Er legte eine Pause ein. »Mir gefällt, was du da über den Brunnen vorgelesen hast. Weißt du, vielleicht hat Eugenio seine Organisation ja deshalb so genannt.«

Er hatte ihn, auf ganz natürliche Weise, als Erster erwähnt. Annika überkam ein seltsames Gefühl, aber sie zwang sich, das auszusprechen, wovor sie solche Angst hatte.

»Du … du hast meinen Vater also wirklich kennengelernt?« Ihre Stimme war dünn wie die eines Kindes.

»Als ich klein war. Dann hat er mir vor einiger Zeit diesen Brief geschrieben. Und er hat mir Geld geschickt. Ich hoffe, du verzeihst, dass ich es angenommen habe, ohne …«

»Aber ich bitte dich!«, unterbrach ihn Annika sofort.

Warum hatte sie diesen Knoten im Hals? Er hatte ihr nichts Neues gesagt: Annika wusste bereits von dem Brief und dem Geld. Aber sie konnte sich des Gedankens nicht erwehren, dass Moussa und sie etwa dasselbe Alter hatten. Auch er war ein Kind gewesen, als er ihm begegnet war. Doch wenn der Brief echt war, hatte Eugenio ihn erwählt. Warum hatte er ihm geschrieben? Warum hatte er sich nicht an die eigenen Kinder gewandt? Annika merkte, dass sich in ihr ein gleichermaßen tiefer wie ungerechtfertigter Groll gegen Moussa zu regen begann. Sie räusperte sich und bat darum, den Brief lesen zu dürfen.

Moussa hatte ihn dabei. »Ich wollte mit dir und deinem Bruder darüber sprechen.«

Annika konnte nicht alles verstehen, einige Teile waren in *Tifinagh*-Schrift, andere auf Französisch abgefasst. Aber es schien tatsächlich die Handschrift ihres Vaters zu sein, wobei er allerdings in Druckbuchstaben geschrieben hatte. Auch die Ziffern, die Contini ihnen gezeigt hatte, standen dort: 27157411163347.

»Das sind keine Koordinaten«, erklärte ihr Moussa. »Das Navi erkennt sie nicht. Nicht einmal Contini wusste etwas damit anzufangen.«

»Und wenn es ein verschlüsseltes Wort ist?«

»Wie das? Contini hat versucht, die Ziffern durch Buchstaben zu ersetzten.«

»Schon, aber in welcher Sprache?«

»Wir sollten ihn anrufen.«

Annika wurde immer aufgeregter. Vielleicht war die Lösung ganz einfach: Den Zahlen entsprachen möglicherweise Buchstaben aus dem *Tifinagh*-Alphabet oder dem arabischen Alphabet. Moussa gab sich skeptisch, aber Annika rief spontan bei dem Detektiv an. Sie erzählte von ihrer Begegnung mit Moussa und ihrer Vermutung bezüglich einer verschlüsselten Botschaft. Contini unterbrach sie sofort.

»Ich wollte es euch eigentlich morgen mitteilen. Ich habe rausgefunden, wo er sich befindet.«

Annika umklammerte den Telefonhörer und sah zu Moussa. Was bedeutete schon dieser Groll, was bedeutete es, wem er geschrieben hatte? Wenn er nur am Leben wäre, wenn nur diese Jahre der Leere endlich zu Ende wären.

»Du ... also, du hast die Botschaft entschlüsselt?«

»Es ist keine Botschaft. Es sind Koordinaten.«

»Aber Moussa meinte, das Navi hätte sie nicht erkannt.«

»Es ist ein bisschen umständlich zu erklären. Aber ich will in den nächsten Tagen dorthin. Und da Moussa den Brief erhalten hat, wäre es gut, wenn auch er mitkäme.«

»Aber ... aber wieso gehen wir nicht alle zusammen?« Wieder das dünne Stimmchen. Ruhig, dachte Annika, du musst ruhig bleiben, niemand will dir etwas Schlechtes. »Wieso gehen wir nicht alle zusammen dorthin?«

»Der Ort ist ein bisschen abgelegen.«

»Wo ist er denn?«

»Ganz hier in der Nähe, aber um diese Jahreszeit ist er nicht leicht zu erreichen. Wie es scheint, befindet sich Eugenio auf der Greina-Hochebene.«

29.

Himmelsrichtungen

Moussas Mutter hatte ihm immer und immer wieder eine Beschwörungsformel auf Tamaschek aufgesagt, die sie selbst von ihrer Mutter gelernt und die Moussa nie ganz verstanden hatte.

Ost West
Süd Nord
Oben unten
Und ich
Ohne dessen Existenz
Ihr keine Existenz hättet.

»Ich habe ihr immer gesagt, dass die Welt auch ohne mich existieren würde. Aber sie erwiderte: Vielleicht würde sie existieren, aber sie ergäbe keinen Sinn. Und dann sagte sie: Wenn du groß bist, wirst du es begreifen.«

»Und hast du es begriffen?«, fragte ihn Contini.

»Vielleicht bin ich noch nicht groß genug.« Sie stiegen aus dem Auto und Moussa kam sich tatsächlich klein vor. Fast als sei er in die Zeit zurückgekehrt, als er sich aus dem Zelt hinausgewagt und, von einem Sog ergriffen, immer weiter entfernt hatte, bis nur noch die Stille der Wüste verblieben war, einem angehaltenen Atem gleich. Oder noch weiter zurück, vor seiner Geburt, in die Zeit, als seine Vorfahren, von Agadez aus bis Bilma, mit Tausenden von Kamelen die Ténéré durchquert hatten, mitten durch gewaltige Leere. Der Karawanenführer hatte eine Richtung festgelegt: Wenn er sich auch nur ein klein bisschen irrte und die Oase verfehlte, blieb nichts weiter übrig, als auf Gottes Beistand zu hoffen.

Sie war weiß. Sie war vollkommen weiß, die Ténéré. So wie an diesem Morgen die Berge weiß waren, der Himmel weiß war, die Felder am grauen Straßenrand weiß und fern waren, als sei Moussa in eine andere Welt geraten, in ein anderes Land, das sich in dem glücklichen Land verbarg.

»Moussa …«

Unvorstellbar, inmitten dieses Weiß miteinander zu sprechen. Unvorstellbar, in einer solchen Landschaft nicht für immer allein zu bleiben.

»Ja. Entschuldige bitte. Ich habe noch nie so viel Schnee auf einmal gesehen.«

»Aber du hast schon welchen gesehen?«

»Auch in der Sahara kann es schneien. Ich erinnere mich an einmal, als Junge … Aber es war nur ein Fleck ganz oben auf einer Düne. Das hier ist ganz anders.«

Es war eine Weite, die einen genau wie in der Sahara dazu nötigte, sich langsam zu bewegen, den Atem einzuteilen und dem Lauf des Lichtes zu folgen. Moussa hätte gewusst, was in der Wüste zu tun war, aber der Schnee verunsicherte ihn. Er wagte nicht einmal, ihn zu betreten.

»Und nun?«, fragte er.

»Steigen wir auf.« Contini deutete nach oben, wo sich gegen den wolkenverhangenen Himmel die Scalettahütte abzeichnete. »Später schalten wir das Navi an.«

Moussa wagte einen Schritt neben der Straße. Er spürte, wie der Fuß, der in einem Bergstiefel steckte, unter der Oberfläche versank, als habe der Boden keinen Untergrund. »He! Aber … wie macht man das?«

Contini holte Stöcke und Schneeschuhe aus dem Kofferraum.

»Man muss die hier anziehen.« Er bückte sich, um sie festzuschnallen. »Du befestigst sie hier, siehst du, unter den Schuhen. Solange es eben ist, bleibt die Ferse beweglich, beim Bergaufgehen musst du sie festschnallen. Wenn es steil wird, nehmen wir die Steighilfe, dann brauchen die Muskeln nicht so viel Kraft.«

Beide trugen Hosen, Jacken und Handschuhe aus wasserabweisendem Material. Contini erklärte, dass von den Stöcken und Schneeschuhen immer drei Punkte Bodenkontakt halten müssten. Bevor sie aufbrachen, zog er sich eine Mütze auf den Kopf und wickelte einen Schal um den Hals. Moussa legte derweil mit großer Sorgfalt den *Tagelmust* an. Er äußerte gegenüber Contini die Hoffnung, dass wegen des Schleierverbots eventuell eine Ausnahme machbar sei.

»Keine Sorge«, sagte Contini. »Ich bezweifle, dass wir Polizisten begegnen werden.«

Mit Schneeschuhen aufsteigen war schwierig. Es war mit nichts vergleichbar, was Moussa kannte. Oder vielleicht glich es ein wenig dem Erklimmen einer jener hohen Dünen, bei denen einem der Sand unter den Füßen wegrutscht und man mit jedem Schritt ein Stück der zurückgelegten Strecke verliert.

Moussa dachte, dass die Schweiz in gewisser Weise der Sahara ähnelte.

Verglichen mit Niger war es ein kleines Land, aber all

diese Berge, diese Gletscher und Felsen waren wie eine gekräuselte und in sich zusammengekauerte Wüste. Er dachte an die Leute, die Menschen, denen er in diesen Tagen auf der Straße begegnet war. Einige hatten ihn einen Moment lang schweigend angesehen, wie man einen Fremden betrachtet. Aber niemand war stehen geblieben oder hatte ihn länger angestarrt.

»Wo willst du eigentlich wohnen?«, fragte ihn Contini.

»Das Hostel ist der Ort, wo es am wenigsten kostet. Später wird Eugenio mir sagen, was zu tun ist.«

»Hm. Warten wir's ab. Aber du kannst auch bei mir unterkommen, Platz genug ist vorhanden.«

Moussa wusste nicht, was er erwidern sollte. Er hätte gern Eugenios Anweisungen abgewartet. Aber wenn die Schweiz tatsächlich ein wenig der Sahara ähnelte, auch was das Miteinander betraf, wäre es jedenfalls nicht richtig, eine Einladung abzuschlagen.

»Ich danke dir«, sagte er schließlich. »Gerne nehme ich deine Gastfreundschaft an.«

Sie brauchten dreieinhalb Stunden, bis sie die Hütte erreichten. Moussa vermochte die Landschaft nicht zu deuten: Schnee hatte für ihn keine Geschichte. In der Sahara erkannte er, wie der Wind je nach Jahreszeit die Dünen formte, und er erahnte die Beschaffenheit der *Wadis* unter dem Sand. Sein Geist erfasste Details, die er seit seiner Kindheit zu unterscheiden gelernt hatte. Moussa spürte, dachte, vergegenwärtigte sich den Raum. Doch auf seinem Weg hinauf zur Greina sprachen die Berge für ihn eine unbekannte Sprache. In der Wüste hätte Moussa auf die Dunkelheit und die *shet-n-ehad,* die sieben Töchter der Nacht, gewartet. Die Nomaden vertrauen den drei *amanar* genannten Sternen, den »Führern«, die neben dem orangefarbenen Licht des *kukayhad* am Himmel aufsteigen.

»Ist dir die Kälte nicht unangenehm?«, fragte ihn Contini.

»Nein, ich bin dran gewöhnt. Bei uns ist es auch kalt.«

Aber in der Wüste kam die Eiseskälte mit der Dunkelheit und erstreckte sich bis zum Morgengrauen. Manchmal konnte man mangels Brennstoffs kein Feuer entzünden und dann blieb nichts, als sich zu verkriechen.

»Wir graben eine Mulde in den Sand und suchen dort Schutz«, erklärte Moussa. »Aber mit Schnee funktioniert das nicht …«

»Wer weiß. Wir könnten ein Iglu bauen.«

»Ein Iglu?«

»Das ist eine Art Zelt aus Eis.«

Moussa erklärte, dass es auch in der Sahara eine kalte Jahreszeit gab: zwischen Januar und März bliesen heftige Winde. Einmal war er unter Sand begraben erwacht, mit vom Staub gereizten Augen, an einem Tag ohne Licht. Er und sein Reisegefährte hatten das Zelt gerettet, aber die Kamele waren erstickt. Während zweier Sturmtage hatten sie eine Richtung ausfindig machen können – es genügte ein Punkt: Ost oder West – und waren dieser langsam gefolgt, bis der Wind sich gelegt hatte.

»Da sind wir«, sagte Contini. »Wir befinden uns praktisch am Beginn der Hochebene.«

Die moderne Hütte war nur von Juni bis Oktober bewirtschaftet, aber das alte Refugio stand immer offen. Moussa und Contini konnten sich aufwärmen und ein bisschen heißen Tee trinken. Dann nahm Contini eine Karte zur Hand und versuchte, eine Route zu bestimmen.

»Irgendwo hier mittendrin. Aber warum? Aus welchem Grund sollte Eugenio dich mitten in die Berge führen?«

»Vielleicht wartet er irgendwo in der Umgebung auf mich.«

Von der Hütte aus sah man den Aufstieg, den sie in der letzten Stunde zurückgelegt hatten. Aber nirgends ein menschliches Lebenszeichen: nur Spuren von Gämsen, Steinböcken, Vögeln und einem vorbeihuschenden Hasen.

»Lass uns diesen Ort suchen«, sagte Contini. »Wenn wir nichts finden, müssen wir überlegen, was wir tun.«

»Ich bin sicher, dass Eugenio sich zeigen wird.«

Moussa hatte diesen Mann niemals wirklich kennengelernt. Warum vertraute er ihm? Vielleicht, weil er die letzte Hoffnung war. Moussa wusste, dass sie trotz des guten Willens seines Bruders Bashir auf Dauer nicht in der nigrischen Wüste überleben konnten. Wie sollte man inmitten von Guerillakämpfern, Antipersonenminen und Terroristen eine Familie gründen?

»Woran denkst du?«, fragte ihn Contini.

»An die Zukunft«, antwortete Moussa. »Was geschehen muss, wird zur rechten Zeit geschehen. Aber meinst du, in deinem Land könnte es eine Arbeit für mich geben?«

Contini war gerade dabei, die Schneeschuhe anzulegen. Er hielt inne, setzte sich und drehte sich zu Moussa um.

»Willst du einen Asylantrag stellen?«

Moussa nickte. Mit dem Touristenvisum konnte er nicht bleiben.

»Die würden dich in eines dieser Zentren für Asylsuchende stecken und es wäre nicht so einfach, eine Arbeit zu finden. Es droht die Gefahr, dass sie dich zurück nach Niger schicken.«

»Vielleicht wird Eugenio mir helfen. Er war ein Freund meiner Eltern.«

»Er ist seit zwanzig Jahren verschwunden …«

»Aber entschuldige bitte, braucht dieses Land nicht Arbeitskräfte?«

»Das ist nicht so einfach.«

»Ich kann auch nach Italien oder nach Frankreich, das ist mir egal.«

»Eins nach dem andern: lass uns erst einmal versuchen, diesen Eugenio Torres zu finden … falls er noch lebt und wirklich hier ist.«

30.

Sehnsucht

Sie überquerten einen halb zugefrorenen Wildbach und stiegen noch ein Stück hinauf bis zu einem Plateau, das irgendjemand vom Schnee befreit hatte. Dort waren die Überreste eines Feuers und einige Steine, die zu zwei konzentrischen Kreisen angeordnet waren. Moussa erinnerten sie an das Zeichen, das ihm seine Mutter als Kind beigebracht hatte und das das Vorhandensein oder den Wunsch nach Wasser symbolisierte. Die *kel anad,* die Menschen des Gestern, hatten es in der Nähe der Brunnen in den Felsen gemeißelt.

Auf der Greina gab es überall Wasser: das hart gefrorene Wasser der Eisfälle, das pulvrige Wasser des Schnees, das sprudelnde Wasser der Bäche. Moussa hatte den Eindruck, von mehr Wasser umgeben zu sein, als er jemals in seinem Leben würde trinken können.

Die Hochebene war sanft, ohne Strauchbewuchs. Wellenförmig wie eine Ebene aus *elémed*, aus feinstem Sand, verlor sich der Schnee bis hin zu den Bergen. Es schien das Land der Wolken, das Reich der Leichtigkeit zu sein. Doch mit jedem Schritt war Vorsicht geboten. Moussa und Contini folgten dem Wellenkamm. Hier und dort tauchten Felsen von gelblich-roter Färbung auf, die an das Aïr-Gebirge erinnerte. Es gab keine Bäume, kein Grün, keine Anzeichen von Leben.

Die Greina-Hochebene war eine Wüste.

Hin und wieder blieb Contini stehen, um das Navi zu kontrollieren. Und immer hatte er Probleme: einmal war es die falsche PIN, dann glitt ihm das Handy aus der Hand oder er kam nicht auf die Kartenansicht. Am Ende beschloss er, die Papierkarte zurate zu ziehen und Moussa die digitale Version zu überlassen.

»Wir machen Teamwork«, murmelte er. »Du bist der Geist, ich das Papier.«

Nach einer Stunde Fußmarsch näherten sie sich den Koordinaten. Sie folgten einem Wegabschnitt auf einem Stück festerem Schnee, hinter dem ein Steilhang begann. Moussa kontrollierte das Navi. Dann deutete er auf den Hang.

»Es müsste etwa dort sein.«

»Glaube ich auch.« Contini faltete die Karte auseinander, auf der er den Weg eingezeichnet hatte.

Der Fels bildete eine Art Bogen, der im Nichts schwebte, gleich einer grauen Brücke über dem Weiß. Moussa betrachtete das Felsband, auf dem dick der Schnee lag. Das Brückchen wirkte wenig stabil, aber wahrscheinlich existierte es seit Tausenden und Abertausenden von Jahren. In der Stille schwang eine Erwartung, eine Spannung mit. Es war nicht einfach nur das Fehlen von Geräuschen, im Gegenteil, der Schnee dämpfte zwar die Geräusche, aber gleichzeitig verstärkte er auch das, was sich andernfalls verflüchtigt hätte: das Gluckern des Wassers, das Quietschen der Schneeschuhe, das Schnauben des Atems.

»Lass uns nachschauen.«

Auf der linken Seite des Felsbogens türmte sich ein von

oben herabgerutschter Haufen Schnee. Rechts befand sich eine Art Höhle. Es war ein dunkler Stollen, in dem Eiszapfen hingen. Moussa und Contini waren vom Anstieg außer Puste.

»Und nun?«, fragte Contini.

»Es ist hier«, antwortete Moussa mit einem Blick aufs Handy. Acht und sechsundfünfzig und achtundfünfzig Ost, sechsundvierzig, sechsunddreißig und vierzig Nord. Das heißt, wir befinden uns in einem Radius von wenigen Metern um die Stelle.«

»Es ist hier …«, murmelte Contini.

Einen Moment lang erzeugte das Echo ihres Schweigens eine noch tiefere Stille. Sie nahmen nicht nur das Knirschen des Schnees wahr, sondern auch das ununterbrochene Klopfen ihrer Herzen, das Rauschen des Bluts in ihren Adern, das zarte Leben in ihren Körpern, mit all der technologischen Ausrüstung, mit ihren Gedanken, Zweifeln, Hoffnungen. Sie waren hier, an exakt dem Punkt, der in dem Brief, den Moussa in der Wüste erhalten hatte, bezeichnet war. Sie waren hier. Und niemand war da.

Sie begaben sich auf die Suche, zwischen Schneewehen und Engstellen im Gestein. Moussa lief um den Felsbogen herum, während Contini einen Blick in die Felsspalten warf. Und er war es schließlich, der die Zeichen entdeckte.

»Schau her. Was sagst du dazu?«

Moussa trat näher. Schaute. Er war so perplex, dass er sich an Contini klammern musste, um nicht zu stürzen. Es war, als habe sich vor ihm eine Kindheitserinnerung materialisiert. Eingemeißelt in den Felsen erkannte er die Schriftzeichen, die seine Großmutter und Mutter ihm beigebracht hatten, indem sie sie in den Wüstensand malten.

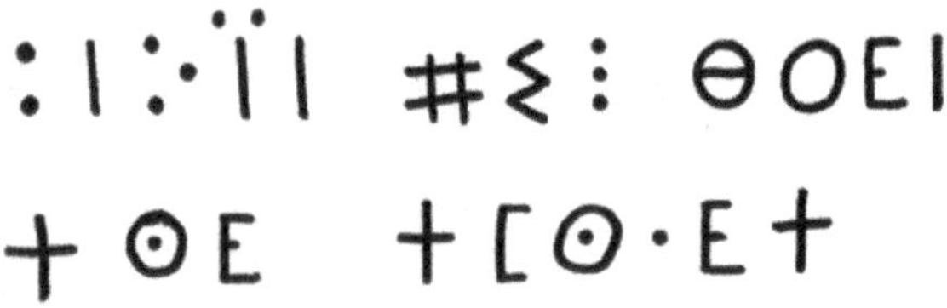

»Sieht aus wie geometrische Buchstaben«, murmelte Contini.

»Das ist *Tifinagh*-Schrift«, sagte Moussa.

Die Berbervölker der gesamten Sahara verwendeten diese Sprache seit Tausenden von Jahren, seit der Zeit der Karthager, lange bevor sie angefangen hatten, Arabisch zu sprechen. Die Kinder lernten sie von ihren Müttern. Moussa erklärte, dass man sie benutze, um kurze Nachrichten zu schreiben, Hilfsgesuche, Liebeserklärungen.

»Das hat für dich also eine Bedeutung?«

»Lass sehen …«

Moussa war aufgeregt. Das musste Eugenio gewesen sein: das waren Worte, die niemand anders als er eingemeißelt hatte, damit er, Moussa, sie lesen würde.

»Es ist die alte Schreibweise, ohne Vokale.« Moussa strich mit der Hand über die Buchstaben. »Teils sind es unsere Schriftzeichen aus dem Aïr, teils die aus dem Ahaggar. Da steht WNKGN, wobei ich nicht weiß, was … Ach ja, so wird es in Algerien benutzt, es muss ẔYGh heißen. Es ist das Wort *ezẕûyyégh*. Es bedeutet, ›meine Zeit ist lang‹, also ›ich habe Sehnsucht›, ›mir fehlt‹. Dann kommt BRḎN, was *ibaraḏän,* ›die Kinder‹, heißen könnte. Aber zuvor sagt er, dem Brauch entsprechend, wer er ist: WNK, ›ich bin es‹. Dann folgt ĢN. Dieses Zeichen G ist ungewöhnlich, ich hätte eher J verwendet, aber wenn G hier wie ›dsch‹ ausgesprochen wird, dann …«

»Das krieg sogar ich raus«, unterbrach ihn Contini. »GN, ›Eugenio‹.«

»›Ich bin es, Eugenio, und mir fehlen die Kinder‹«, vervollständigte Moussa.

Schweigen.

»Und weiter?«, fragte Contini.

Moussa beugte sich vor. »Die Buchstaben sind ein bisschen verwittert.«

»Warte.« Contini holte eine Taschenlampe aus dem Rucksack. »Ich mache dir Licht.«

»Danke. Also hier steht TSD, dann kommt eine Leerstelle und dann TMSaDT. Seltsam, hier hat er einen Vokal eingefügt. Das könnte … aber ja doch, es ist ein Spruch! Ich kann mich erinnern, dass meine Mutter ihn immer sagte: *E tossed tumasădt.*«

»Und das bedeutet?«

»›Werde der Ort, an den du gelangt bist.‹«

»Das ist nicht sehr klar.«

»Keiner der Sprüche meiner Mutter war sonderlich klar … sie sagte, das sei die richtige Art zu reisen. Aber warte, ich lese es dir im Ganzen vor: ›Ich bin es, Eugenio, und mir fehlen die Kinder. Werde der Ort, an den du gelangt bist.‹«

Contini schrieb den Satz in sein Notizheft. »Wir werden Eugenios Freunde befragen. Vielleicht kann sich irgendjemand einen Reim darauf machen.«

Außerhalb der Schlucht hatte der Wind die Wolken vertrieben. Das Schimmern des Schnees und des Himmels glich einem leeren Blatt, einem Buch ohne Worte. Was für eine Geschichte war das? Moussa war aus Niger bis in die Alpen gereist, um einem Mann zu helfen, den niemand mehr gesehen hatte. Und an dem Ort, an dem er eine Antwort erwartet hatte, war er auf die Schriftzeichen seiner Kindheit gestoßen. Auf die Linien, Winkel und Kreise der *Tifinagh*-Schrift inmitten von Schneeglanz.

Ich bin es, Eugenio, und mir fehlen die Kinder. Aber welche Kinder? Seine eigenen Kinder waren groß. Wann hatte er diese Worte geschrieben? *Werde der Ort, an den du gelangt bist.*

Sie machten sich auf den Weg zurück zur Hütte. Die Sonne war zwischen den Wolken hervorgekommen, während der Himmel zum Blau zurückgefunden hatte, einem tiefen, geheimnisvollen Blau, das sich makellos und klar, mit der Reinheit von Quellwasser gegen die Berggipfel abzeichnete. Moussa ließ sich von der Landschaft verzaubern. War das die Bedeutung? Zur Greina werden? Zu Wasser, Wind, Stein werden? Vielleicht lag Eugenios Geheimnis hinter diesen Worten verborgen. Aber wie sie deuten? Moussa versuchte, sie zu wiederholen, als handle es sich um ein Gebet.

»*Ezẕûyyégh ibaraḏän e toseed tumasādt …*«

31.

Und außerdem ist er Arzt

Carlo Farinelli hatte es geschafft, sich vor den großen Weihnachtsfeiern und Umtrunken zu drücken. Am ersten Weihnachtsfeiertag zog er Jackett und Krawatte an und ging seine Mutter im Altenheim abholen, um mit ihr bei seiner Schwester zu Mittag zu essen. Trotz der Gebrechen hatte sich Serena Farinelli, Jahrgang 1926, einen wachen Geist und ihre Gesprächsfreude bewahrt. So ließ Carlo sie in der Empfangshalle zurück, wo sie mit den Angestellten plauderte, und begab sich zum ersten Mal in seinem Leben auf die Suche nach dem Zimmer der neunzigjährigen Federica Pelloni. Sie war die Mutter von Cecilia und von Sara, jener Frau, die Eugenio Torres geheiratet und Enea und Annika zur Welt gebracht hatte.

Federica würde Carlo nicht erkennen. Sie hatten sich zwar ein paarmal gesehen, aber das war zwanzig, dreißig Jahre her. Carlo dachte, dass es riskant war, sie an Weihnachten zu besuchen – irgendjemand würde garantiert kommen, um sie zum Mittagessen abzuholen –, aber er handelte aus einem Impuls heraus, getrieben von der Angst, die er seit dem Anruf von Contini immer stärker in seinem Inneren verspürte.

Im Flur hing der typische süßliche Geruch von Langzeitkliniken und Pflegeheimen. Carlo hatte nie begriffen, ob er der warmen, abgestandenen Luft, dem Desinfektionsmittel oder einfach dem Wirrwarr all der um jeden Atemzug ringenden schwachen Lungen geschuldet war. Er klopfte an die Tür, bat um Einlass und wagte sich vor, bis er neben dem Fenster, von Kopf bis Fuß zurechtgemacht, die Mutter der einzigen Frau erblickte, die er je im Leben geliebt hatte.

Er lächelte innerlich angesichts dieses melodramatischen Gedankens. Früher hätte er sich nicht mit solchen Gefühlen aufgehalten. Aber früher war er mit seinem Schmerz allein, und Eugenio nichts als eine grausame Erinnerung gewesen. Jetzt hingegen wurde Eugenio zu einer konkreten und möglicherweise schon bald bedrohlichen Gegenwart.

»Schönen guten Tag, Signora! Wie geht es Ihnen?«

»Warum hat man mir mein Halstuch gestohlen? Warst du das, Vincenzo?«

Federica trug ein geblümtes Tuch um den Hals. Sie hatte weißes toupiertes Haar und eine Seidenbluse an. Carlo trat näher.

»Aber nein, Signora, schauen Sie, Ihr Halstuch ist hier!«

»Oh, gütiger Himmel, du hast recht! Mein Gedächtnis! Sag, hast du die Prüfungen bestanden?«

Ich würde sagen, nein, dachte Carlo.

»Alles gut!«, antwortete er. »Wissen Sie, Signora, dass ich ein Freund Eugenios war?«

»Was?«

Carlo dachte, dass er besser aufgeben sollte. Aber zuvor platzte er mit einer Frage heraus.

»Erinnern Sie sich noch an Eugenio? Saras Ehemann, Doktor Torres, der überall in der Welt herumreiste …«

»Natürlich kenne ich ihn. Ich bin ja nicht völlig verblödet!«

»Tut mir leid, das wollte ich damit gar nicht sagen. Ich selbst kannte Eugenio sehr gut.«

»Ich habe ihn gestern gesehen, den lieben Eugenio.«

»Wie bitte?«

»Er ist und bleibt ein guter Junge, nicht wahr? Meine Tochter hätte eine schlechtere Partie machen können, ich habe ihr immer gesagt, dass sie ihn nicht entwischen lassen soll. Und außerdem ist er Arzt.«

Das Zimmer war mit Möbeln eingerichtet, die Federica von daheim mitgebracht hatte: ein samtbezogener Sessel mit breiten Armlehnen, ein Tischchen mit einem Glas, einem Weihnachtsstern und einer Schachtel Pralinen darauf, eine dunkle Holzkommode, Fotos ihres verstorbenen Ehemanns, ein Fernseher an der Wand.

»Ich habe Hunger. Warum essen wir nicht?«

Federica sah auf die kleine goldene Uhr, die sie am Handgelenk trug.

»Sie sagten, Sie hätten gestern Eugenio getroffen?«

»Wenn er nach Afrika reist, schreibt er meiner Tochter jeden Tag. Und mir schickt er Fotos. Weißt du, dass wir zusammen mit meinem seligen Gatten eine Safari gemacht haben? Wir haben Löwen und all diese Tiere gesehen. Das waren Zeiten …« Sie nahm einen Schluck aus dem Wasserglas auf dem Tisch. »Warum schickst du mir keine Fotos mehr?«

»Wie bitte?«

»Ich habe gar keine Fotos mehr, dabei passe ich doch immer für euch auf die Kinder auf!«

»Hören Sie, Signora. Als Eugenio hier vorbeigekommen ist, was hat er zu Ihnen gesagt?«

Federica sah ihn streng an.

»Eugenio, wie oft habe ich dir schon gesagt, du sollst vorsichtig sein? Du bist doch schließlich aus dem Alter raus, wo man solchen Lumpen hinterherrennt!«

32.

Schlechter Scherz

Das Mittagessen im Hause Farinelli verlief geruhsam und feierlich. Alle waren heiter – solange man nur gesund blieb, war alles gut – und gewillt, den Trübsinn im Muskateller zu ertränken. Carlo machte sich zeitig aus dem Staub.

Federicas Worte hatten ihn beunruhigt, ebenso wie das Telefonat mit Contini und sein Bericht von der Inschrift, die sie auf der Greina gefunden hatten. Natürlich konnte Federica Eugenio nicht gesehen haben. Und Eugenio hatte keine Botschaften in Tuareg-Sprache verfassen können. Was von diesem Mann noch übrig war, befand sich unten, am Grund der Gumpe, von Steinen bedeckt. Was also ging hier vor sich?

Es war der erste Weihnachtsfeiertag. Ein verlorener Tag. Carlo hätte gern diesen Burschen aus Niger befragt. Aber er hatte schon zu viel gewagt, als er Federica aufgesucht hatte, die offenkundig an Alzheimer oder Demenz litt. Er musste Geduld haben: für den nächsten Tag hatten sie ein Treffen mit Verwandten und Freunden vereinbart.

Er ging nach Hause, holte sein Rennrad vor und reinigte es vom Staub. Normalerweise fuhr er im Dezember und Januar nicht. Doch an diesem Tag schien die Sonne, die Straßen waren trocken. Und Carlo konnte nicht einfach untätig rumsitzen.

Er versuchte, sich gänzlich der Anstrengung hinzugeben, der Muskelarbeit, der Allgegenwärtigkeit, die man während der ersten Steigungen im Jahr verspürt, wenn das Herz verrückt spielt, der Mund von einem metallischen Geschmack erfüllt ist und es nur noch darauf ankommt, den Gipfel zu erreichen, sich an ein Mäuerchen zu lehnen und mühsam wieder zu Atem zu kommen, während der Puls langsam sinkt, immer langsamer, mit jedem Jahr, das vergeht. Am Abend, nachdem er ein paar Tabletten geschluckt hatte, ging er zeitig schlafen.

Der »Wüstenbrunnen« hatte seinen Sitz in Cadro, in den Hügeln rings um Lugano, im zweiten Stock des Hauses von Maddalena Storni. Das Treffen war für zwei Uhr nachmittags vereinbart, aber Carlo erschien eine Stunde zu früh. Er wollte hören, was Maddalena dazu dachte, die nicht nur Eugenio gut gekannt hatte, sondern auch Expertin für Niger und die Tuareg war.

»Oh, da bist du ja!« Maddalena empfing ihn mit offenen Armen. Sie war schon immer überschwänglich gewesen. »Wie lange haben wir uns nicht mehr gesehen? Jahrhunderte? Jahrtausende?«

Carlo umarmte sie unbeholfen.

»Komm, nur hereinspaziert, ich mach uns einen Kaffee!«

Maddalena gehörte zu jenem Schlag von Leuten, die bis zu einem gewissen Zeitpunkt altern, sich dann verschanzen und dem zeitlichen Verfall trotzen. Die Haut war noch glatt und rosig. Das lange graue Haar tat ihrer Vitalität keinen Abbruch. Sie trug dieselben bunten Röcke und dieselben Halstücher, dieselben Ketten und Silberohrringe, die ihr Lächeln zum Strahlen gebracht hatten, als sie vierzig war. Carlo bemerkte allerdings eine gewisse Steifheit beim Steigen der Treppen – die ebenfalls so waren wie immer, steil und gewunden.

»Was für eine Geschichte, die Sache mit Eugenio!«, rief Maddalena, als sie im Studio Platz genommen hatten.

»Ich bin ein bisschen in Sorge«, bemerkte Carlo.

Sie saßen vor dem brennenden Kamin, zwischen Teppichen, Stammesskulpturen, Krügen und anderen kunsthandwerklichen Gegenständen, die Maddalena seit Jahren sammelte. Theoretisch hätte sie sie verkaufen sollen, um die Organisation zu unterstützten, aber wenn sie es nicht schaffte, sie loszuwerden, kaufte sie sie einfach selbst.

»In Sorge? Vielleicht kommt ja endlich irgendwas ans Licht!«

Carlo zog eine Grimmasse. »Mir kommt das vor wie ein Scherz … ein schlechter Scherz! Ich möchte nicht, dass irgendjemand die Familie auf den Arm nimmt.«

»Meinst du? Aber wer … und weshalb?«

»Das weiß ich nicht. Was sagst du zu diesem Kerl aus Niger?«

»Ich habe noch Freunde dort. Ich habe mich umgehört und dieser Moussa ist offenbar tatsächlich der Sohn von Ibrahim … den hast du doch auch kennengelernt, oder?«

Carlo hatte gemeinsam mit den Brüdern Torres eine Reise in die Sahara unternommen, bevor Giona in seine Einsiedelei in Algerien zurückgekehrt war. Genau in diesem Zusammenhang hatten sie damals zum ersten Mal über das Schulprojekt nachgedacht, in das sie später auch Maddalena mit einbinden sollten.

»Etwas Wahres ist schon dran, Carlo. Das ist kein Fake.«

Schweren Herzens musste er ihr recht geben. In irgendeiner Form steckte hinter der Entstehung dieser in den Felsen der Greina gemeißelten Worte tatsächlich Eugenios Hand. Angefangen damit, dass Eugenio der Einzige war, der wusste, dass er dort oben gestorben war ... das heißt, er wusste es nicht, denn schließlich war er tot, also war er, Carlo, der Einzige, wobei er an niemanden irgendwas verschickt hatte ... und ... und von daher?

»Geht's dir gut? Du siehst blass aus.«

»Ich habe ein bisschen Kopfweh.«

»Das ist immer so während der Feiertage!«

Carlo fand einfach keine Ruhe. Wenn es nicht ausgerechnet die Greina gewesen wäre, hätte er an einen Schwindel geglaubt: die Briefe enthielten zwar persönliche Bezüge, aber es waren Dinge, die Eugenio irgendjemandem erzählt haben könnte, vielleicht einer seiner Geliebten. Doch dieses Tuareg-Sprichwort sprach Klartext: *Werde der Ort, an den du gelangt bist.* Und Eugenio war zur Greina geworden, sein Körper hatte sich in jener grandiosen Landschaft verloren, war in organische Stoffe zerfallen, bis zur Unkenntlichkeit ... oder nicht?

Was hatte schiefgehen können?

War es möglich, dass nach so vielen Jahren Eugenios Körper zum Vorschein kam?

Gehen wir mit Vernunft an die Sache, dachte Carlo. Angefangen hatte dieser schlechte Scherz mit der Botschaft, die Moussa ag Ibrahim veranlasst hatte, Afrika zu verlassen. Kein anderer als Moussa war es, der die Aufmerksamkeit auf die Greina gelenkt hatte. Unmöglich daher, dass der Tuareg von nichts wusste.

Carlo beschloss, ihn zur Rede zu stellen.

33.

Rein gar nichts

Moussa war nach Corvesco umgezogen. Als sie an Heiligabend von der Greina zurückgekehrt waren, hatten sie gemeinsam mit Continis Freundin Francesca zu Abend gegessen. Der Detektiv hatte mit Eugenios Freunden und Verwandten telefoniert und ihnen von der Botschaft in *Tifinagh*-Schrift erzählt, aber niemand konnte für Klarheit sorgen. Am ersten Weihnachtsfeiertag waren sie wieder in die Berge gegangen, allerdings nicht ganz so hoch hinauf, dorthin, wo es noch nicht geschneit hatte: Moussa war erstaunt, ohne Schneeschuhe laufen zu können, ganz frei.

Contini hatte ihm Eugenios Bruder Giona vorgestellt, der ein *Marabut,* ein Mann des Gebets, war. Moussa hatte bereits über seinen Vater von ihm gehört, war ihm aber nie selbst begegnet, nicht einmal als Kind.

»Wir waren gemeinsam mit deinem Vater auf Reisen«, erzählte der *Marabut.* »Aber ich hatte keine Gelegenheit, seine Familie kennenzulernen. Du siehst ihm allerdings ähnlich.«

Moussa war erstaunt, diese Worte zu hören. Wer hätte je gedacht, dass er so fern von daheim jemandem begegnen würde, der in seinen Gesichtszügen den Vater erkannte?

Noch am Morgen, während der Gebete, hatte Moussa Angst gehabt, sich zu weit fortgewagt zu haben, mitten unter völlig fremden Leuten. Wie sollte er in diesem Land, wo jeder seinen Platz hatte, zurechtkommen? Jeder, der hier unterwegs war, wusste, wohin er ging, warum, und zu welcher Uhrzeit. Alle hatten ein Handy, eine E-Mail-Adresse, einen Termin und dann noch einen und noch einen, wie ein Spinnennetz, in das sie immer neue Fäden woben und dabei Straßen, Häuser, Bauwerke, Maschinen, Bücher, Worte, Bilder schufen. Und Moussa strich wie ein Hauch durch die Pläne der anderen, wie jemand, der rein gar nichts hat.

Doch jetzt, in Gegenwart des *Marabut,* kehrte die Hoffnung in ihm zurück. Sie betraten sein Haus, er sah ihn auf dem Boden Platz nehmen und Tee servieren, wie man es in der Wüste zu tun pflegte. Vielleicht konnte er ihn um ein Amulett bitten, ein *gris-gris,* das er um den Hals tragen würde, um eine Wohnung, Arbeit, Frieden zu finden. Es gefiel ihm, hier zu sein, in dem warmen Raum voller Teppiche, vor dem Feuer.

Contini und der *Marabut* sprachen über die *Tifinagh*-Botschaft. Moussa wurde die Geschichte allmählich leid. Er hatte Eugenio vertraut, hatte sein Geld angenommen und war in die Schweiz gereist. Aber musste er jetzt nicht an sich selbst denken?

»In meinen Augen will er sich verstecken«, sagte er.

Giona warf ihm einen interessierten Blick zu. »Was meinst du damit?«

»Er war hier, er hat den Brief mit den Koordinaten geschrieben … aber es ist ein *metenkal.*« Moussa schob den Schleier vor dem Mund ein paar Zentimeter nach unten. »So nennen wir einen Ort, an dem man sich verstecken kann. Diese Worte sind ein Versteck. Sie werden uns nicht helfen, ihn zu finden.«

»Und das heißt?«, fragte Contini.

Moussa zuckte mit den Schultern. »Das heißt, dass wir nichts machen können. Es kommt, wie es kommt: wenn er es will, wird er sich finden lassen.«

»Und wenn sich das Sprichwort auf Moussa bezieht?«, fragte der *Marabut. Werde der Ort, an den du gelangt bist.* Vielleicht soll dir das zu verstehen geben, hier zu bleiben, die Gelegenheit zu nutzen.«

Moussa fand die Idee nicht schlecht. Aber Contini schien nicht überzeugt.

»Was du nicht sagst. Eugenio sollte also all dieses Durcheinander organisiert haben, nur um Moussa aufzufordern, sich eine Arbeit in der Schweiz zu suchen?«

»Wer kann wissen, was im Herzen eines Mannes vor sich geht«, murmelte der *Marabut.* »Vielleicht musste er eine Schuld begleichen.«

»Schon möglich, aber derweil bringen diese Spielchen seine Verwandten um ihr Geld und um ihre Zeit. Hast du daran gedacht, dass es Betrug sein könnte?«

»Daran habe ich gedacht. Aber ich spüre Eugenios Gegenwart in seinen Worten, in seiner Art, sich zu verbergen. Moussa hat recht: Ein *metenkal* kann ein Versteck so groß wie ein Tal sein, aber auch ein Zettel in einer Tasche. Oder ein in einen Felsen gemeißelter Satz.«

Moussa sagte nichts, aber er hoffte, Eugenio möge im Dunkeln bleiben. Und wenn er stattdessen in Erscheinung trat und sein Geld zurückverlangte? Moussa fühlte sich ihm gegenüber nicht in der Schuld: er hatte getan, was er von ihm verlangt hatte.

»Ich glaube, Eugenio ist nicht allein«, sagte der *Marabut.* »Meiner Meinung nach ist er nicht im Tessin: ich kann mir nicht vorstellen, dass er zur Greina hinaufsteigt, Kontakt zu

Moussa herstellt, sich der Gefahr aussetzt, entdeckt zu werden. Nein, jemand hilft ihm.«

»Und welcher Jemand?«, fragte Contini.

»Das musst du morgen bei dem Familientreffen herausfinden. Mir scheint, dass einer von ihnen mehr weiß, als er zugeben mag.«

34.

Ein Volk von Propheten

Contini fühlte sich bedrängt: auf der einen Seite Eugenios Angehörige, die an die große Heimkehr des Verschollenen glaubten, auf der anderen Seite Francesca, die alle Vorbereitungen für eine Woche Skiurlaub getroffen hatte. Außerdem gab es noch Giona, der immer unruhiger wurde, und Moussa, der sich verloren fühlte, aber bleiben, sich ein Leben aufbauen wollte … und der sich verständlicherweise nicht allzu sehr um die Familie Torres scherte.

Abgesehen davon wurde auch Contini selbst die Sache allmählich leid.

Am Morgen des 26. Dezember, während Francesca duschte und Moussa seine Gebete sprach, schlich er sich hinaus, um nach dem Tresalti zu schauen. Von den Flößen, die er zwei Tage zuvor hineingesetzt hatte, war keines in dem Becken unweit des Hauses gelandet. Sie waren, genau wie Eugenio, irgendwo stecken geblieben, in einer Untiefe, im Morast, in einem ins Wasser gefallenen Zweig … wie hatte Giona gesagt? In einem *metenkal*.

»Wo hast du dich rumgetrieben?«, fragte Francesca bei seiner Rückkehr.

»Du weißt doch, dass ich morgens immer zum Joggen rausgehe, oder?«

Francesca zog ihre Mundwinkel mit den Fingern nach oben. »Oh, bring mich nicht so früh am Morgen zum Lachen, sonst krieg ich noch Falten!«

»Und wo ist Moussa? Ist er fertig?«

Francesca deutete auf die Tür zum Wohnzimmer.

»Er ist dort. Er hat ein Schlüsselwerk zum Verständnis unseres Landes entdeckt.«

Contini runzelte die Stirn. »Was hast du ihm gegeben?«

Er ging selbst nachsehen und fand Moussa im Schneidersitz im Wohnzimmer, den Rücken gegen das Sofa gelehnt, in die Lektüre eines Heftchens vertieft. Er spähte auf die Titelseite und las: *Ihr Fahrplan.* Und darunter: *Arcobaleno. Tarifverbund.* Francesca kam mit einer Tasse Kaffee aus der Küche. Sie küsste ihn auf die Wange und flüsterte ihm ins Ohr.

»Öffentlicher Verkehr Kanton Tessin und Misox. Wir stecken alle mittendrin.«

Contini schnaufte. »Bring mich nicht so früh am Morgen zum Lachen.«

»Wisst ihr was?«, sagte Moussa. »Dieses Buch lehrt mich eine Menge.«

Contini warf Francesca einen durchdringenden Blick zu.

»Er hat recht«, sagte sie. »Hör ihm zu.«

»Ich weiß nicht, ob alles wahr ist«, begann Moussa erneut. »Du hast gesagt, wir müssten an einen Ort, der sich Cadro nennt? Also, wenn wir den Zug und den Bus von Lugano Zentrum nehmen, sind wir in Cadro um …«

»Du musst unter ›Feiertage‹ schauen«, unterbrach ihn Francesca.

»Ist immer noch Weihnachten?«, fragte Moussa.

»Ja, der zweite Weihnachtsfeiertag.«

»Ah, dann werden wir also in Cadro um 12.16 Uhr sein.

Nicht so gegen Mittag. Nicht um kurz nach zwölf. Auch nicht um 12.15 Uhr oder um 12.17 Uhr, sondern um 12.16 Uhr. Ich, Moussa ag Ibrahim, der ich hier in Corvesco sitze, sehe voraus, dass ich um 12.16 Uhr in der Ortschaft Cadro sein werde. Und so wird es geschehen.«

»Uns erscheint das selbstverständlich«, sagte Francesca. »Wir sind innerhalb dieses Verbundnetzes. Die gesamte Schweiz ist ein Gerüst aus Anschlüssen, aus Leuten, die die Zukunft voraussehen, ohne es zu wissen.«

»Ihr seid ein Volk von Propheten!«, rief Moussa aus.

Contini wandte langsam den Blick von Moussa zu Francesca.

Dann sagte er: »Ich brauch noch einen Kaffee.«

»Nein, im Ernst, Moussa hat recht.« Francesca folgte ihm in die Küche. »Daran habe ich früher nie gedacht.«

Contini murmelte etwas Unverständliches, während er die Espressokanne neu befüllte. Francesca trat neben ihn und sprach mit leiser Stimme.

»Stimmt irgendwas nicht?«

»Hm«, murmelte er. »Diese Geschichte mit der Greina gefällt mir nicht.«

»Was kann man jetzt tun?«

»Annika würde gern die Presse einschalten und sehen, ob etwas dabei herauskommt, Enea möchte lieber abwarten.«

»Und Moussa?«

»Seine Situation ist ziemlich unsicher. In Kürze wird er nach Niger zurückmüssen, aber er will Asyl beantragen.«

»Und kann er das nicht machen?«

»Ich weiß nicht, ob die Verwicklung in einen Fall um eine vermisste Person gerade die beste Eintrittskarte ist.«

»Kennst du niemanden bei der Einwanderungsbehörde?«

Contini stieß eine Art Grunzen aus. »Ich kenne niemanden in irgendwelchen Behörden.«

»Das ist nicht wahr …«

»Ich wünschte, es wäre so.«

35.

Onkel Haddoe

Moussa erschien in der Küchentür.

»Wisst ihr, wann der Bus von der Piazza in Corvesco abfährt? Ich habe Angst, dass wir schon zu spät sind!«

»He, du bist doch hier nicht der Schweizer!«, sagte Contini. »Und außerdem, lass uns lieber mit dem Auto fahren, das geht schneller.«

Auf Moussas Gesicht zeigte sich Enttäuschung. »Oh! Ich wollte prüfen, ob die Prophezeiung des Buches funktioniert …«

»Ein Detektiv, der öffentliche Verkehrsmittel benutzt.« Francesca lächelte sanft. »Was könnte typischer helvetisch sein?«

Contini hielt noch die Espressokanne in den Händen. Moussa sagte, dass sie es schaffen könnten, um 11.59 Uhr in Lugano Zentrum zu sein. Francesca ergänzte, sie würde sie dann abholen kommen. Dann rief sie Contini liebevoll in Erinnerung, dass sie sich in den nächsten Tagen um ein Paar Leihski kümmern mussten.

Contini stellte die Espressokanne ab.

»Ich gebe mich geschlagen.«

Er zog die Jacke über und warf dem grauen Kater, der mit erhobenem Schwanz auf das Wohnzimmer zuschritt, einen Blick zu. Das Tier erwiderte den Blick mit jenem Ausdruck von stillem Sarkasmus, wie er nur gewissen Katzentieren eigen ist.

Sie nahmen den Bus, dann den Zug, dann wieder den Bus. Moussa hatte den *Tagelmust* so umgelegt, dass das Gesicht frei blieb. Contini fragte ihn, ob er tatsächlich immer mit dem Schleier unterwegs sei. Moussa erwiderte, dass er das nur daheim, in der Wüste täte. Er habe das Bedürfnis verspürt, ihn auch mit in die Schweiz zu nehmen, weil er ihm als ein Mittel gegen die Schwermut erschienen war. Aber was nicht ginge, das ginge eben nicht.

»Jedes Land hat seine Regeln!«

»Ich finde, dass es hier ein paar zu viele davon gibt«, sagte Contini.

Moussa sprach über Politik. Seiner Ansicht nach würde Niger früher oder später eine Demokratie wie die der Schweiz haben. Und er hoffte, dass auch die Nomaden zu ihrem Recht kommen würden.

Contini war skeptisch. »Nomaden anzuerkennen, ist in allen Ländern problematisch.«

»Aber bisher haben wir überlebt ... *al-ḥamdu li-llāhi!*«

Ein junger Mann auf dem Nebensitz drehte sich zu ihnen um. Sein Blick war weder feindselig noch genervt. Für Contini schien er eher eine gewisse Vorsicht zum Ausdruck zu bringen. Eine höfliche Distanziertheit, gepaart mit dem Abwägen einer möglichen Gefahr. Er lächelte ihm zu, um ihn zu beruhigen, dann lächelte er Moussa zu und schließlich sagte er mit leiser Stimme: »*Al-ḥamdu li-llāhi ...*«

Auf die Piazza von Cadro, mit ihrer unbeleuchteten Weihnachtsdeko, fiel ein Sonnenstrahl. Contini und Moussa waren die einzigen Fahrgäste im Bus. Kaum waren sie ausgestiegen, fragte Moussa nach der Uhrzeit und Contini gestand mit zusammengepressten Lippen, dass es sechzehn Minuten nach zwölf war. Vor der Kirche standen zwei Damen mit Blumensträußen in den Händen.

Im Haus von Maddalena Storni waren die anderen noch nicht eingetroffen. Nur Eugenios Freund, Carlo Farinelli, stand neben dem Kamin, eine bunte Kaffeetasse in der Hand.

Maddalena und Contini hatten miteinander telefoniert, hatten sich bisher aber noch nicht persönlich kennengelernt.

»So sehen also Detektive aus!« Sie legte ihm die Hände auf die Schultern und musterte lachend sein Gesicht.

»Ich muss dich berühren, denn bislang habe ich nur im Kino welche gesehen ... aber du bist echt, oder?«

»Vollkommen echt«, sagte Contini. »Glaube ich zumindest. Das ist Moussa ag Ibrahim, ihr seid euch begegnet, als er noch ein Kind war.«

Maddalena schüttelte ihm die Hand und begrüßte ihn auf Arabisch. Moussa antwortete in derselben Sprache. Dann machte ihn Contini mit Carlo Farinelli bekannt, der ihn sofort fragte, wann er Eugenio begegnet sei.

Moussa war überrascht. »Seitdem sind sehr viele Jahre vergangen ...«

»Da war ich auch dabei«, sagte Carlo. »Du warst ein kleiner Junge. Erinnerst du dich?«

»Warst du der Freund, der mit Eugenio auf Reisen war?«

»Ich kannte deine Eltern. Nicht so gut wie Eugenio, aber ich habe sie ebenfalls gekannt. Eugenio habe ich seit zwanzig Jahren nicht mehr gesehen. Und du?«

»Ich habe ihn nicht gesehen. Aber er hat mir einen Brief geschrieben.«

»Wem hat er den Brief gegeben?«

»Onkel Haddoe hat mit ihm gesprochen, in Niamey.«

»Er hat mit ihm gesprochen«, wiederholte Carlo, jedes Wort betonend. »Bist du sicher?«

Bevor Moussa antworten konnte, klingelte es an der Tür.

Das Haus füllte sich. Alle waren da: Enea und Annika Torres mit Gianni, als Vertreter der Familie, zusammen mit Luca Fontana, Carlo Farinelli und Maddalena Storni, den engsten Freunden Eugenios.

War unter ihnen tatsächlich einer, der mehr wusste als er zugab?

Auf Contini wirkten sie, nach den düsteren Mienen zu urteilen, einfach nur ratlos. Ganz allgemein war ein Zustand der Anspannung zu spüren: Vermutlich war es der Schock angesichts der durch den Brief ausgelösten Hoffnung und der darauffolgenden Ernüchterung durch die in den Felsen gemeißelten Worte. Sie stiegen in den obersten Stock des Hauses, den Sitz der Organisation. Er war kaum mehr als eine Dachkammer, die fast vollständig von einem großen Holztisch ausgefüllt wurde. Ringsum standen Computer, Karteischränke, Bücherregale. An den Wänden hingen Zeichnungen von Kindern aus der »Wüstenbrunnen«-Schule. Contini betrachtete sie, während die anderen am Tisch Platz nahmen: sie kamen ihm ganz ähnlich vor wie die Bilder, die er selbst einst gemalt hatte. Vielleicht hätte er nicht so exakt ein Kamel darstellen können, aber die Gesichter, die Sonne, das Lächeln und die ausgebreiteten Arme waren genau so, wie Kinder auf der ganzen Welt sie malten.

»Da sind wir nun«, begann Luca Fontana, nachdem sich alle gesetzt hatten. »Ich weiß nicht, ob Contini kurz Bericht erstatten will oder ob …«

»Wir wissen bereits alles«, unterbrach ihn Enea, der mürrisch wirkte.

»Ich habe mit jedem von euch telefoniert«, beeilte sich Contini zu erklären. »Jetzt gilt es zu entscheiden: sollen wir das Feld erweitern und die Presse einschalten oder darauf warten, dass derjenige, der die Briefe geschickt hat, einen weiteren Schritt macht?«

»Derjenige, der, das ist genau der Punkt!«, rief Carlo. »Kann es denn sein, dass wir niemals rauskriegen, wer die Briefe geschrieben hat?«

»Für mich war das Eugenio«, sagte Maddalena. »Vielleicht hat er beschlossen, Stück für Stück zurückzukehren, um uns zu verstehen zu geben, dass tatsächlich er es ist. Das würde zu ihm passen, oder? Außerdem hat er schon immer gern Briefe geschrieben. So wie er schon immer gern Scherze mochte … erinnert ihr euch, Carlo, Luca?«

Bevor die beiden antworten konnten, erhob Gianni zaghaft seine Stimme.

»Er war ein geselliger Mensch.« Er hatte die Brille abgenommen und ließ während des Sprechens seine kurzsichtigen Augen schweifen. »Man konnte ihm unmöglich böse sein. Auch Sara hat sich stets in Liebe an ihn zurückerinnert.«

Carlo wollte etwas einwenden, aber Contini hieß ihn mit einer Handbewegung zu schweigen.

»Sie hat mir gesagt, dass sie ihn immer lieben, dass sie niemals auch nur ein Erinnerungsstück, ein Foto oder einen Brief wegwerfen würde. Aber sie war davon überzeugt, dass er nicht zurückkehren würde, und sie fand, dass wir ein Recht hätten, weiterhin glücklich zu sein, sie und ich. Sie war eine … eine sehr kluge Frau.«

Gianni strich sich über die Augenlider und setzte die Brille wieder auf. Die anderen wagten nicht, etwas zu sagen, sodassGianni noch nervöser wurde, hüstelte, erneut die

Brille ab- und wieder aufsetzte, die Hände auf dem Tisch verschränkte.

»Danke, Gianni«, sagte Contini. »Wenn wir wirklich annehmen, dass Eugenio sich Stück für Stück zu erkennen geben will, ist es nicht angebracht, die Presse einzuschalten. Aber er hat Moussa geschrieben, dass er Hilfe braucht. Und wenn es etwas gibt, das ihn daran hindert, Kontakt aufzunehmen?«

»Eben deshalb würde ich alle uns zur Verfügung stehenden Mittel nutzen«, sagte Annika. »Presse, Internet, Social Media … man weiß ja nie, oder?«

»Ich werde unseren Vater nicht den Medien zum Fraß vorwerfen«, konterte Enea. »Wir sollten lieber versuchen zu verstehen. Zum Beispiel, weshalb ausgerechnet die Greina?«

»Es ist einer der Orte, die er besonders mochte«, sagte Maddalena.

»Ich erinnere mich, dass wir oft dort waren«, fuhr Enea fort. »Manchmal ging er mit Mama und mir dorthin, aber meistens mit Carlo. Erinnerst du dich an etwas, das diese Worte erklären könnte?«

Carlo schüttelte den Kopf. »Die ganze Geschichte ergibt keinen Sinn. Ich würde gern von Moussa hier erfahren, wie er in Besitz des Briefes gelangt ist.«

Alle sahen zu Moussa. Contini begann unruhig zu werden: Er spürte, dass Carlo allmählich in Rage geriet.

»Du hast gesagt, dieser Onkel Haddoe hätte Eugenio gesehen. Das ist eine schwerwiegende Behauptung, ist dir das klar?«

»Ich …«

»Mal langsam, Carlo«, sagte Maddalena.

»Wer ist dieser Haddoe? Bist du sicher, dass man seiner Aussage glauben kann?«

»Er ist sehr alt«, erwiderte Moussa. »Vielleicht war er Eugenio etliche Jahre zuvor begegnet. Er konnte sich nicht an ihn erinnern, aber …«

»Also war es nicht Eugenio!« Carlo erhob die Stimme. »Und du hast nicht daran gedacht, es zu überprüfen? Oder hattest du es eilig, in die Schweiz zu kommen? Bist du sicher, dass diese Briefe nicht du selbst geschrieben hast?«

Sie fingen an, alle durcheinander zu reden. Contini wollte schon einschreiten, aber dann erhob sich Moussa auf solch feierliche Weise, dass wieder Schweigen eintrat. Mit leiser Stimme wandte er sich an Carlo.

»Du bezichtigst mich der Lüge?«

Carlo wurde nervös. »Warum sollten wir dir vertrauen?«

»Und ich? Warum sollte ich dir vertrauen? Hast du daran gedacht?« Moussa sah einen nach dem anderen an. »Mich interessiert meine Zukunft, sonst nichts.«

»Ohne das Geld von Eugenio wärst du gar nicht hier«, entgegnete Carlo.

»Jetzt ist es mein Geld, ich habe es mir verdient.«

»Du hast kein Recht, so zu sprechen!« Carlo schnellte auf. Du bist ein Niemand, du solltest gefälligst ein bisschen Respekt haben!«

»Ich spucke darauf, auf dich und deinen Respekt!«

»Wer glaubst du, dass du bist?«

»Ich bin Moussa ag Ibrahim.«

»Du hast gelogen. Dein Onkel …«

»Hör zu, Mann, ich weiß nicht, ob Onkel Haddoe Eugenio gesehen hat. Warum gehst du nicht nach Niger und fragst ihn selbst?«

»Was erlaubst du dir! Du hast die Pflicht, uns zu helfen …«

»Hast du es immer noch nicht kapiert? Eure Geschichten interessieren mich einen Dreck!«

36.

Die Länder der anderen

Moussa war in sich selbst zurückgekehrt.

Nach dem Streit mit Carlo war mit einem Mal alles sehr schnell gegangen. Einige hatten sich erhoben, andere laut angefangen zu sprechen, einige hatten sich auf Carlos, andere auf Moussas Seite geschlagen. Und nach dem Treffen wollten dann einige, zum Zeichen der Versöhnung, mit allen gemeinsam etwas trinken gehen, andere zogen es vor, allein zu bleiben, wieder andere mussten los, um Ski auszuborgen.

Während Francesca kam, um Contini abzuholen, nahm Moussa das Angebot an, bei Annika mitzufahren. Sie hatten beschlossen, etwas trinken zu gehen, zusammen mit Enea, denn sie wollten versuchen, wenigstens untereinander gut auszukommen, als die Jüngsten der Gruppe. Moussa war ruhig, wie er es immer wurde, wenn ringsum Aufregung herrschte. Er wusste, dass man auf Sturm nicht mit Sturm reagiert, sondern mit Reglosigkeit. Sein Vater hatte immer gesagt: Du musst in dich selbst zurückkehren.

Annika befürchtete, er könnte verärgert sein.

»Nein«, sagte Moussa. »Ihr habt mich freundlich aufgenommen und ich bin hier mit dem Geld deines Vaters. Ich verspüre lediglich … wie sagt man?«

»Dankbarkeit?«

»Lediglich Dankbarkeit, keinen Zorn.«

Aber das stimmte nicht. Er hatte den Schleier der Ruhe angelegt, aber darunter schwelte Groll. Moussa sah rings um sich herum ein unbeschwertes Land, mit unzähligen neuen Autos, glatten Straßen, stabilen, sorgfältig getünchten Häusern, er sah Leute spazieren gehen, sah sie Weihnachten und den Stephanstag feiern, wobei dieser St. Stephan wohl ein wichtiger Mann gewesen sein musste. Doch er, Moussa, war zur Einsamkeit verdammt. Dieses so zum Greifen nahe Land war ferner als die fernsten Sterne.

»Du bist nachdenklich«, sagte Annika.

»Ich habe an ein Lied gedacht«, antwortete Moussa. »Weißt du, wer die *ishomar* sind?«

Annika wusste es nicht.

»Das sind diejenigen von uns, die in den Achtzigerjahren, von Gaddafi angelockt, nach Libyen gegangen sind, und dort plötzlich mit nichts dastanden. *Ishomar* kommt von *chomeur*, was ›arbeitslos‹ heißt. Ihre Wut war der Beginn der Aufstände.«

Die *ishomar* hatten ihre Wut in die Musik gelegt: Es war die Stimme eines im Verschwinden begriffenen Volkes. *Wir wachen Tag und Nacht, durchstreifen die Länder der anderen,* wie Kidou ag Oussad sang.

»Ist das die Musik, die du hörst?«, fragte Annika.

Moussa lächelte. »Das sind alte Songs aus den Achtzigern. Als wir klein waren, hatten wir eine Kassette und mein Bruder hat die Akkorde gelernt.«

Er erzählte ihr von den Bands, die ihm gefielen: Tinariwen und Tartit. Annika kannte dem Namen nach nur Bombino, der den italienischen Sänger Jovanotti auf der Gitarre begleitet hatte. Aber nie zuvor hatte sie von Takrist n'Akal oder von Abdallah ag Oumbadougou gehört.

»Mein Vater hat ihn gekannt«, erklärte er ihr. »Er stand aufseiten der Rebellen.«

Das waren Geschichten, von denen er als Junge gehört hatte. Die Revolte, die Folter, das Tschintabaraden-Massaker, die Kämpfer mit ihren Geländewagen und Kalaschnikows. Für alle war es schmerzlich und blutig gewesen. Eine Zeile aus dem Lied *Imidiwan* lautete: *Wir verlangen nur zu leben.*

»Inzwischen stehen die Dinge anders«, sagte Moussa. »Aber ...«

Er kam nicht über dieses Aber hinaus. Tatsache war, dass er an die *ishomar* gedacht hatte, weil er sich fühlte wie sie. Als ihm das jedoch bewusst wurde, kehrte er in sich selbst zurück und versuchte, den Zorn zu ersticken. Das war nicht einfach.

Nach dem Streit in Cadro hatten sie vereinbart, dass Contini Kontakt zu einer Journalistin aufnehmen und Maddalena Storni, in ihrer Funktion als Anwältin, eine Erklärung im Namen der Angehörigen und Freunde abgeben sollte. Carlo war dagegen und er war erneut in Wut geraten.

»Ich glaube nicht, dass die Journalisten uns weiterhelfen«, sagte Enea, als sie in einer Bar im Zentrum von Lugano saßen. »Carlo hat recht, auch wenn er den Kopf verloren hat: Irgendjemand nimmt uns auf den Arm. Ich meine natürlich nicht dich«, beeilte er sich, an Moussa gewandt, hinzuzufügen. »Aber irgendwas stimmt da nicht.«

»So viel steht fest«, murmelte Annika.

Moussa spürte den Schmerz der Geschwister. Er stellte sich vor, wie es sein musste, an diesem Ort, wo alles so harmlos war, zu leiden und zu sterben. Selbst diese Bar lud dazu ein, nur an schöne Dinge zu denken. Es gab bunte Plastikstühle, von der Decke hängende orangefarbene Kugeln, Palmen und andere im Lokal verstreute Pflanzen, fast als sei es eine Art Oase inmitten der Stadt.

Moussa hatte Verwandte, die in der Wüste verschollen waren. Ein Onkel seines Vaters war eines Tages auf der Suche nach den Ziegen verschwunden und sie hatten ihn eine Woche später gefunden, tot, im Schatten eines Strauches. Er hatte die Kleider an die Pflanze gebunden, damit sie ihn von Weitem sehen und seinen Körper finden würden. Moussa wusste, was es hieß, jemanden zu verlieren, ohne jemals wieder von ihm zu hören. Es war richtig, sich dem Willen Gottes zu fügen und dafür zu sorgen, dass die Lebenden weiterlebten. Aber das, so dachte er, war sicher weitaus schwieriger, wenn man in einem glücklichen Land lebte.

Annika und Enea tranken ein Bier, während Moussa sich einen Tee bestellt hatte, der gar nicht so übel war, wenn auch nicht sonderlich stark.

»Hört zu, ich gebe mich nicht geschlagen«, rief Enea. »Wisst ihr, was ich denke? Wir sollten zurück auf die Greina, wo du diese Zeichen gefunden hast.« Er wandte sich an Moussa. »Vielleicht gibt es etwas, das euch entgangen ist? Irgendein weiterer versteckter Buchstabe? Wie lange wart ihr dort oben?«

»Vielleicht eine halbe Stunde.«

»Und wenn er zurückgekehrt ist, wenn er noch etwas geschrieben hat? Ich würde gern nachschauen. Ich kenne die Gegend, ich könnte allein hin, aber ich fände es gut, wenn ihr mitkämt.«

Enea sah die beiden an und breitete dabei die Arme aus, als wolle er einen Pakt schließen. Moussa fühlte sich unwohl. Aber wie sollte er ablehnen?

»Ich kann …«, murmele er. »Wenn es euch wichtig ist, kann ich euch begleiten.«

»Großartig!«, rief Enea. »Ich nehme noch ein Bier. Und ihr? Nichts mehr?«

Enea ging das Bier an der Theke bestellen. Moussa hatte den Drang sich zu bewegen, zu laufen, Ordnung in seine Gedanken zu bringen. Annika berührte seine Hand. Moussa spürte den Reflex, sie zurückzuziehen, aber er tat es nicht.

»Ich weiß, dass es schwierig ist«, flüsterte Annika. »Danke.«

Moussa betrachtete sie. Die feinen, lächelnden Lippen, die Goldkette und zwei Ohrringe mit blauen Steinen, die Moussa zuvor nicht bemerkt hatte. Und auch ihre freundlichen Augen hatte er nicht bemerkt, und nicht das blonde Haar, in dem sich das Licht der orangefarbenen Lampen fing.

Er hatte nicht bemerkt, wie schön Annika war.

37.

Vollkommen abschalten

Hin und wieder frühstückten Contini und Francesca in den dunklen und verrauchten Räumen des Grotto Pepito in Corvesco.

Der Gründer des Lokals, Pepito, verdankte seinen Namen dem nach Kalifornien ausgewanderten Vater: Benvenuto Bottechi hatte geglaubt, das Glück wäre ihm holder, wenn im Namen des Sohnes – in Anspielung auf die *Pepita d'oro,* den »Goldklumpen« – ein wenig von dem mitschwingen würde, worauf er hoffte. Stattdessen war er mit fast nichts zurückgekehrt, nachdem er jahrelang als Tagelöhner geschuftet hatte. Pepito entpuppte sich allerdings als recht geschäftstüchtig: er kaufte ein Stück Land, auf dem sich mehrere Grotten befanden, in denen man während der heißen Sommermonate Nahrungsmittel aufbewahren und im Kühlen sitzen konnte. Pepito hatte drei Kinder: Giocondo, Elvezio und Desolina. Nach seinem Tod übernahm Giocondo den Betrieb. Im Sommer war es eine Plackerei, aber während der kühlen Jahreszeit konnte Giocondo den Winterschlaf antreten und den nötigen Speck ansetzen, um sich für die Sommermonate zu wappnen.

»Ich könnte, aber ich kann nicht, denn es gibt Leute wie dich, Contini! Zum Frühstück herkommen, was soll das denn? Das ist ja wohl kein geeigneter Ort für Damen …« Giocondo zwinkerte Francesca zu. »Hier sind die Bären unter sich, das weißt du doch!«

»Meinst du, ich könnte es mit Contini aushalten, wenn ich Bären nicht mögen würde?«

Giocondo brachte eine Kanne Kaffee, einen Leib dunkles Brot, ein Stück Butter, das für ein ganzes Heer gereicht hätte, eine Auswahl an Marmeladen (Brombeere, Himbeere, Heidelbeere) und ein Glas Gebirgshonig.

Tags zuvor, nach dem Treffen in Cadro, hatte Contini gemeinsam mit Moussa hier vorbeigeschaut. Giocondo mochte schweigsame Menschen und als Mann aus den Bergen hatte er eine gewisse Sympathie für den Mann aus der Wüste verspürt.

»Und dein Beduinenfreund? Ist der heute nicht dabei?«

»Er ist mit dem Zug unterwegs.«

Moussa war mit einem Tagesticket und einem neuen Handy aufgebrochen. Contini würde derweil einen Klienten treffen und anschließend sogar eine Journalistin zum Mittagessen einladen.

Es war ein windiger Tag. Carlo ging Radfahren, um der Angst Herr zu werden. Er hatte mit Moussa ag Ibrahim und mit den Geschwistern Torres telefoniert: Er hatte sich wegen der Szene entschuldigt und gegenüber den Torres seinen Standpunkt bekräftigt. Aber sie waren nicht darauf eingegangen: Annika vertraute blind auf Moussa, während Enea glaubte, dass die Lösung für alles auf der Greina zu suchen sei.

Und er hatte recht.

Genau das war es, was Carlo verrückt machte. Er hatte recht.

Der Drang nach Wahrheit, derselbe, der ihn Jahre zuvor

dazu getrieben hatte, mit Eugenio zu sprechen, war im Begriff, ihn erneut zu überwältigen. Alles gestehen, sich von der Last befreien … und die Schande, das Gefängnis ertragen. Konnte es überhaupt noch schlimmer werden? In diesen Tagen durchlebte er die Hölle, mit den immer und immer wiederkehrenden Erinnerungen an die Mordszene – anders konnte er sie nicht mehr nennen – und der absurden Angst, Eugenio würde ihm auflauern und sich weiterhin über ihn lustig machen.

Er trug ein T-Shirt, einen atmungsaktiven Overall unter der Wintersportjacke, eine Warnschutzweste, Handschuhe, Sturmhaube, Helm, Schuhe und Überschuhe. So begab er sich ins Freie, um es mit dem Wind aufzunehmen.

Am Stadion nahm er den Abzweig zum Gefängnis La Stampa. Er fuhr hinauf Richtung Pregassona. Bis Corticiasca ging es zweiundzwanzig Kilometer bergauf: Carlo war nicht ausreichend trainiert, um die Strecke ordentlich zu meistern, aber er kannte sie auswendig und wusste, wie er seine Kräfte einteilen musste. Es gab einen anstrengenden Abschnitt bei Sonvico und einen weiteren beim Abzweig Rosone, kurz vor der Kapelle Madonna d'Arla. Danach wurde die Straße weniger steil. Hinter Piandera ging es sogar ein Stück bergab.

Carlo wunderte sich, wie gut der Körper, trotz allem, auf die Anstrengung reagierte. Er fand einen Rhythmus und konzentrierte sich auf das Pedaltreten, auf den Atem, wobei er den Puls auf dem Herzfrequenzmesser im Auge behielt.

Er war fast an dem Punkt, seinen Namen, seine Geschichte, seine Ängste zu vergessen, als er spürte, wie das Handy in der Jackenrückentasche vibrierte. Er ignorierte es, doch es vibrierte erneut, zweimal, dreimal. Also stellte er das Rad am Straßenrand ab.

Rufnummer unbekannt.

In seinem Inneren sträubte sich alles dagegen ranzugehen. Das hatte garantiert nichts Gutes zu bedeuten. Aber dann ging er doch ran.

Contini schlug das Notizbuch auf und sah dem Vater in die Augen.

Mit Eltern war das immer so eine Sache: Wenn sie sich an einen Detektiv wandten, dann hatten sie es in der Regel schon auf allen anderen Wegen versucht. Amedeo Cattori hatte das seltsame Verhalten seines Sohnes anfangs nicht weiter beachtet. Ja, der Junge blieb nachts auf, um mit einem Mädchen zu chatten, aber tagsüber ging er in die Schule und erfüllte seine Pflicht. Doch allmählich hatte Bruce sich immer mehr in sich selbst zurückgezogen.

»Ich vermute, Sie haben versucht, ihm Handy-Verbot zu erteilen«, sagte Contini.

»Anfangs ja«, erwiderte Cattori. »Aber das hat nichts gebracht, zumal Bruce ein iPad hat. Wir haben versucht, den Zugang zum iPad einzuschränken, aber dann ist er an den Desktop gegangen. Was sollen wir machen? Wir können schließlich nicht alles vollkommen abschalten!«

»Warum nicht?«, fragte Contini.

Cattori sah ihn misstrauisch an. »Was wollen Sie damit sagen?«

Contini spürte, wie die Bürowände zusammenrückten, enger wurden. Sein Kopf verengte sich. Und sein Sprachvermögen. Er gönnte sich einen Blick aus dem Fenster, auf die graue Oberfläche des Sees. Abschalten. Wie viele Bedeutungen hatte das Wort »abschalten«?

»Da es sich um den Zeitvertreib Ihres Sohnes handelt …«

»Das ist kein Zeitvertreib, das ist ein Zwang, verstehen Sie?«

Der See lag immer noch da. Still. »Da der Zwang Ihres Sohnes virtueller Natur ist, ließe sich vielleicht die Zugangsmöglichkeit …«

»Dann flippt er aus! Das geht nicht! Er fängt an zu heulen, droht damit, abzuhauen oder aus dem Fenster zu springen!«

»Ich könnte versuchen, ihn zur Vernunft zu bringen.«

»Hören Sie, wir haben bereits mit einem Psychologen gesprochen.«

Damit war der erzieherische Aspekt also vom Tisch. Contini gönnte sich einen weiteren Blick auf den See. Dann schloss er das Notizbuch und zählte die bestehenden Möglichkeiten auf.

»Beschattung, um zu sehen, mit wem er sich trifft. Abhörgeräte für den Computer. Und vor allem Nachforschungen zu diesem Mädchen, mit dem er nächtelang chattet. Vielleicht ist sie gar nicht in seinem Alter.«

»Aber ich habe doch schon mit ihren Eltern telefoniert! Wissen Sie, meine Frau und ich haben uns gesagt, dass man vielleicht dafür sorgen könnte, dass sie sich treffen, im realen Leben meine ich. Sie sind siebzehn Jahre alt, zwei Jugendliche. Sie wohnen nicht weit voneinander entfernt: Sie kommt aus Turin, mit dem Auto ist man in drei Stunden dort.«

Plötzlich bestand das Problem nicht länger in der Internetabhängigkeit, sondern darin, wie sich ein Treffen der beiden jungen Leute organisieren ließe.

»Doch sie will nicht«, endete Cattori kopfschüttelnd.

»Sie?«

»Das Mädchen. Sie chattet lieber. Und Bruce ebenso.« Cattori zögerte, bevor er hinzufügte: »Sie sagen, das sei romantischer.«

Carlo hatte eilig einen Handschuh ausziehen und den Helm lockern müssen, um den Anruf entgegennehmen zu können. Dieses Hantieren steigerte seinen Puls, und während er ein »Hallo!« keuchte, fragte er sich, wieso er überhaupt rangegangen war.

Am anderen Ende blieb es stumm.

Nur ein Atemgeräusch.

»Hallo?«, wiederholte Carlo. »He, hallo, soll das ein Scherz sein?«

38.

Den Wind nutzen

»Also, was kann ich für Sie tun?«

»Was weiß ich … schließlich sind Sie der Experte, Sie kennen sich doch mit solchen Fällen aus, oder? Die jungen Leute klicken ja heutzutage andauernd auf ihren Geräten herum!«

Der See. Bewegt, vom Wind gekräuselt. Und dennoch so weit.

»Die Polizei bietet bei solchen Problemen Hilfe an, zum Schutz Minderjähriger.«

»Schutz? Hier gibt es niemanden zu beschützen, wir brauchen nur ein bisschen Hilfe!«

So unzugänglich, so bleiern in seinem Winterkleid.

»Nun, ich könnte, sagen wir, ein paar Untersuchungsmaßnahmen einleiten.«

»Gut!«

»Aber zuvor müsste ich mit Bruce sprechen.«

»Hm. Meinen Sie nicht, das wird ihn einschüchtern?«

»Ich will das Ganze nur besser verstehen. Ich halte Sie über die Entwicklungen auf dem Laufenden.«

»Gut!«, wiederholte Cattori.

Welche Entwicklungen? Vorläufig wollte Contini lieber nicht darüber nachdenken.

Er begleitete Cattori zur Tür, dann kehrte er in sein Büro

zurück und las sich erneut die Notizen zum Fall Torres durch. Er bezweifelte, dass es etwas bringen würde, sich an die Presse zu wenden. Vielmehr hoffte er, die Worte im Felsen würden einen Sinn ergeben, wenn er den zwischenmenschlichen Beziehungen auf den Grund ginge.

»Bist du sicher, dass du richtig verbunden bist?«, fragte Carlo.

Er erwartete gar keine Antwort. Dieser Anruf war ein Angriff. Die Szenerie des Val Colla wurde bedrohlich, als lauere hinter jeder Kurve, hinter jedem Hügel, hinter jedem in den Bergen versteckten Haus der Widerspruch, die Warnung aus dem Nichts, die sich Eugenio nannte.

»Was willst du?«, fuhr Carlo fort. »Ich habe nicht die Absicht, länger über diese Geschichte zu reden. Ich habe übertrieben. Ich habe mich entschuldigt. Wir sind nicht derselben Ansicht. Aber von welchem Handy rufst du an? Und warum sagst du nichts?«

Diesmal wartete er. Aber es kam keinerlei Antwort.

»Ich bin draußen mit dem Rad unterwegs ... woher weißt du es?« Er legte eine Pause ein, um Luft zu holen. »Wo bist du? Ich habe dich gefragt, wo ...«

Die Verbindung wurde unterbrochen. Carlo fluchte laut. Er konnte nicht zurückrufen, weil die Rufnummer unterdrückt war. Er erwog, das Handy auszuschalten, kam dann aber zu dem Schluss, dass es feige wäre. Und er wollte auf keinen Fall diesen Eindruck erwecken.

Er fuhr weiter bergauf in Richtung Cozzo. Er würde bis auf tausend Höhenmeter ansteigen und die Kälte würde sich bemerkbar machen. Besser so. Im Frühling und Sommer strömten ganze Herden phosphoreszierender Radfahrer durch das Tal, aber an diesem Tag war niemand unterwegs: weder Autos noch Fahrräder. Besser so. Das Grau des Asphalts, die kahlen Bäume, die welken Wiesen, all das lud dazu ein, die Rollläden runterzulassen und sich in den Fitnessraum zurückzuziehen, dorthin, wo das Herz gleichförmig schlägt und Sauerstoff ins Blut pumpt, dorthin, wo die Lungen sich weiten und wieder verengen und erneut weiten … das war es, worauf Carlo sich konzentrierte. Darauf, abzuschalten. Oder genau so weit in Bewegung zu bleiben, dass man den Wind ausnutzte, einen Gang runterschaltete, wenn er einem entgegenblies, und falls nötig, im Stehen fuhr.

Der Rhythmus war hin. Carlo atmete durch Mund und Nase, gleichmäßig. Sein Puls blieb konstant zwischen 120 und 130. Aber er trat nervös in die Pedale, nicht kontinuierlich. Er erreichte Cozzo, hielt an, um die Windjacke überzuziehen. Dann ging es leicht bergab in Richtung Corticiasca.

Nach nicht einmal einem Kilometer begann das Handy erneut zu vibrieren.

»Heutzutage hat man da nichts mehr im Griff«, sagte Agnese Caroli. »Will heißen: Selbst, wenn man einen Artikel schreibt und dabei … wie hast du noch mal gesagt?

»Diskretion wahrt.«

»Ja, die Formulierung passt zu dir.« Agnese lächelte. »Man kann zwar Diskretion wahren beim Schreiben, aber die Sache bläht sich von allein auf. Abgesehen davon, wenn du Diskretion wünschst, wieso triffst du dich dann überhaupt mit einer Journalistin zum Mittagessen?«

»Weil ich ein abenteuerlustiger Mensch bin.«

»Oh, danke! Du hast es also nicht nur auf die Füchse von Corvesco abgesehen, sondern wagst dich auch an die weitaus gefährlichere Spezies …«

»… der Schakale, ja, ich muss verrückt sein.«

»Gut pariert. Aber ich hab's dir ja auf dem Silbertablett präsentiert.«

Contini kannte Agnese gut. In all den Jahren hatte sie ihn nie namentlich in irgendeinem Artikel genannt, und eben deshalb vertraute er ihr. Aber ihm war klar, dass auch Agnese den Klatsch nicht verhindern konnte, der sich verbreiten würde wie die Sporen eines Giftpilzes. Er kannte die Gegend zur Genüge: Das Tessin war Kanton und Republik, mit Parlament und Regierung, aber es war auch eine Provinz, ein Grenzgebiet. Es war nordisch und mediterran, wild und urban, mit seinen kleinen Stars, seinen Dramen, seinen Kontroversen, seinen ewigen Karnevalsfeiern und einer arglosen Vermengung von Journalismus und nachbarschaftlichem Tratsch.

»Ich wollte die Familie eigentlich außen vor lassen«, sagte Contini. »Aber ich vermute mal, das ist unmöglich.«

»Na ja, die Ehefrau ist tot. Und die Kinder haben es selbst so gewollt, oder?«

»Mehr oder weniger. Der Gedanke war, die Informationen über Maddalena Storni laufen zu lassen, die bereit ist, als Sprachrohr zu dienen.«

Sie saßen im Restaurant Da Piero, wo Contini ein-, zweimal die Woche zu Mittag aß. Ihm gefiel die schlichte Aufmachung nach Art einer Trattoria, ohne Firlefanz. Karierte Tischdecken, dickwandige, etwas stumpfe Gläser, Rotweinkaraffen und einfache Gerichte wie das, was sie gerade aßen: dunkle Polenta mit Rinderschmorbraten, Weinsauce und Gemüse, gewürzt mit ein paar Wacholderbeeren.

»›Verschwundener Vater schreibt zwanzig Jahre später Brief‹«, sagte Agnese. »Das ist es, was wir Journalisten wollen. Oder: ›Die verlassenen Kinder: Helft uns, ihn zu finden!‹, oder: ›Der mit dem Fall befasste Detektiv: Wir arbeiten an …‹«

»Besser nicht«, unterbrach sie Contini.

»Die Nachricht wird sich im Internet und den sozialen Medien verbreiten. Jemand wird traurige Emojis druntersetzen, ein anderer wird die Karriere von Torres zurückverfolgen und behaupten, dass er der NGO das Geld entwendet hat. Andere werden sagen, dass man bestraft werden muss, wenn man seine Kinder verlässt. Irgendjemand wird, ohne gelesen zu haben, kommentieren, dass Pädophile lebendig verbrannt gehören. Wieder andere werden Beleidigungen schreiben und Profile verbannen, irgendeiner wird ein GIF mit einer über den Boden rollenden Katze posten, ein anderer ›Hahaha‹ daruntersetzen und schwupp … sind wir schon wieder dabei zu lachen!«

Contini stocherte in den Fleischstücken auf seinem Teller herum, ohne zu essen.

»Es wird herauskommen, dass ein Tuareg im Spiel ist. Ein Migrant. Das wird sowohl diejenigen auf den Plan rufen, die nach einer Abriegelung der Grenzen verlangen, als auch die, die gleich überall Faschisten wittern. Und wie ergeht es Moussa bei all dem?

»Habe verstanden.«

»Der Wind bläst, wo er will«, endete sie. »Natürlich kann ich euch einen Artikel schreiben. Aber seid ihr wirklich sicher?«

Carlo ging nicht ans Handy und nach einer Weile hörte es auf zu vibrieren.

Zwischen Cozzo und Corticiasca war ein wenig Schnee

gefallen. Auf den im Schatten gelegenen Wiesen, an Straßenecken und auf Hausdächern waren ein paar Flecken liegen geblieben. Carlo stärkte sich mit einem Energy Gel auf Glukose- und Kohlenhydratbasis. Nirgends eine Menschenseele. Die an den Hang gekauerten Häuser von Corticiasca wirkten wie ausgestorben. Carlo sah hinauf zur Cima di Fojorina und den Denti della Vecchia. Er spürte, wie sich sein Magen verkrampfte, und er wünschte sich weit fort, irgendwohin, wo keine Berge ihn erdrückten.

Er hatte ein frisches T-Shirt dabei. Rasch zog er sich um und nahm einen Schluck von dem warmen Iso-Drink aus seiner Thermosflasche. Er beschloss, auf dem kürzesten Weg zurückzukehren, runter in Richtung Bidogno.

Der Wagen wartete hinter der nächsten Kurve auf ihn.

Carlo verlangsamte. Er war sich nicht sicher, ob er richtig gesehen hatte, so kam er erst einige Meter weiter zum Stehen, als er jemanden seinen Namen rufen hörte.

39.

Was ist die Wahrheit?

Er hatte es ausgesprochen. Das, was auszusprechen er sich vorgestellt hatte, wovon er geträumt, wovor er sich gefürchtet hatte. Das, was seine Tage und seine Nächte, einem Geschwür gleich, zerfressen hatte. Und er hatte es einfach so gesagt, in seinem Fahrradtrikot, am Rand der Kantonsstraße.

»Ich habe ihn umgebracht. Ist es das, was du hören wolltest? Ich habe Eugenio umgebracht. Was geschehen ist, ist geschehen, niemand kann die Dinge rückgängig machen. Weder du noch ich.«

Warum fühlte sich Carlo als Opfer? Er wusste, dass Eugenio das Opfer war. Aber Eugenio war tot, unfähig zu wünschen, zu leiden, zu denken. Er war in einem Zustand, den Carlo als Glückseligkeit oder zumindest Wahrhaftigkeit definiert hätte, verglichen mit seinen eigenen nunmehr sechzig Lebensjahren, die er als Sportler und als Feigling rumgebracht hatte.

»Ich habe ihn nicht wirklich umgebracht«, hatte er hinzugefügt. »Das heißt, wir haben gestritten, es war ein Unfall. Die Wahrheit ist, dass …«

Er hatte abgebrochen. Hatte die Augen geschlossen. Es gab keinen Gesprächspartner mehr, er war nicht länger auf der Straße durchs Val Colla. Die Wahrheit kann dein Leben ändern, vor allem wenn dir, um sie zu ertragen, nichts als

Lügen bleiben. Er war im Arbeitszimmer seines Vaters: ein dunkler Raum, in dem es nach Zigarren, Leder und altem Papier roch. Als Kind hatte Carlo geglaubt, es sei eine Zauberwerkstatt. *Papa arbeitet.* Das waren Worte, die ihm das Unbekannte offenbarten – *er arbeitet* –, etwas, das man in der Kindheit nur im Spiel erfasst. Bis Carlo als Dreizehnjähriger die Schublade mit den Briefen und Fotos einer Frau entdeckt hatte, von der in der Familie nie die Rede gewesen war. War es möglich, dass Serena Farinelli nichts von dem Verhältnis wusste?

An jenem Tag auf der Greina hatte Carlo auch deshalb mit Eugenio gesprochen, um zu beweisen, dass Aufrichtigkeit möglich war, dass Freundschaft allem standhalten konnte. Hatte er sich geirrt? Vielleicht wäre ohne jenes Unglück, ohne jenen Sturz …

»Ich wusste, dass du es warst. Ich wusste es, aber ich war mir nicht sicher, verstehst du?«

Die Worte holten ihn zurück in die Gegenwart. Die Wahrheit war zum Vorschein gekommen wie ein Wurm, der zum ersten Mal dem Sonnenlicht ausgesetzt ist. Die Wahrheit. Rosig und abstoßend.

»Hör zu …«

Jede Möglichkeit zum Dialog wurde abgeschnitten.

Das Schlagen der Autotür. Der Motor im Leerlauf. Die Sonne, die sich in den Fenstern spiegelte. Es sah aus, als sei niemand in der Fahrerkabine. Carlo zögerte, ob er klopfen, noch einen Versuch unternehmen sollte. Am liebsten hätte er sich auf den Wagen gestürzt, mit den Fäusten darauf eingeschlagen. Es gab eine echte Wahrheit, eine Wahrheit, die bald schon unter Mutmaßungen und juristischen Einwänden verschwinden würde. Nur Carlo wusste, was tatsächlich geschehen war … weshalb also dieses Ende? Weshalb diese Verweigerung? Schlagartig kam ihm die Situation zu Bewusstsein, sein knallbunter Dress, der Helm, mit dem er aussah wie ein Marsmensch.

Er wandte sich nicht um. Er schwang sich wieder auf sein Rad und nahm den Weg bergab, spielte mit dem Gedanken, die Augen zu schließen, die Hände von den Bremsen zu nehmen, den Rausch der Geschwindigkeit zu spüren und dann, endlich, Frieden.

Der Wagen folgte ihm.

Er bemerkte es nicht gleich, denn der Wind übertönte den Motor. Während er eine Kehre nahm und dabei weit ausscherte, sah er ihn ein Stück oberhalb. Er ignorierte ihn, denn er durfte sich nicht ablenken lassen: dort, wo die Sonne nicht hinkam, war die Straße stellenweise feucht und es bestand Rutschgefahr. Erneut kam ihm der Gedanke, dass es verrückt war, bei solchem Wetter Radfahren zu gehen. Aber genauso verrückt wäre es gewesen, daheim zu bleiben und sich das Hirn über Eugenio zu zermartern. Jetzt hatte er endlich begriffen, wie er gleichzeitig tot und lebendig sein konnte. Aber diese Erkenntnis brachte ihm keine Erleichterung.

Er spürte die Kälte durch die Kleiderschichten dringen. Tausend Nadelstiche bohrten sich in die Haut, ließen die Muskeln gefühllos werden. Er drosselte die Geschwindigkeit, um den Wagen vorbeifahren zu lassen, spürte ihn hinter sich. Er wurde noch ein bisschen langsamer, löste eine Hand vom Lenker und gab ein Zeichen zum Überholen.

Der Wagen überholte nicht. Was sollte das? Carlo fluchte, bremste so weit ab, dass er beinahe zum Stehen kam. In diesem Augenblick berührte der Wagen ihn am Hinterrad. Der Stoß brachte das Fahrrad zum Schwanken, es geriet heftig ins

Schlingern. Carlo umklammerte den Lenker, löste einen Fuß aus der Pedalhalterung und schaffte es irgendwie, im Gleichgewicht zu bleiben. Zum Glück hatte er nicht dem Impuls nachgegeben, ganz abzubremsen.

Das Auto blieb weiter hinter ihm, mit wenigen Metern Abstand. Mit einem Mal begriff Carlo. Und die Angst packte ihn.

Er erreichte eine sehr enge Kehre und gewann einige Meter. Der Puls war auf über 180 geklettert. Aus den Augen quollen warme Tränen, die die Brillengläser beschlagen ließen und über die Wangen bis zu den Lippen rannen. Carlo nahm den salzigen Geschmack wahr, schluckte und spürte Übelkeit aufkommen.

Wenige Minuten zuvor hatte er den Wunsch verspürt zu sterben. Doch in diesem Augenblick klammerte er sich an das Leben wie ein gehetztes Tier. Der Wagen tauchte wieder auf: Carlo war sicher, dass er ihn erneut rammen würde. Was sollte er tun? Anhalten? Das wäre noch schlimmer, das Auto würde ihn stehend erwischen. Versuchen, die Straße zu verlassen und zwischen den Bäumen zu entkommen? Er würde nicht schnell genug sein. Ihm war vollkommen klar, dass der Wagen ihn überfahren würde, sobald er anhielt.

Mit den Fahrradschuhen konnte er nicht schnell genug rennen. Die einzige Hoffnung bestand darin, die Wendigkeit des Rads auszunutzen und den Wagen so weit abzuhängen, dass man eine halbe Minute Vorsprung gewann. Dann könnte er anhalten und sich verstecken. Er würde per Handy um Hilfe rufen. Er, Carlo, der Mörder, der schändliche Verräter seines besten Freundes, ausgerechnet er wurde erbarmungslos verfolgt. Und von wem? Wem sonst, als der Person, die …

Das Heulen des Motors.

Der Wagen holte auf, dank der geraden Strecke. Carlo

beugte sich vor, suchte nach einer aerodynamischen Haltung, wie die Radprofis, die er aus dem Fernsehen kannte. Der Tacho zeigte sechzig Stundenkilometer, dann siebzig, fünfundsiebzig. Achtzig. Bei dieser Geschwindigkeit wäre ein Zusammenstoß fatal geworden. Er spürte den Sog der Luft an seinen Schultern. Der Wagen war im Begriff, sich auf ihn zu stürzen wie eine Lawine.

Wenige Meter fehlten. Eine Kurve rettete Carlo: einen Augenblick vor dem Zusammenprall bremste der Wagen. Carlo versuchte das auszunutzen. Er berührte kaum die hintere Bremse. Gleich darauf neigte er das Rad zur einen, den Körper zur anderen Seite. Um ein Haar hätte er die Schutzmauer gerammt, aber hinter der Kurve nahm er auf dem Randstreifen wieder Fahrt auf. Es gab ein Metallgeländer und darunter eine steile Böschung.

Es war eine Frage von Zentimetern. Carlo streifte das Geländer, löste erneut einen Fuß vom Pedal und hielt sich im Gleichgewicht.

Er war fast in Sicherheit. Der Wagen war zurückgeblieben. Carlo hatte jahrzehntelange Erfahrung als Radfahrer: bei steilem Gefälle nahm er es mit jedem Motorfahrzeug auf. Man musste nur auf den geraden Abschnitten durchhalten und den richtigen Gang wählen, um nach jeder Kurve zu beschleunigen.

Doch nach einer leichten Rechtskurve wurde das Gelände flacher.

Carlo schaltete rauf. Er umklammerte den Lenker, versuchte die Geschwindigkeit zu steigern, bis die Beine ins Leere liefen. Dann kauerte er sich zusammen, zog die Knie an. Vielleicht würde der Wind ihm beistehen. Vielleicht würde der Wagen zurückbleiben.

40.

Dürre

Ich habe das Quellwasser getrunken, im Herzen der Berge. Ich habe das schlammige Wasser aus den Gruben getrunken, das Wasser der Zisternen. Ich habe das faulige Wasser getrunken, das in den Tümpeln inmitten der Ebene stand. Ich habe getrunken, ich habe mich nach dem Wasser voller Würmer und Schnecken gesehnt, dem Wasser, in dem das Stroh, der Urin der Schafe und der Kot der Schakale modern. Ich habe das Wasser geliebt.

In der Vergessenheit von Tanezrouft, in der weiten kargen Wüste ohne Wasser und Weideland war es der Durst, der mich daran erinnert hat, wer ich bin. Wenn ich einen Brunnen verließ, wusste ich, dass ich zum Überleben einen anderen Brunnen erreichen musste. Ich wanderte, ohne zu trinken, aber es war das Wasser, das meine Schritte lenkte. Ich bin nicht wie die Antilope mit ihren gedrehten Hörnern, die Jahre übersteht, ohne einen einzigen Tropfen Wasser aufzunehmen. Ich bin mein Durst. Darin besteht mein ganzes Sein.

Die Seele ist eine Quelle, pflegten die Wüstenväter zu sagen. Wenn du danach gräbst, wird sie rein. Wenn du Erde darauf schüttest, verschwindet sie.

Ich bin hier, auf dem Assekrem, genau dort, wo ich hinwollte. Warum bin ich also so verzagt, so voll der düstersten Gedan-

ken? Ich habe in meiner Seele gegraben, ich habe gebetet und Binsenkörbe geflochten. Ich lebe allein, aber nicht isoliert: jeden Morgen treffe ich die Mönche, die hier wohnen. Jeden Morgen beginne ich aufs Neue. Weshalb erstickt die Trockenheit all meine Vorsätze?

Eugenio und Carlo sind abgereist. Maddalena ist mit mir nach Tamanrasset gekommen, dann ist auch sie zurückgekehrt. Eugenio schreibt mir oft. Er fragt mich nach den Tuareg, nach ihrer Kultur. Während unserer Reise hat er Tamascheq gelernt. Jeden Tag hat er sich Sprichwörter und Gedichte notiert und ausführliche Berichte an seine Frau geschickt. Vor der Abreise hat er mir gesagt, dass sein Herz immer hin- und hergerissen sein wird zwischen unseren Bergen und dieser Wüste.

Und mein Herz? Dieses Land hat mich mir selbst offenbart, in meinem Durst, in meiner Armut. Aber der Sand der Ergs *oder die Felsen des Ahaggar sind nichts gegen die Wüste, die, in meinem Innern, mich hindert zu trinken. Ich bin Charles de Foucauld gefolgt. Warum, mein Gott, diese Täuschung? Warum hat sich der Frieden wie eine Wunde geöffnet? Vielleicht war mein Verstand getäuscht, als ich nach einer neuen Heimat suchte. Ein Ort, und alles, was sich dort findet, löscht nicht die sengende Glut. Ein Fremder sein, ständig von dem Neuen überrascht werden, das ist es, was ich brauche.*

Nicht indem ich fliehe, stille ich meinen Durst. Es gibt kein Anderswo.

Ich muss ein Fremder sein, an dem Ort, an dem ich lebe.

DRITTER TEIL

Anwesenheit

41.

Der Gärtner

»Dein Bruder ist also Gärtner?«

Während sie durch den Ciani-Park schlenderten, staunte Moussa über die Rabatten, die Pflanzenvielfalt, den Angestellten, der mit einem Benzingebläse welkes Laub aufhäufte.

»Ich mag Gärten. Stell dir vor, man könnte einen Ort wie diesen noch schöner gestalten!«

»Wärst du auch gern Gärtner?«, fragte sie ihn.

»Meinst du, Enea könnte es mir beibringen?«

»Na ja, vielleicht könnte er …«

»Ach nein, wie dumm!«, unterbrach er sie. »Du hast erzählt, dass er selbst keine Arbeit hat, wie soll er dann für mich eine finden!«

Wie ein Kind konnte er von einem Augenblick auf den anderen das Thema wechseln. Er sprach mit einer Unbekümmertheit über alles, als gehe es ihn eigentlich nicht wirklich etwas an. Auch die Idee, als Gärtner zu arbeiten, schien eher ein Gedankenspiel als ein reales Projekt zu sein. Annika wurde sich bewusst, dass Moussa ihr ein wenig Angst einflößte. Er war höflich, zuvorkommend. Aber … aber was? Was war eigentlich so seltsam an ihm?

»Hoffentlich finden die Journalisten Eugenio«, sagte er mit einem Lächeln. »Ich wünsche es eurer Familie so sehr!«

Der Gesichtsausdruck. Annika hatte ihn noch nie Gefühle zeigen sehen. Es war, als würden die Worte nicht wirklich dem Gesicht entsprechen, das immer irgendwie unbewegt blieb.

»Contini hat heute mit der Journalistin zu Mittag gegessen«, sagte sie. »Du hast ihn gesehen, hat er dir erzählt, wie es gelaufen ist?«

»Ich war den ganzen Tag mit dem Zug unterwegs.« Moussa zeigte ihr den Fahrplan, den er in einer Jackentasche aufbewahrte. »Züge und Gärten. Das ist es, was ich an eurem Land mag. Und auch die Berge. Es ist schön zu wissen, dass sie immer da sind.«

»Die Züge oder die Berge?«

»Beides!« Moussa fing an zu lachen, blieb jedoch auch jetzt merkwürdig distanziert. »Für uns, die *kel tamascheq,* ist der Zug etwas Vertrautes: auf Arabisch sagt man *qiṭār,* das alte Wort für Karawane.«

Warum hatten sie sich getroffen? Annika wusste es nicht so genau. Er hatte sie am späten Nachmittag angerufen und ihr erklärt, dass er im Zentrum von Lugano sei. Sie war gerade fertig mit der Arbeit und auf dem Heimweg.

»Was für ein Zufall!«, hatte sie geantwortet. »Ich bin ganz in der Nähe, ja natürlich, lass uns einen Tee zusammen trinken!«

Lass uns einen Tee zusammen trinken. Diese Worte, diese ungezwungene Art, passten nicht zu ihr. Eigentlich war Annika nervös: Moussa faszinierte sie, aber gleichzeitig verletzte er sie auch mit seiner Unnahbarkeit, mit diesem permanenten Staunen eines überhöflichen Kindes. Sie schafften es gerade noch rechtzeitig vor Einbruch der Dunkelheit durch den Park. Er bot an, sie nach Hause zu begleiten. Sie kam nicht umhin, ihn zum Abendessen einzuladen. Alles wurde mit unbewegter Miene (er) und mit fröhlicher Ungezwungenheit (sie) vorgebracht.

Kaum hatten sie, gegen Viertel nach sechs, Annikas Wohnung betreten, als Moussa darum bat, die *isha,* das Nachtgebet sprechen zu dürfen. Annika hielt das für einen Scherz und ließ eine Bemerkung über das Hinwenden nach Mekka fallen. Doch er zeigte ihr, gänzlich zerknirscht, die Richtung. So stellte Annika also den Weißwein in den Kühlschrank, während Moussa im Wohnzimmer sein Gebet anstimmte.

Durch ihre Arbeit im Reisebüro hatte sie etliche Muslime kennengelernt. Aber es war das erste Mal, dass einer von ihnen bei ihr daheim betete, hier, zwischen dem pastellrosa Sessel und dem Weihnachtsbaum. Annika setzte Teewasser auf. In der Zwischenzeit kramte sie eine Tüte Chips und eine Packung Oliven hervor.

Als Moussa wieder in der Küche erschien, war sie darauf eingestellt, das Thema zu wechseln. Aber er setzte sich, die Tasse zwischen den Händen, und sah sie neugierig an.

»Betest du nicht?«

42.

Unplugged

»Nein, ich … was?«

»Ich weiß nicht genau, wie das in eurer Religion ist. Ich glaube, ihr betet immer sonntags gemeinsam, statt freitags.«

»Nicht alle«, erwiderte Annika. »Ich bete nicht, ich bin nicht … also, ich weiß nicht, ob ich an irgendwas glaube. Ich gehöre keiner festen Religion an.«

»Betest du dann für dich allein?«

»Vielleicht, manchmal. Das ist etwas ganz Persönliches.«

»Und was sagst du, wenn du betest?«

Das ist etwas ganz Persönliches sollte eigentlich heißen: Lass uns über was anderes reden. Moussa überhörte die Botschaft. In kleinen Schlucken trank er den heißen Tee und hörte freundlich und aufmerksam zu, als würden sie über das Wetter reden.

»Ich versuche an die Menschen zu denken, die mir nahe stehen … an die, die noch leben und die, die schon gestorben sind.«

»Auch an deinen Vater.«

Es blieb unklar, ob das eine Frage oder eine Feststellung war. Annika füllte die Chips und die Oliven in Schälchen, überspielte ihre Nervosität.

»Auch an ihn.« Sie holte tief Luft, hielt ein paar Sekunden

inne und atmete dann langsam aus. »Ich denke dauernd an ihn.«

Moussa hielt den Blick über die Tasse gesenkt. Annika setzte sich und nahm einen Schluck Wein. Je mehr sich das Schweigen in die Länge zog, desto wirrer waren die Erinnerungen, die ihr kamen, wie Fetzen an einer Wäscheleine.

Auf der Skipiste. Er fuhr, hielt sie zwischen seinen Beinen, sagte, sie solle die Ski einfach gleiten lassen, der Schnee würde schon alles von selbst machen. Silvester. Er zündete eine dieser Tischbomben mit kleinen Geschenken drin an: kurz vor dem Knall hielt er Annika die Ohren zu, weil sie Angst vor dem Krach hatte. Jedes Jahr am 1. August zogen die beiden sich ins Haus zurück, um bei aufgedrehter Stereoanlage Karten zu spielen und so das Feuerwerk zum Bundesfeiertag zu übertönen. Annika liebte es, wenn er sie auf den Arm nahm. Sie hatte Angst, so stark zu wachsen, dass er es nicht mehr schaffen würde.

»Du wirst immer leicht bleiben, Annika, dein ganzes Leben lang, immer leicht …«

Ein Sommerpicknick mit der ganzen Familie. Er erklärte, wie man ein Feuer im Freien entzündet, begrenzte es mit Steinen und tat dabei so, als würde er stolpern, um die Mutter zum Lachen zu bringen.

»Fehlt er dir sehr?«, fragte Moussa im Flüsterton.

»Ich habe ihn kaum gekannt. Wir hatten nur wenig Zeit.«

Moussa legte seine rechte Hand sanft auf die Annikas. Bei der kalten Berührung zuckte sie zusammen, zog ihre Hand jedoch nicht zurück. Sie dachte, dass auch Moussa seine Erinnerungen hatte. Auch er wusste, was der Tod bedeutet. Vielleicht kannte er sogar die Abwesenheit, jene Leere, die noch beängstigender war als der Tod. Sie fragte sich, ob seine

Gebete ihm halfen, ob er durch diese vorgegebenen Rituale irgendeine Form von Frieden fand.

»Und du, was sagst du?«, fragte sie schließlich. »Wenn du betest, meine ich. Nervt es dich nicht, immer dasselbe zu sagen?«

»Ich mag das. Aber nach den *takbīr* und der *fātiḥa* spreche ich einige Koranverse, und manchmal wechsele ich ab.«

Annika hatte zuvor den Anfang des Gebets gehört und jene Worte – *allāhu akbar* – lösten Ängste in ihr aus. Das war nicht richtig. Sie wusste, dass man nicht alles in einen Topf werfen durfte, aber ihre Reaktion war instinktiv. Unwillkürlich musste sie bei diesen Worten an Terroranschläge denken. Irgendwie spürte Moussa ihr Unbehagen, denn er zog seine Hand zurück, und zum ersten Mal verriet sein Gesicht eine gewisse Anspannung.

»Verzeih mir. Ich weiß nicht, warum ich dir davon …«

»Das hat nichts mit dir zu tun! Welche Verse betest du denn?«

»Wie? Ach so, nach der *fātiḥa*. Ich mag besonders Sure achtzehn, die mit der Höhle. *Wa-ṣbir nafsa-ka ma'a-l-la dīna yad'ūna rabba-hum*. Warte, ich versuche, es für dich zu übersetzen …«

Wieder zeigte er eine Gefühlsregung: zusammengezogene Augenbrauen, konzentrierter Blick, die Unterlippe zwischen den Zähnen.

»*Sei geduldig gemeinsam mit denen, die ihren Herren morgens und abends anrufen und nach seinem Angesicht begehren* … Und dann heißt es weiter … *sag nie von irgendetwas: ›Ich werde es morgen tun‹, außer du fügst hinzu: ›Wenn Allah will.‹* Für die Nomaden ist das wichtig, denn man kann nicht vorhersehen, nicht bestimmen, wo man rasten wird, wo die nächsten Weiden sind.«

»Das sind schöne Worte«, sagte Annika.

»Ich mag auch die Verse am Schluss«, begann Moussa erneut. »Die Menschen, die Allah nahe sind, werden die Gärten des Paradieses finden, *wo sie ewig bleiben werden, und niemals begehren, daraus fortzugehen.* Ich glaube, dass wir genau auf diese Weise beten. Wenn wir spüren, dass Allahs Frieden in unserem Herzen ist, sehen wir ein wenig dieses Gartens. Meinst du nicht?«

Annika war nicht dieser Ansicht. Zumal sie nicht betete. Sie beschränkte sich darauf, innerlich zur Ruhe zu kommen, besondere Augenblicke ihres Lebens Revue passieren zu lassen und sich die Namen und Gesichter ins Gedächtnis zu rufen, die sie für immer bewahren wollte: die ihrer Familie, der besten Freunde, der guten Menschen, die ihr begegnet waren. Sie verspürte nicht das Bedürfnis nach einer Gottheit, die man mit Namen anrief. Aber sie begriff, dass in Moussas Leben dieser Garten etwas Wichtiges war.

»Ihr Tuareg seid doch alle Moslems?«, fragte sie. »Seht ihr nicht das Problem mit dem Fundamentalismus, mit der Gewalt?«

Wieder der unbewegte Gesichtsausdruck. »Wir leben in der Gewalt.«

»Das weiß ich, ich meine …«

»In Niger kämpfen viele, auf der einen oder der anderen Seite. Aber das ist nicht die *sharābu al-fitra,* die unsere Mütter uns mitgegeben haben. Es herrscht Verwirrung. Das macht mich traurig.« Moussa legte eine Pause ein. »Ich erinnere mich, dass meine Mutter immer sagte: *dakkäd iman s wayyäd,* betrachte die Seele des anderen wie deine eigene … oder so ähnlich!«

Annika setzte zum Sprechen an, dann öffnete auch Moussa den Mund und schloss ihn wieder. Sie hörten das Ticken der

Wanduhr, die ein Hello-Kitty-Bild auf dem Ziffernblatt hatte. Beide hoben gleichzeitig den Blick, dann sahen sie sich an, brachen in Gelächter aus.

»Genug!«, sagte Moussa. »Sprechen wir übers Gärtnern. Ich habe gesehen, dass Contini bei sich daheim Kakteenpflanzen hat.«

»Ja … die passen gut zu ihm.«

Noch war es zu zeitig zum Abendessen. Sie gingen ins Wohnzimmer, wo Moussa die Landschaftsfotografien betrachtete und vor den Aufnahmen der Saharadünen innehielt. Sie fragte ihn, ob er Sehnsucht habe.

»Ja«, antwortete Moussa, ohne sich umzudrehen. »Ich kenne diesen Ort. Ist das hier ein Foto deines Vaters?«

»Aber wie willst du das erkennen? Man sieht doch nur Sand!«

»Es ist nie derselbe Sand. Bist du mal dort gewesen?«

Sie war nach Algerien und Tunesien gereist. Sie hatte auch eine Tour durch die Wüste unternommen und unter freiem Himmel, unter den Sternen geschlafen.

»Es gibt keinen großartigeren Himmel«, sagte Moussa. »Und am Abend spielen die Frauen manchmal noch heute *Imzad,* die Laute, und die *Tindé*-Trommel … und jemand denkt sich ein Gedicht aus. Mein Vater kannte sehr viele Gedichte auswendig. Einige hatte er selbst gedichtet, obwohl er nicht schreiben konnte.«

Annika dachte an die eingemeißelten Worte auf der Greina. *Ich bin es, Eugenio, und mir fehlen die Kinder. Werde der Ort, an den du gelangt bist.* Sie spürte, dass mit diesem Verweis auf die »Kinder« sie und Enea gemeint waren. Eben deshalb wollte Enea rauf zur Greina, wollte suchen und jedes Detail inspizieren.

»Woran denkst du?« Moussa setzte sich neben sie aufs Sofa. »Heute bist du wegen mir durch ganz Lugano gelaufen ... bestimmt bist du müde!«

Annika strich ihm über die Wange. Er war ein attraktiver junger Mann, mit seinem ernsten Gesicht und den stets wachsamen Augen. Und sie war dumm. Weshalb quälte sie sich noch immer wegen ihres Vaters?

Moussa sah sie an. »Wir können ein andermal zusammen zu Abend essen. Ich möchte nicht ...«

Er beendete den Satz nicht. Zum Glück. Seit sie sich kannten, umschifften sie stets gewisse Themen. Annika näherte sich langsam, ohne ein einziges Mal den Blick von ihm abzuwenden. Als sie sich auf etwa zehn Zentimeter genähert hatte, hielt sie inne. Sie senkte die Augenlider, wie ein kleines Mädchen.

»Da bist du nun also. Moussa ag Ibrahim ...«

»Annika.« Auch er streichelte ihr über die Wange. »Annika.«

»Ja. So heißen wir.«

Annika lächelte und küsste ihn, vielleicht küsste sie ihn auch erst und lächelte dann, oder vielleicht lächelte auch er, vor oder nach dem Kuss, vielleicht auch währenddessen, dann tasteten Moussas Hände über ihr Gesicht, ihre Hüften, sie zitterte und er bat um Verzeihung, sie verlangte standhaft weiter nach seinen Händen, auf ihrer Haut, die sich niemals bräunte, die so weiß war, dass sie einen Mann aus der Wüste blenden musste, selbst in einem pastellfarbenen Wohnzimmer. Annika warf die Kissen auf den Boden, streckte sich auf dem Sofa aus. Die Gedanken verflüchtigten sich, ließen dem Ernst der Bewegungen Raum, dem intensiven Gefühl der Vertrautheit.

Moussa war langsam, präzise, ruhig, er bewegte sich nicht, ohne zuvor an jedem Ort, den er erspürte, zu verweilen. Annika geriet dagegen in Fahrt, verschüttete Wein, dimmte das Licht runter, suchte auf dem Handy nach einem Song – während ihre Körper sich suchten und ihre eigene Sprache sprachen –, und gleich darauf ertönte aus den Boxen Eric Clapton *unplugged,* denn sie hatte nicht lange nachgedacht, der Buchstabe C war ganz oben auf der Liste, und was gab es besseres als einen echten Klassiker, als echten, authentischen Gitarrensound?

Wonderful Tonight. Ihr Atem. Die Geräusche eines Autos unten auf der Straße, weit weg. Das Rascheln der Körper. Die Wärme. Das Verlangen. Es war so selbstverständlich. Eugenio Torres in der Wüste. Und dieser Junge, der Sohn des Fremdenführers. Ausgerechnet Moussa ag Ibrahim sollte Jahre später die Tochter von Eugenio in den Armen halten, jenes Mannes, der sich mitten im Leben in Luft aufgelöst hatte, wie eine Fata Morgana.

Nein, es war nicht selbstverständlich. Eugenio Torres hatte damit nichts zu tun, und ebenso wenig die Zeichen im Felsen und die Tuareg-Sprichwörter. Erleichtert stellte Annika in der auf Clapton folgenden Stille fest, dass Moussa einfach Moussa war, und dass es ihr gut ging damit.

Das Gefühl hielt nicht lange an. Das Handy vibrierte, irgendwo versteckt in einer Sofaritze, als würde es um Hilfe rufen. Annika wollte nicht rangehen, doch Moussa schaffte es, das Telefon herauszuziehen und reichte es ihr. Annika warf einen Blick darauf, es war Contini. Sie setzte sich auf.

»Ja, hallo«, sagte sie, »ich bin's.«

Und sie hörte zu. Sagte nichts. Sie hörte allem zu, was Contini sagte und sah dabei unverwandt zu Moussa, ohne sich vom Sofa zu erheben. Aber sie schaffte es nicht, die Angst zu verbergen, die ihr den Magen verkrampfte, ihr den Atem raubte. Die Hand, die das Handy hielt, begann zu zittern.

43.

Das Haus am Grund des Sees

Es war das erste Mal, dass Contini sie bat, ihn zu begleiten. Francesca wusste, dass er hin und wieder dorthin zurückkehrte, aber allein. Doch er redete so darüber, als seien sie bereits zusammen hingefahren.

»Ich war schon eine Weile nicht mehr im Dorf. Hast du Lust mitzukommen?«

Auf der Autobahn in Richtung Norden erzählte er ihr, dass er einen neuen Fall angenommen hatte: ein in die Fänge des Internets geratener Jugendlicher.

»Und was willst du da machen?«

»Ich werde Renzo Maltese um Hilfe bitten. Ich glaube, da steckt mehr dahinter.«

»Haben sie ihm Geld abgeknöpft?«

»Noch nicht.«

In Malvaglia bog er auf die Straße in Richtung Staudamm ab. Die Betonwand ragte über ihnen auf. Sie sah aus wie ein von uralten Zivilisationen errichtetes Mauerwerk, das inmitten der Wälder und Berge in Vergessenheit geraten war.

Alles war leer, still. An den Ufern Schneereste und dunkler Fels, dazu kahle Bäume und Tannen. Hin und wieder kam Wind auf: wütende Böen fegten über den Steg, rissen die Wolken am Himmel auf und kräuselten das Wasser im

Staubecken. Contini lehnte an der Brüstung. Francesca trat näher, schloss ihn in die Arme. So standen sie da, betrachteten die Bewegung der kleinen Wellen, das Schwanken der Zweige, die dunkelgrüne Tiefe des Sees.

Nach dem Tod der Mutter war Contini seit dem dritten Lebensjahr bei seinem Vater in einem Dorf aufgewachsen, das später der Energiegewinnung durch Wasserkraft zum Opfer gefallen war. Ein paar Häuser, eine kleine Kirche, einige Stallungen, eine Piazza, Trockenmauern und Andachtskapellen … das kleine Tal wurde geflutet. Das Dorf gab es noch immer, unsichtbar, dort unten am Grund.

Ernesto Contini, der Polizist, war ausgerechnet in jener Zeit verschwunden, als man das Staubecken errichtet hatte. Francesca dachte im Stillen, dass Contini dort, wo sie nur den See sah, Häuser, Höfe und Brunnen ausmachte, die Wiesen, auf denen er als Bub gespielt hatte.

»Die Toten sollten bei den Toten bleiben«, murmelte Contini. Der Wind brannte auf der Haut, ließ die Finger, die Lippen taub werden. Francesca hatte kein Gefühl mehr in der Nasenspitze.

»Früher, wenn ich herkam, habe ich immer überlegt, wo unser Haus gestanden hat.«

»Und heute?«

»Heute schaue ich gern aufs Wasser.«

Schweigen.

»Ich bin mit fünfzehn, mit zwanzig, mit dreißig hergekommen … und warum, was ist dort unten? Ein Haus, das zerfällt. Aber das Wasser bleibt. Es ist immer frisch.«

Erneut eine Bö. Francesca suchte nach seiner Hand, drückte sie. Wartete, dass er die Worte finden würde, um fortzufahren.

»Dieser Spruch: *Werde der Ort, an den du gelangt bist.* Es

gibt nur einen Weg, auf dem das möglich ist. Aber wenn du genau darüber nachdenkst, verändert sich alles ständig, die Orte, das Wasser, die Häuser, wie kann das gehen?«

»Und was soll das für ein Weg sein?«, fragte Francesca.

»Sterben.«

Schweigen.

»Du glaubst also …«

»Ich glaube, dass auf der Greina eine Leiche ist. Eine Leiche, die zum Leben erwacht ist, obwohl die Toten bei den Toten bleiben sollten.«

Vor vielen Jahren, als sie Contini gerade kennengelernt hatte, hatte Francesca ihn gefragt, warum er Detektiv geworden sei, wo er doch weder für Technik noch für Tratsch etwas übrighatte. Contini hatte geantwortet, dass er zum Ausgleich eine Vorliebe für Schwarz-Weiß-Filme habe.

Jedenfalls verstand er etwas von seinem Handwerk. Er bewegte sich zwischen verschwundenen Kätzchen und eifersüchtigen Ehemännern, versuchte hinzubiegen, was hinzubiegen war. Er schloss Freundschaft mit exzentrischen Leuten, die ihm hin und wieder hilfreich waren: ehemalige Bankräuber, Akrobaten, Fußballtrainer, arbeitslose Musiker … oder langjährige Eremiten, wie der alte Giona.

Er war weder gebildet noch hatte er besondere mathematische oder logische Fähigkeiten oder tiefgreifende Kenntnisse der menschlichen Psyche. Er besaß eine einzige Gabe: Einfühlungsvermögen. Contini konnte sich so weit in einen anderen Menschen hineinversetzen, dass er sogar dessen Gefühle empfand. Manchmal litt er darunter, manchmal legte er deshalb ein seltsames Verhalten an den Tag.

Francesca, an ihn gekuschelt, schob eine Hand unter seine Jacke, bis sie sein Herz schlagen spürte. In wen hatte er sich gerade hineinversetzt? In Eugenio? Moussa? Enea und Annika, die beiden verlassenen Kinder?

»Das Haus dort unten.« Contini deutete auf den See. »Es ist so nahe, und dennoch gibt es nichts auf der Welt, was weiter weg wäre. Und mein Vater? Ich könnte durch die ganze Sahara irren, ohne ihn jemals zu finden.«

Er holte tief Luft.

»Ich könnte durch die ganze Sahara irren, ohne jemals zur Greina zu gelangen. Es gibt mal wieder nur einen einzigen Weg, um wirklich dorthin zu gelangen.«

Sterben, dachte Francesca, ehe er es aussprechen konnte.

44.

Zufälle

Selten verspürte Contini das Bedürfnis, abends mit seinen Freunden auszugehen. Zumal es schwierig, vielleicht gar gefährlich sein würde, sie alle gemeinsam in einer Bar zu versammeln. Francesca hingegen ging hin und wieder gern Tanzen – vor ein paar Jahren hatte sie einen Tangokurs absolviert – oder traf sich auf ein Gläschen mit Freundinnen und Kollegen.

Manchmal kam Contini mit. Er hatte sich sogar einigermaßen erfolgreich im Tango versucht. Die Kollegen mit ihrem dauernden Bedürfnis nach Konversation brachten ihn allerdings etwas in Verlegenheit. Aber es waren Lehrer: Man musste sie einfach reden lassen, dann lief alles rund.

Francesca hatte eine Wohnung in Locarno. Sie sagte, sie sei noch nicht bereit, in Corvesco zu leben: so tief in den Bergen. An diesem Abend fragte sie ihn, ob er wirklich allein bleiben wolle. Contini rief ihr in Erinnerung, dass er nicht allein bleiben würde, da Moussa irgendwann von seiner Sightseeing-Tour zurück sei. Außerdem wolle er ohnehin zeitig zu Bett gehen.

»Morgen schau ich bei Giona vorbei.«

»In Sachen Torres?«

»Ja, ich will ihn etwas fragen. Anschließend muss ich mich

um diesen internetsüchtigen Jungen kümmern. Aber abends können wir uns treffen.«

»Wenn du zu tun hast, kein Problem, vielleicht gehe ich mit Sara ins Kino. Aber du denkst dran, dass wir nach Silvester Ski fahren gehen wollen?«

Contini dachte daran. Aber all das war weit weg: Silvester, Urlaub, selbst Francesca. Er konnte nichts dagegen tun. Es war ein Gefühl der Leere, ausgelöst vielleicht durch all die Einsamkeit, die er ringsum wahrnahm. Eugenio, lebendig und tot. Eugenios Kinder. Moussa, so weit weg von seiner Heimat und so geschickt im Verbergen seiner Sehnsucht. Gianni, der seine Partnerin verloren hatte und die Trauer mit Freundlichkeit vertuschte.

Er brachte Francesca nach Locarno. Auf der Rückfahrt hörte er Jacques Brel, der die zur Einsamkeit passende Stimme hatte. Er hielt, um Brot, etwas Aufschnitt und zwei Tiefkühlpizzen zu kaufen. Vielleicht würde er nach dem Abendessen mit Moussa einen Film schauen. Ob er den mit Humphrey Bogart in der Sahara kannte? Wahrscheinlich war das alles nicht echt, nicht einmal die Wüste, aber Bogart schon. Bogart blieb immer er selbst, egal welche Rolle er spielte.

Der Anruf von Agnese erreichte ihn, noch während er im Wagen saß. Er war gerade von der Autobahn abgebogen und fuhr hinauf in Richtung Corvesco. Er hielt am Straßenrand, es war ohnehin kein Verkehr. Er dachte, dass vielleicht irgendjemand Eugenio gesehen hatte. Die Frage war nur, ob den toten oder den lebenden?

»Contini, hörst du mich?«

»Hä? Ach ja, ’tschuldige.«

»Mensch, du bist echt der Einzige, der es schafft, selbst beim Rangehen ans Telefon noch zerstreut zu sein. Hör zu, hast du noch im Kopf, wie du mir die Liste mit den Freunden von Torres gegeben hast? Die, deren Namen nicht in der Zeitung erwähnt werden sollten? Wenn ich mich nicht irre, war ein gewisser Rechtsanwalt Farinelli darunter, stimmt'›s?«

»Wieso?«

»Man hat ihn heute Nachmittag gefunden. Er ist mit dem Fahrrad von der Straße abgekommen und es hat ihm die Knochen zertrümmert. Anfangs haben sie den Namen nicht bekannt gegeben, aber dann …«

»Stopp mal. War es ein Unfall?«

»Es ist passiert, kurz nachdem wir über die Sache gesprochen hatten. Du weißt, wie das ist, Zufälle, manche glauben dran, manche nicht … nun ja, aber welchen Grund hätte er haben sollen, sich umzubringen? Oder umgekehrt, wer hätte einen Grund, ihn umzubringen? Darüber muss man sich Gedanken machen. Contini, bist du noch dran?«

»Ja.«

»Also, heute Abend ist der Name Farinelli noch nicht gefallen, aber morgen ist er garantiert in den Zeitungen. Meines Erachtens ist an dem ganzen Unfallhergang irgendetwas ungeklärt, denn die Bekanntmachung des Polizeipressesprechers ist noch lächerlicher als für gewöhnlich. Ich habe mich jedenfalls gefragt, ob du immer noch diese Suchanzeige für Torres aufgeben willst.«

Contini zog es vor, alles zu stoppen. Er hatte ein ungutes Gefühl. Als er zu Hause ankam, suchte er als Allererstes im Internet nach der Unfallnachricht.

Carlo war beim Abwärtsfahren gestürzt. Unwahrscheinlich, dass es mit dem Fall Torres zu tun hatte. Doch wenige Stunden zuvor hatte Carlo an dem Treffen teilgenommen. Und nachdem er türknallend verschwunden war, hatte er

Moussa, Enea und Annika angerufen, um sich zu entschuldigen. Würde die Polizei den Anrufen nachgehen? Würde sie bei ihren Ermittlungen auf Moussa oder gar auf Eugenio stoßen? Und wie sollte Contini sich in diesem Fall verhalten?

45.

Der Baum der Ténéré

»Hast du mit den jungen Leuten gesprochen?«, fragte Giona.

»Ja, ich habe gestern Abend alle informiert. Enea war mit Gianni daheim, während Annika mit Moussa zusammen war.«

»Mit Moussa?«

»Sie hatte ihn zum Abendessen eingeladen. Annika wirkte nervös, erschrocken. Und Moussa schien mir ein wenig niedergeschlagen, als er nach Corvesco zurückkehrte. Beide hatten nur wenige Stunden zuvor mit Farinelli telefoniert.«

Giona drängte Contini, stellte Fragen, als könne von einem Augenblick auf den anderen etwas passieren. So wurde auch Contini, der ohnehin schon ein ungutes Gefühl hatte, allmählich nervös.

»Carlo war ein enger Freund von Eugenio. Wir sind zusammen durch die Sahara gereist. Die beiden waren auch zusammen in Tibet. Und Carlo ist ums Leben gekommen, kurz nachdem Eugenio mir den Brief geschrieben hat …«

»Glaubst du immer noch, dass er selbst ihn geschrieben hat?«

»Auf jeden Fall. Was sollte ich sonst glauben?«

Giona holte Brief und Brille von dem Brett, das ihm als Schreibtisch diente. Dann goss er zwei Tassen Tee ein und nahm wieder im Schneidersitz neben Contini vor dem Kamin Platz.

»Es passt alles: die Erinnerungen, der Stil, die Handschrift. Er zitiert sogar die Tuareg-Gedichte in der Übersetzung von Foucauld. Es waren seine Lieblingsverse: *Ënḏ-éhöḏ ënsigh d-esuf-ennīt dägh mān nasīdarän as-ënnit …*«

Contini fragte sich, ob Eugenio seinem Bruder ähnlich gewesen war. Giona jedenfalls erledigte immer alles mit größter Sorgfalt: sei es Feuer machen, Tee einschenken oder das Aussprechen der etwas harschen Silben der Tuareg-Verse.

»Entschuldige, wenn ich dich unterbreche. Hat das irgendwas mit den Worten auf der Greina zu tun?«

»Ein bisschen vielleicht. ›Vergangene Nacht habe ich in Verlassenheit von ihr, in der Leere durch sie geschlafen, und unsere Seele sehnt sich nach ihrer Ankunft.‹ Das ist die wörtliche Übersetzung. Foucauld hat es so übersetzt: ›Ich habe die Nacht in Trauer um ihre Abwesenheit verbracht, und meine Seele sehnte sich danach, zu ihr zu gelangen.‹«

»Wieder spricht er von Abwesenheit, von Vermissen.«

»Das ist es, was ich von Anfang an gespürt habe. *Kel esuf,* erinnerst du dich? Die des Grabes sind, die Gedanken der Angst, die Besessenheit von dem, was tot ist … Hier geschieht etwas Gefährliches, etwas, das in der Tiefe arbeitet.«

»Meinst du, jemand hat Carlo umgebracht?«

Giona brauchte einige Sekunden, ehe er antwortete. Als er begann, sprach er mit ruhiger Stimme. Contini spürte beinahe einen Beiklang von Erleichterung. Es war der Ton desjenigen, der nach langem Zweifel endlich eine Entscheidung gefällt hat. Doch gleichzeitig war die Stimme von Schmerz erfüllt.

»Ich befürchte, ja. Ich bin nicht sicher. Vielleicht komme ich allmählich dahinter.«

»Dann erkläre es mir.«

»Nein, es ist eine Spur, der ich allein folgen muss. Von Anfang an, seit ich dich für die Ermittlungen empfohlen habe, wollte ich, dass du deinen eigenen Weg gehst.«

»Meinen eigenen Weg? Aber es geht hier doch nicht um irgendeine spirituelle Übung!«

»Kennst du den Baum der Ténéré?«

Contini seufzte. »Ich nehme an, ich werde ihn gleich kennenlernen ...«

»Die Tuareg nennen ihn *Techaghert*. Früher war er der isolierteste Baum der Erde. Zweitausend Jahre lang diente er den Karawanen als Orientierungspunkt, er war das einzige Lebenszeichen inmitten von Hunderten Kilometern weiter Leere. Es gab dort absolut nichts, außer dieser Akazie. Bis Anfang der Siebzigerjahre ein Lastwagen dagegen prallte.«

»Nicht zu fassen, bei dem ganzen Platz ringsum ...«

»Keine Ahnung, vielleicht war der Fahrer betrunken. Die Überreste des Baums sind in einem Museum in Niamey gelandet, und an seiner Stelle steht jetzt eine Skulptur. Aber die Wurzeln unten drunter wissen das nicht.«

Schweigen.

»In vierzig Metern Tiefe stoßen die Wurzeln in der gesättigten Zone auf Wasser. Und sie glauben zu trinken, obwohl der Baum tot ist.«

Wieder Schweigen. Länger diesmal. Bis Contini sich räusperte.

»War's das? Ich bin nämlich nicht sicher, ob ich verstanden habe.«

»Ich auch nicht.« Giona stocherte mit dem Schürhaken im Feuer. »Aber bist du nicht hier raufgekommen, um mich was zu fragen?«

»Na ja, ich wollte dir von Farinellis Tod berichten. Und dann ist mir noch so eine vage Idee gekommen, als ich über diese Geschichte mit den Briefen nachgedacht habe.«

Giona spitzte die Ohren.

»Angenommen, Eugenio ist 1998 auf der Greina ums Leben gekommen. *Werde der Ort, an den du gelangt bist:* So hat er es uns mitgeteilt. Genau das ist das Problem … er selbst hat es uns mitgeteilt! Eugenio ist lebendig und tot zugleich.«

Gionas Gesicht wirkte von Minute zu Minute eingefallener, zerfurchter, als würde urplötzlich etwas an ihm zehren.

»Tot und lebendig«, murmelte er. »Genau so ist es. Und was heißt das?«

»Ich hatte gedacht, Eugenio würde sozusagen Briefe schreibend Lebenszeichen von sich geben.«

»Ja … das ist typisch für ihn. Schon als junger Kerl hat er auf seinen Reisen immer gern Briefe geschrieben.«

»Genau«, sagte Contini. »Mir ist zu Ohren gekommen, dass er Fotos, Gedichte und Gedanken geschickt hat. Und dann habe ich mich gefragt, wo diese Briefe eigentlich alle gelandet sind.«

Giona legte den Schürhaken beiseite, wandte sich um und sah ihn an.

46.

Eugenios Gedanken beim Hineingehen

Flink eilte Eugenio die Treppen hinauf.

Oben angekommen grüßte er mit einer Geste die alte Dame, die wie immer am Fenster saß. Von morgens bis abends wickelte sie ein Wollknäuel auf und wieder ab, ununterbrochen, Tag für Tag. Die Dame lächelte. Eugenio lief durch den Flur bis zum Zimmer von Federica Pelloni.

Er war nervös. Er spürte, dass Contini oder vielleicht auch Giona allmählich näher kamen. Hatte er es am Ende zu weit getrieben? Carlo auf diese Weise umzubringen war riskant gewesen, aber er hatte keine Wahl gehabt. Carlo stand außerhalb jeden Verdachts, er war Anwalt, ein solider, vertrauenserweckender Mensch. Eugenio war sich sicher, dass ihn niemand ernst genommen hätte, wenn er ihn angezeigt hätte. Deshalb hatte er im Hintergrund agiert. Jede Geste war ein Schritt auf dem Weg zur Verdammung und Strafe. Die Ankunft des Tuareg, mit einem Brief von seiner Hand. Ein weiterer Brief an den aus den Augen verlorenen Bruder. Die Wahrheit über Schmerz und Abwesenheit, eingemeißelt in den Dolomit der Greina.

»Alles in Ordnung? Sie wollen zu Federica?«

Das freundliche Gesicht einer Pflegerin. Eugenio merkte, dass er wie angewurzelt vor der Tür stehen geblieben war, die zum Klopfen ansetzende Hand halb in die Luft erhoben. Wie viele Sekunden waren vergangen?

»Ja, ja«, antwortete er. »Alles in Ordnung.«

Er klopfte an und öffnete die Tür. »Darf ich hereinkommen?«

Er war ein Risiko eingegangen, aber er hatte getan, was er tun musste. Endlich hatte Carlo für seine Feigheit bezahlt.

»Wer ist da?«

»Ich bin's, Eugenio …«

Die Mutter von Sara Torres saß im Samtsessel, demselben, in dem ihr Mann Vincenzo jahrelang gesessen hatte, nach dem Mittagessen und dem Abendbrot, mit einem Kreuzworträtsel oder dem Fernsehprogramm. Man sah noch den Abdruck, den sein Körper hinterlassen hatte.

»Federica, wie geht es dir?«

»Wie soll's einer alten Frau schon gehen, mein Lieber!«

Carlo hatte klein beigegeben. Er hatte laut gestanden, hatte dem, was zwanzig Jahre lang dem Schweigen und Vergessen anheimgefallen war, Gestalt verliehen.

»Ach was, du siehst recht munter aus, kommst mir von Mal zu Mal jünger vor!« Eugenio lachte mit seiner gewinnenden Art. »Eine richtige Sportskanone!«

Auch Federica kicherte, klammerte sich an die Armlehnen ihres Sessels. Nach dem Tod ihres Mannes und dem Verkauf des Hauses blieb ihr nur noch, in der gedämpften Atmosphäre des Altenheims auf den eigenen Tod zu warten, in ihren eleganten Kleidern, mit ihren Möbeln und Pralinen, von Tag zu Tag ein wenig schwächer, ein wenig verwirrter. Die Körperform des alten Pelloni zeichnete sich noch in dem Samt ab, während von ihm selbst nichts mehr übrig war. Schon bald würde auch Federica heiter und still von dieser Welt gehen.

Der Sessel würde wer weiß wo landen, vielleicht in einem Geschäft für Gebrauchtmöbel, der Abdruck im Samt würde bleiben. Dieser dunkle Rand war da, allen zum Hohn, der gesamten Menschheit mit ihren Liebesgedichten und ihrem Geld. Sara war von der Krankheit hingerafft worden, ohne zu ahnen, was sie auslösen würde. Carlo, der es gewagt hatte, ihr leidenschaftliche Briefe zu schreiben, war eines gewaltsamen Todes gestorben, Knochen und Muskeln waren vom Aufprall zertrümmert. Aber Eugenio hatte sich nicht umbringen lassen, nein, er hielt stand. Er ließ nicht zu, in Vergessenheit zu geraten.

»Wann schickst du mir eigentlich wieder Fotos aus Afrika?«, fragte Federica. »Habe ich dir schon erzählt, dass ich mit meinem seligen Vincenzo auf Safari war? Es war die Hochzeitsreise … nein, da waren wir in Venedig, aber nur für drei Tage, nicht so wie heute, wo man gleich einen ganzen Monat in die Südsee reist … Wo war ich noch mal stehen geblieben?«

»Du hast erzählt, dass du in Afrika warst.« Eugenio zog einen Stuhl neben den Sessel, drehte ihn mit der Lehne nach vorn und setzte sich rittlings darauf. »Und dass ihr eine Safari gemacht habt … das war bestimmt schön!«

»Du hast eine Safari gemacht? Wann denn? Wir sind auch in Afrika gewesen, weißt du? Als wir noch jung waren! Der selige Vincenzo hat all diese Tiere immer aus der Nähe sehen wollen, also haben wir das Geld beiseitegelegt und sind los. Aber sag, weshalb schickst du mir keine Fotos mehr aus Afrika?«

»Aber ich schick dir doch welche, Federica!«

»Sara hat mir aber gar keine mitgebracht. Ach ja, meine Tochter hat den Kopf in den Wolken! Ich sag ihr immer, dass die Kinder ein geregeltes Leben führen und stets zur selben Zeit essen und schlafen gehen sollen, weil sie sonst darunter leiden. Aber sie hat den Kopf in den Wolken. Hast du die Fotos von der Safari gesehen? Wir haben diese Safari gemacht: alles war organisiert, man wurde im Jeep rumgefahren. Vincenzo, hol die Dias runter, die stauben sonst ein.«

»Vielleicht sind sie hier in der Kommode …«

»Meinst du, da ist etwas drin?«

»Wo die Fotos waren, werden auch die Dias sein.«

»Welche Dias?«

Eugenio trat an die Kommode. Sie war aus Massivholz, hatte zahlreiche Schubfächer und Türen. Als Eugenio das letzte Mal hier war, hatte er nur nach den Briefen gesucht und alles andere nicht beachtet. Federica beobachtete ihn mit skeptischer Miene.

»Ich glaube, wir haben sie auf dem Dachboden, nicht hier drin!«

»Aber nein, sieh doch, sie werden hier bei den Elfenbeinfigürchen sein. Diese weißen Elefanten, erinnerst du dich, die standen in einer Reihe auf dem Fernseher …«

»Ach ja, die stammen aus Indien. Die hat Eugenio mir mitgebracht, der Mann meiner Tochter, der immer auf Reisen ist …«

»Das bin ich, Federica. Eugenio bin ich.« Die in Packpapier gewickelte Schachtel befand sich ganz unten in einer Schublade voller Nippes und anderem Kram. Eugenio begann die Dias in Augenschein zu nehmen, hielt sie vor dem Fenster ins Gegenlicht. »Siehst du, dass sie an ihrem Platz lagen?«

»Du hast recht. Aber was sind das für Sachen?«

»Fotografien.«

»Von den Kindern?«

»Von eurer Safari in Afrika. Hier seid ihr zu sehen, du und Vincenzo, und im Hintergrund der Kilimanjaro. Dann kommt eure Reisegruppe. Die Tiere. Hier ist Vincenzo neben einem Nashorn.«

»Mein seliger Vincenzo mochte so gern Tiere.«

»Das ist Sara mit den Kindern. Und hier sieht man Sara und Carlo.«

Eugenio spürte, wie ihm die Tränen in die Augen stiegen. Er zwang sich zur Ruhe. Der Preis war gezahlt, doch nun galt es, allen begreiflich zu machen, was falsch war und was richtig. Niemand durfte sich dem entziehen. Eugenio würde es nicht zulassen: Sich der Wahrheit verweigern hieß, sich mit der Ungerechtigkeit gemeinmachen.

»Sieh mal, das bin ich …«

Es war eine Porträtaufnahme. Der blonde Bart leicht grau meliert, zerzaustes Haar, ein kurzärmliges blaues Hemd.

»Bist du gut getroffen?«, wollte Federica wissen.

»Schau selbst …« Eugenio half ihr, die Brille aufzusetzen, und hielt ihr dann das Dia vor die Augen. »Kannst du es erkennen?«

»Oh, ja!« Federica lachte auf. »Das bist du! Du hast dich gar nicht verändert: der Blick, das Lächeln, die Haare … ein hübscher Bursche! Meine Tochter hätte eine schlechtere Partie machen können, das sag ich ihr immer wieder.« Sie legte eine Pause ein. »Aber sag, Eugenio …«

»Ja.«

»Wo hast du all die Jahre gesteckt?«

»Ich bin hier«, murmelte Eugenio. »Ich bin noch immer hier.«

47.

Unwetterwarnung

Seit er Carlo gerammt hatte, war Eugenio nicht mehr mit seinem Auto gefahren. Zum richtigen Zeitpunkt würden alle es erfahren, nicht eher und nicht später. Wegen der Spuren des Aufpralls auf der Motorhaube hatte er sich vorläufig einen Mietwagen genommen.

Das Problem war nur, dass ihm das Geld allmählich ausging. Die Reise nach Niger und der an Moussa geschickte Betrag hatten praktisch all seine Ersparnisse aufgezehrt. Aber er beklagte sich nicht: endlich war für Gerechtigkeit gesorgt. Er hatte sich gequält, hatte in seinen Albträumen und auch im Wachzustand jene Augenblicke durchlebt, hatte sich ausgemalt, was zu sehen ihm nicht gelungen war. Er hatte im Stillen gelitten. Bis er, während Saras Erkrankung, die Briefe gefunden hatte. Auch damals hatte er gewartet, denn sie sollte auf keinen Fall leiden.

Er parkte den Wagen an der Mündung des Cassarate und begab sich zu Fuß zum Haus von Annika in der Via delle Aie.

Es war ein klarer Tag. Lugano lag friedlich da, ein wenig verschlafen nach dem Weihnachtstrubel und noch nicht bereit für die große Silvesterparty. Kaum Verkehr. Kaum Fußgänger. Das Wasser des Cassarate floss in den See, trieb ein paar trockene Blätter mit sich. Eugenio atmete tief ein, als sei er soeben aus einer Gefängniszelle hinausgetreten. Das war seine Stadt, sein wiedergefundenes Leben. Er lief langsam, in Gedanken bei dem Augenblick, in dem er sich nicht länger einsam fühlen würde.

Wie war es möglich, dass ein Mensch in so weiter Ferne, mitten im Nichts verschwinden konnte, und niemand es bemerkte? Und dennoch, so überlegte Eugenio, lächelten sich die Leute an, tauschten Worte, Blicke, Umarmungen, Kurznachrichten, Anrufe ... alle taten so, als gäbe es keine Mauer. Die Einzigen, die sich der menschlichen Bestimmung bewusst waren, sinnierte er beim Überqueren der Straße, waren Neugeborene, wenn die Mutter sich entfernte und sie weinten. Dann kam die Mutter zurück, flüsterte zärtlich: Warum weinst du denn? Mama ist doch da, Mama ist doch da. Doch in Wahrheit war die Mutter niemals wirklich da. Das Baby wusste das, spürte es in seiner tiefen Wehrlosigkeit.

Eugenio war überzeugt, dass alle kleinen Kinder sich ihrer Einsamkeit bewusst waren, es aber irgendwann vergaßen. So wie Federica, die auf ihre alten Tage sich selbst vergessen hatte, gleichsam als Preis für jenen schleichenden Tod, der Stück um Stück näher rückte. Und er, Eugenio? Nach all den Jahren betrachtete er den Tod nunmehr als Erleichterung. Wie wenn man nach einem Tag unter Leuten – mit eng geknoteter Krawatte, unbequemen Schuhen, Arbeit, Geplauder, ein paar Drinks und Belanglosigkeiten – endlich nach Hause kommt, die Tür hinter sich zuzieht und allein ist, sich die Kleider ausziehen und aufs Sofa lümmeln kann. Man war auch vorher allein, aber man hat gelitten. Nun jedoch war die Einsamkeit eine Befreiung.

Für Eugenio war der Tod wie das Heimkehren nach einem Arbeitstag.

Er trat vor die Haustür und klingelte bei Annika.

»Wer ist da?«, ertönte es aus der Gegensprechanlage.

»Ich bin's.«

Die Tür sprang mit einem Schnappen auf. Eugenio eilte die Treppen hinauf, sah, dass die Wohnungstür angelehnt war. Annika telefonierte. Sie gab ihm ein Zeichen hereinzukommen und es sich bequem zu machen, während sie sich von ihrem Gesprächspartner verabschiedete.

»Ja, tut mir leid, ich muss Schluss machen, Enea ist gekommen. Natürlich richte ich ihm Grüße von dir aus. Und was machst du? Ah, wie schön, ist er ein Freund oder ein Verwandter oder …«, Annika lachte. »Ja klar, wer hat sie nicht, die Freunde von Freunden von Freunden? Ciao, mach's gut!«

Sie legte das Handy beiseite und sah ihn an. »Das war Moussa.«

»Das habe ich schon mitbekommen«, sagte er. »Ich war bei Oma.«

»Ah. Und wie geht es ihr?«

»Wie immer. Sie hat mir Dias mitgegeben. Bilder von Papa, Mama und auch von uns beiden. Ich weiß, dass du Fotos nicht magst, aber die musst du dir echt anschauen.« Er legte eine Pause ein. »Carlo ist auch drauf. Zusammen mit Mama.«

Annika verstand die Anspielung nicht. Wie sollte sie auch, dachte er.

»Ja klar, ich schau sie mir gern an!«

»Jetzt habe ich sie gar nicht dabei, aber ich werde sie dir zeigen. Ich muss einiges mit dir besprechen …«

Annika setzte eine besorgte Miene auf. »Stimmt etwas nicht? Ich meine abgesehen von dieser ganzen Geschichte …«

Beide lächelten. Es schien so einfach: Bruder und Schwester, ein Heilmittel gegen das Alleinsein, die Verlassenheit.

Aber nein. Annika wusste von nichts. Tief in seinem Inneren beneidete und verachtete er sie. Wie war es möglich, fragte er sich erneut, dass ein Mensch in so weiter Ferne, mitten im Nichts verschwinden konnte, und niemand es bemerkte?

»Wir müssen rauf zur Greina«, erklärte er. »Du hast es mir versprochen.«

»Aber Contini …«

»Was hat Contini damit zu tun? Wir haben abgemacht, dass nur wir hingehen. Wir beide und Moussa. Wir brauchen Contini nicht, ich kenne die Greina wie meine Westentasche, von klein auf!«

»Aber weshalb so eilig? Es ist Dezember, überall liegt Schnee, können wir nicht noch warten? Zumal wir den Wortlaut der Inschrift kennen.«

»Der Schnee ist kein Problem. Nein, ernsthaft, ich glaube, es ist besser, wenn wir gleich gehen. In den Briefen hat er geschrieben, dass er Hilfe braucht. Könnte doch sein, oder? Und wenn Contini und Moussa einen Teil der Inschrift übersehen haben? Ich kenne die Orte, wo wir früher immer hin sind, die Hütte, Crap la Crusch, vielleicht finde ich etwas heraus!«

»Ja, aber jetzt beruhige dich erst mal.«

»Mach ich doch, aber wir müssen uns trotzdem beeilen.«

Annika war nicht davon überzeugt. Er sah sie aufstehen, sich im zarten Lampenlicht zwischen all den atemberaubenden Landschaftsaufnahmen bewegen. Dazu lief Hintergrundmusik, sehr leise Gitarrenklänge. Er sah sie ein Bild zurechtrücken, die Vorhänge zur Straße zuziehen. Dann nahm sie erneut neben ihm auf dem Sofa Platz, drückte seine Hand.

»Wir stehen alle unter Schock, vor allem nach Carlos Tod. Aber wenn du unbedingt willst, komme ich mit. Und Moussa ebenfalls. In ein paar Tagen …«

»Morgen.«

»Wie?«

»Ich habe die Wettervorhersage gesehen: Übermorgen soll es Unwetter geben, Warnstufe 3. In den Bergen Windböen von bis zu hundertachtzig Stundenkilometern, ein Meter Neuschnee, Eiseskälte … Nein, glaub mir, wir müssen morgen rauf!«

»Hör mal, Enea, bist du sicher, dass es nicht nur ein Mittel ist, um nicht dran zu denken?«

»An was?«

»An die Möglichkeit, dass Papa tot sein könnte. Dass uns irgendjemand an der Nase herumführt. Oder dass er lebt, aber nichts von uns wissen will.«

Schweigen.

»Ich weiß nicht«, sagte er. »Aber wenn es mir hilft, warum dann nicht? Ich weiß, dass es kompliziert ist, aber … Auf der Greina wirst du alles begreifen, das verspreche ich dir!«

»Was alles?«

»Willst du mich begleiten oder nicht?«

»Also schön.« Annika seufzte. »Ich werde Moussa Bescheid sagen … er wird bestimmt denken, wir sind verrückt. Und Contini …«

»Nein!«, unterbrach er sie. »Diesmal ohne Contini. Das soll unsere Angelegenheit bleiben. Das ist mir wichtig, verstehst du? Nur wir drei.«

»Hm.«

»Versprichst du mir das?« Er lächelte ihr zu. »Ich bin der große Bruder, das hast du doch nicht vergessen, oder?«

»Also schön«, wiederholte Annika. »Machen wir's so wie du sagst.«

48.

Eugenios Worte

Enea verabschiedete sich von Annika und beruhigte sie: Er werde alles in die Hand nehmen. Auch Moussa werde er selbst Bescheid sagen. Das gehöre sich so. Sie erklärte ihm, sie sei froh, ihn weniger angespannt zu sehen. Enea drückte ihr einen Kuss auf die Wange.

»Das ist dein Verdienst.«

Wenn es sich vermeiden ließ, benutzte er keine Aufzüge. Nachdem Eugenio die Treppen förmlich hinabgerannt war und den Türöffner gedrückt hatte, befand er sich endlich wieder im Freien. Mit schnellem Schritt lief er voran, aber nicht so eilig, dass kein Raum für Sinneseindrücke geblieben wäre. Jeder Lichtreflex auf dem Cassarate, jeder Kondensstreifen am Himmel, jeder Kinderschrei vom Spielplatz … alles war neu für ihn. Und gleichzeitig war es ein Abschied. Die Schönheit dieser Momente lag in ihrer Einzigartigkeit: nie zuvor hatte es sie gegeben, nie mehr würden sie wiederkehren.

Er lief zurück zum Auto und fuhr in seinem gewohnten Fahrstil bis Tesserete: den Fuß nervös auf dem Gaspedal, hektisches Schalten, um nach jeder Kurve beschleunigen zu können. Er parkte auf einem öffentlichen Parkplatz. Daheim gab es zwei Stellplätze: einen in der Garage, in der sein beschädigter Wagen stand, und einen Außenstellplatz, den Gianni benutzte.

Ohne Gianni zu begrüßen, trat er ein und hetzte die Treppen hinauf. Er wollte die letzten Vorbereitungen für die Expedition auf die Greina treffen: Ein paar Tage zuvor war er auf der Hochebene gewesen und hatte seine Armeewaffe an einem sicheren Ort versteckt. Das war der Grund, weshalb er bei der Beseitigung Carlos auf eine so riskante Methode hatte zurückgreifen müssen.

Er hatte den ersten Stock fast erreicht, als er Continis Stimme vernahm.

»Ein Glas Wasser nehme ich gern, danke.«

Was hatte er hier verloren?

»Nur Wasser?«, fragte Gianni. »Du kannst auch ein Bier haben, wenn du magst.«

Eugenio betrat sein Zimmer und schloss die Tür ab.

Sein Atem ging kurz, als habe er eine große Anstrengung hinter sich. Er setzte sich auf die Bettkante und wartete, bis der Herzschlag sich beruhigte. Es war nicht leicht gewesen. Nichts war leicht gewesen. Jetzt musste er jede Ablenkung vermeiden.

Er war Eugenio. Er war zurückgekehrt.

Es war nicht leicht gewesen, aber er hatte es geschafft, Zeit und Entfernung zu überwinden, wieder hier zu sein, heiter und zuverlässig, ein Mann der Berge und der Wüste, ein Tuareg-Experte und einer der wenigen Vertreter des Abendlandes, die mit der *Tifinagh*-Schrift vertraut waren.

Er zog die Schreibtischschublade auf und kippte den Inhalt aufs Bett.

Es gab Dutzende von Fotos von ihm als etwa Vierzigjährigem, mit unterschiedlichem Gesichtsausdruck, in unterschiedlicher Kleidung. Sogar die alte Federica hatte ihn wiedererkannt: Er sah genauso aus. Dann gab es noch die Briefe, die er Sara im Lauf der Jahre von überall aus der Welt geschickt hatte. Eng beschriebene Seiten, auf denen er von seinen Bergtouren, seinen Reisen berichtete. Manchmal ließ er sich zu Kindheitserinnerungen hinreißen, manchmal erkundigte er sich nach Enea und Annika, oder er gab auf Tamascheq verfasste Gedichte, Sprüche und Liebeserklärungen mit eigenen Worten wieder.

Ein Mensch stand für all die Worte, die er gesagt, geschrieben oder auch nur auszusprechen ersehnt hatte. Aus diesem Berg an Briefen und Bildern war Eugenio wiederauferstanden und er war wild entschlossen, sich kein zweites Mal umbringen zu lassen.

Auf dem Schreibtisch lag eine Rolle Müllbeutel. Er riss einen ab, öffnete ihn und stopfte alles, was auf dem Bett lag, hinein. Sorgfältig kontrollierte er, ob auch ja nicht ein Blatt, ein Umschlag oder eine Briefmarke zurückgeblieben war. (Eine Zeit lang hatte er Briefmarken für Eneas Sammlung mitgeschickt und das hatte er beibehalten, auch nachdem Enea das Interesse daran verloren hatte.) Die Schachtel mit Federicas Dias packte er ebenfalls hinein. Dann verstaute er den Müllsack im Schrank, unter den Sommerhemden und T-Shirts. All das brauchte er nicht länger. Keine Worte mehr.

Es klopfte an der Tür.

»Enea, bist du da?« Giannis Stimme. »Contini ist hier, willst du nicht Hallo sagen?«

Hallo sagen. Als ob er ein Familienfreund wäre.

Er setzte sich wieder auf die Bettkante. Schloss die Augen. Enea. Gianni hatte ihn bei seinem Namen genannt. Er war

Enea, der Sohn von Eugenio und Sara, Annikas Bruder. Enea Torres, Gärtner, arbeitslos, eingeschlossen in sein Kinderzimmer, mit Metallica-Postern an den Wänden, einer Darth-Vader-Holzfigur, einem Juve-T-Shirt.

»Bist du da?«, fragte Gianni erneut.

»Ich komme gleich«, antwortete Enea.

Contini saß am Küchentisch, ein Glas Wasser in den Händen. Der Hemdkragen stand offen, die Ärmel waren aufgekrempelt, als wollten er und Gianni zusammen kochen. Gianni hatte tatsächlich eine Schürze umgebunden und machte sich am Herd zu schaffen. Enea entschuldigte sich, nicht gleich Hallo gesagt zu haben: Er habe nicht gewusst, dass Besuch da sei. Dann erkundigte er sich bei Gianni, was er da zubereite.

»Ich habe heute in der Zeitung ein Rezept für eine Schokoladentorte entdeckt. Und da hab ich mir gesagt: Warum nicht mal ausprobieren? Wenn sie was wird, mach ich sie noch mal zu Silvester. Irgendwas muss man ja schließlich machen, oder?«, fügte er an Contini gewandt hinzu.

»Ja, natürlich«, sagte der Detektiv.

»Sara hätte es so gewollt. Sie mochte Süßes. Manchmal haben wir zusammen gekocht, aber sie fand immer, dass ich zu unordentlich sei.«

Die Küche glänzte wie ein Spiegel. Die blank gescheuerten Töpfe hingen an der Wand, die Gewürzdosen reihten sich in alphabetischer Ordnung aneinander, das Kochbesteck war nach Verwendungszweck, Größe und Farbe sortiert. Enea fragte sich, wie Gianni die Augen davor verschließen konnte, dass er selbst immer derjenige war, der für Ordnung gesorgt hatte, so wie er auch stets fürsorglich, liebevoll und geduldig im Umgang mit Saras Launen gewesen war. Warum machte er sich etwas vor? Warum verspürte er das Bedürfnis, sich die Vergangenheit anders zurechtzulegen?

»Contini hat nach den Briefen gefragt«, erklärte Gianni und begann, den Blätterteig für die Torte auszurollen.

»Ach ja?«, gab Enea zurück. »Welche Briefe?«

»Die deines Vaters«, erwiderte Contini. »Ihr habt mir erzählt, dass er seine Reiseerlebnisse gern mit anderen teilte, insbesondere mit seiner Frau. Bisher haben wir uns auf die Briefe konzentriert, die er unlängst an Moussa und Giona geschrieben hat, aber wo sind die Briefe von früher?«

»Die hast du!«, entgegnete Enea. »Als du letztes Mal hier warst, haben wir dir die Schachtel mit den Fotos, den Aufzeichnungen meines Vaters, den Briefen mitgegeben …«

»Genau das ist der Punkt«, unterbrach ihn Contini. »Ich habe alles genau gelesen: es sind Artikel, Notizen technischer Art zur NGO, zum Krankenhaus und der Schule. Aber kein einziger Brief. Nichts Persönliches.«

»Das ist seltsam«, bemerkte Gianni. »Und Fotos? Sind nicht mal Fotos dabei? Er hat immer so viele geschickt.«

»Ein paar schon«, antwortete Contini. »Aber es sind vor allem Landschaftsaufnahmen oder Bilder aus Eugenios Jugend. Keines von ihm aus der Zeit seines Verschwindens. Nicht einmal die, die in den Zeitungen erschienen waren. Daher habe ich mich gefragt, wo sie gelandet sind.«

»Gute Frage«, sagte Enea. »Ich dachte eigentlich, wir hätten dir alle gegeben. Gianni, hast du nachgeschaut, ob oben auf dem Speicher noch irgendwas ist?«

»Ich habe geschaut, aber da war nichts. Dennoch bin ich sicher, dass Sara einen Haufen Briefe bekommen hat.«

»Vielleicht hat sie sie weggeschmissen?«, fragte Enea.

»Nein!«, rief Gianni. »Sara sprach nicht gern von Eugenio,

sie hatte die Suche nach ihm aufgegeben, aber sie hat mir gesagt, dass sie nichts von ihm wegwerfen wollte … Eugenio war ein Teil von ihr, versteht ihr?«

Gianni unterbrach sich. Er starrte auf seine mehligen Hände, dann sah er zu Enea und Contini auf. Es war der Blick eines hilflosen Kindes. Enea kam hinter die Küchentheke, legte ihm einen Arm um die Schultern.

»Du hast recht«, murmelte er. »Ich bin sicher, dass sie nichts weggeworfen hat.«

»Er war ein Teil von ihr«, wiederholte Gianni.

»Und wo sind dann diese Briefe?«, fragte Contini.

Er ließ nicht locker. Enea zwinkerte ihm hinter Giannis Rücken zu, versuchte ihm zu verstehen zu geben, dass Sara sie vermutlich doch weggeworfen hatte, trotz allem, was Gianni gerade gesagt hatte.

»Ich kann es nicht begreifen«, sagte Gianni, während er mit mechanischen Bewegungen Mehl auf dem Teig verteilte. »Daran habe ich überhaupt nicht gedacht. Ich begreife es nicht, ich begreife es einfach nicht.«

»Keiner von uns hat daran gedacht«, sagte Enea. »Außer Contini. Und wenn meine Mutter die Briefe irgendwo anders hingebracht hat?«

Contini sah ihn an. »Aber wohin?«

»Was weiß ich? Vielleicht in Annikas Wohnung oder ins Büro der Hilfsorganisation, vielleicht ja auch ins Ferienhaus im Bleniotal.«

»Da sind sie nicht«, erwiderte Gianni. »Ganz sicher nicht, ich habe da vor Kurzem aufgeräumt.«

»Sara ging regelmäßig zu Doktor Fontana, oder?«, fragte Contini.

»Ja«, antwortete Enea. »Wieso?«

Vielleicht hat sie mit ihm über die Briefe gesprochen. Vielleicht hat sie sie in die Praxis mitgenommen, um sich bei der Therapie darauf stützen zu können.«

»Ja, klar!« Giannis Miene hellte sich auf. »Gut möglich!«

Contini versprach, sich bei Fontana zu erkundigen.

Enea bat ihn, sie auf dem Laufenden zu halten. An die Möglichkeit, dass Sara mit dem Arzt über die Briefe gesprochen haben könnte, hatte er nicht gedacht. Garantiert würde Contini, der überall herumschnüffelte, früher oder später auf Zusammenhänge stoßen. Vielleicht würde er einen Brief in die Finger bekommen, aus dem Archiv der Organisation oder sonst woher. Aber warum sich Sorgen machen? Es war ohnehin zu spät.

Mit Erleichterung dachte Enea daran, dass niemand mehr Eugenio einholen, niemand mehr ihm Böses antun konnte, weder Contini noch die Polizei.

Nur noch wenige Stunden, dann war alles vollbracht.

49.

Das Easterlin-Paradox

»Wussten Sie, dass es Apps gibt, die den Leuten helfen, glücklich zu sein?«

Contini begriff, dass es kein einfaches Gespräch werden würde.

»Apps?«

»Genau«, bestätigte Doktor Fontana. »Sie stützen sich auf einen Ansatz aus der kognitiven Verhaltenspsychologie, verfolgen Stimmungsschwankungen, identifizieren negative Gedanken, regen zu positiven Handlungen an …«

»So was wie Handy abschalten?«

»Sie werden es kaum glauben!« Fontana hob den Zeigefinger. »In den letzten Jahren hat die Glücksforschung einige Fortschritte gemacht. Kennen Sie das Easterlin-Paradox?«

»Natürlich kenne ich das. Können wir jetzt über Sara sprechen?«

Fontana zog die Augenbrauen hoch. »Sie kennen es? Ach, verstehe: das war ironisch gemeint. Soll ich es Ihnen erklären?«

»Mir scheint, ich habe keine andere Wahl.«

»In der Tat. Das Easterlin-Paradox besagt, dass Glück mit wachsendem Wohlstand zunimmt, allerdings nur bis zu einem bestimmten Punkt. Dann nimmt es unweigerlich wieder ab. Die Grafik verläuft wie ein umgekehrtes U.«

»Schön. Wenn wir das auf Sara …«

»Wenn Sie begreifen wollen, wer Sara und Eugenio mit ihren beiden Kindern waren, müssen Sie bedenken, dass sie sich vor zwanzig Jahren am obersten Punkt der Kurve befanden. Ich darf Ihnen nicht verraten, was sie mir während der Therapie erzählt haben, aber natürlich gab es Spannungen zwischen ihnen: Ihr persönlicher Reichtum und auch der familiäre Rückhalt haben sich verringert.«

»Und das heißt?«

»Das heißt, dass sie möglicherweise intuitiv reagiert haben. Ich glaube, dass Sara die Briefe weggeworfen hat, egal was Gianni sagt. Meinen Sie, Sara war eine glückliche Frau?«

Fontana war wieder in seinen dozierenden Ton verfallen. Contini kam es irreal vor, über Glück zu reden, hier, in der gedämpften Atmosphäre des Arbeitszimmers, zwischen Computern und Aktenordnern, während Sonnenstrahlen ihre Muster auf den Dielenboden warfen.

»Sie zum Beispiel, wie beurteilen Sie Ihr eigenes Leben auf einer Skala zwischen eins und zehn?«

Contini hoffte, dass es eine rhetorische Frage sei. Aber dem war nicht so.

»Und? Was sagen Sie? Geben Sie sich ein Ausreichend?«

Contini seufzte. »Wie Sie wollen. Zehn?«

»Zehn! Donnerwetter, Sie sind ein glücklicher Mensch.«

»Nein, eigentlich eins.«

»Wollen Sie mich auf den Arm nehmen? Schauen Sie, das weltweite Mittel liegt bei 5,16. Die für die Antwort ausschlaggebenden Faktoren lassen sich berechnen: Wohlstand, Gesundheit, soziale Stellung, Lebensentscheidungen, Großherzigkeit, keine Korruption … aber irgendetwas bleibt bei jeder Untersuchung außen vor. Etwas Undefinierbares.«

»Zum Glück.«

»Nun, ich glaube, dass Sara Eugenio loslassen musste, um ihr Gleichgewicht zu wahren. Sie hat ihn aus ihrem Leben gestrichen, verstehen Sie? Die Kinder haben dagegen weiter an ihn gedacht, insbesondere Enea, der mehr Erinnerungen an ihn hatte. Jeder hat einen Weg gefunden, mit den Dingen umzugehen. In meinen Augen wollte Sara ganz von vorn beginnen und hat auf Giannis Gutmütigkeit vertraut.«

»Sara hat Ihnen also nie von diesen Briefen erzählt.«

»Nein. Aber ich kann mir denken, warum Sie mich das fragen: Sie glauben, dass irgendjemand vorgibt, Eugenio zu sein. Der Gedanke ist mir auch schon gekommen, wissen Sie? Diese Botschaften, diese Sprichwörter. Das ist so derart typisch für Eugenio, dass man es schon für übertrieben halten könnte, verstehen Sie, was ich meine?«

Contini überging die Frage. »Wenn jemand vorgibt, Eugenio zu sein, muss er irgendwoher Informationen haben.«

»Aber weshalb sollte jemand so etwas vortäuschen?«, fragte Fontana. »Es müsste eine labile Persönlichkeit sein, jemand, der in erster Linie sich selbst davon überzeugen will, dass er wie Eugenio oder gar identisch mit ihm ist.«

»Jemand, der ihn gekannt hat?«

»Ich denke schon: bestimmt ein Freund oder Kollege. Carlo Farinelli hätte das entsprechende Profil … vielleicht war er es, vielleicht hat er sich deshalb das Leben genommen, wer weiß. Wer kann schon von sich behaupten, vollkommen glücklich oder ganz er selbst zu sein?«

Contini hatte den Eindruck, dass Fontana zu einem neuen Monolog ansetzte. Er dachte an seine Anmerkungen in dem Notizheft, an das, was er »Verbindungen« genannt hatte. Offenbar gab es einen Zusammenhang, der ihm entgangen war. Jemand hatte sich Jahr für Jahr Informationen über Eugenio angeeignet, bis er ihm irgendwann vielleicht tatsächlich ähnlich geworden war.

Während er nach seinem Notizheft suchte, bemerkte er, dass er eine SMS bekommen hatte.

»Hören Sie mir überhaupt zu?«, fragte Fontana.

»Nein. Tut mir leid, ich muss gehen.«

Sobald er auf der Straße stand, las er die Nachricht. Es dämmerte bereits, die Straßenlaternen brannten und nach einem sonnigen Tag kehrte die Kälte zurück.

Entschuldigen Sie die Störung. Ich habe einen Brief von Eugenio an seine Frau gefunden. Ich denke, den sollten Sie sehen. Melden Sie sich.

Maddalena Storni

50.

Einen Platz finden

Moussa fühlte sich privilegiert.

Er war als Tourist in die Schweiz gekommen, mit etwas Geld und nach einer geruhsamen Reise. Er hatte einen Schlafplatz, ein Handy, mit dem er seine Leute in Niger angerufen hatte, um ihnen mitzuteilen, dass alles in Ordnung war. Er hatte gastfreundliche Menschen kennengelernt und war obendrein einer Frau begegnet, die sein Herz freudig schlagen ließ. Eine Frau, an die er ständig dachte und die ihn still vor sich hinlächeln ließ, während er am Bahnhof von Chiasso, eingehüllt in seinen *Tagelmust,* aus dem Zug stieg.

Moussa wusste nicht, wie man sich in der Schweiz verhielt, wenn einem eine Frau gefiel. In der Tradition seines Volkes waren Frauen die Stütze der Familie: sie trafen Entscheidungen, legten die Regeln des Umwerbens fest. Moussa wollte Annika nicht verschrecken, aber er war wild entschlossen, alles zu versuchen, in ihrer Nähe zu bleiben.

In der Bahnhofshalle stach ihm ein Wandgemälde ins Auge. Ein Mann mit Hut allein auf seinem Weg. Hinter ihm einige Frauen, die ihm weinend hinterhersahen. Vermutlich seine Mutter, seine Frau mit einem Baby auf dem Arm und eine weitere Tochter. Moussa starrte das Fresko an, stellte sich die Geschichte des Mannes und seiner Familie vor. Plötzlich wurde er von jemandem gerempelt.

»Mensch, Alter, was machst du da?« Es war ein junger Kerl, ein Halbwüchsiger. »Pass doch auf, wo du hinläufst!«

»Entschuldige!«, sagte Moussa. »Aber ich habe hier gestanden, du warst es, der …«

»Ihr meint wohl, ihr habt immer recht!«, rief der Junge. Er wandte sich zu seinen Freunden um: magere Kerlchen wie er und Mädchen, die sich irgendwas zuflüsterten. »Dem reicht's wohl nicht, bei sich daheim das Sagen zu haben.«

Moussa bereute es, überhaupt reagiert zu haben: Ihm war klar, dass das Kerlchen auf dicken Max machte, um sich vor seinen Kumpels aufzuspielen. Er blieb absolut unbewegt, während der Junge ihm ins Gesicht lachte.

»Was bist du, ein Tapir?«

»Das heißt Fakir«, sagte eines der Mädchen. »Du Dummkopf!«

»Ach, leck mich doch!« Er näherte sich Moussa. »Und was gibt es da zu lachen?«

Moussa lachte nicht. Er sah ihn nur an, ohne einen Muskel zu bewegen. Das Kerlchen provozierte ihn weiter, wurde allerdings allmählich immer kleinlauter. Schließlich gab einer seiner Freunde ihm einen Schubs.

»Komm jetzt, wir verpassen noch unseren Zug!«

Moussa rührte sich nicht, auch nachdem sie verschwunden waren. Er wartete eine, zwei, drei Minuten. Dann nahm er langsam den *Tagelmust* ab, band ihn um seinen Gürtel und verließ den Bahnhof.

Das Asylbewerberzentrum war mit Videokameras, Sicherheitsschranken und einer Absperrung am Eingang versehen. Im ersten Augenblick verspürte Moussa Unbehagen: Er kam sich vor wie im Gefängnis. Doch als er sich dann anmeldete, wurde er von einer freundlichen Dame um die fünfzig mit kurzem grauem Haar empfangen.

»Ich bin ein Freund von Ahmed«, sagte Moussa.

Es dauerte eine Weile, bis klar war, um wen es ging, denn Moussa wusste den Nachnamen nicht und in dem Zentrum lebten gut hundert Asylbewerber, die auf die Bearbeitung ihrer Akte warteten. Ahmed kam aus Libyen und war der Cousin eines Freundes des Ehemanns seiner Schwester Leila. Leila selbst hatte ihm vorgeschlagen, Kontakt mit ihm aufzunehmen.

»Du wirst das Gefühl haben, einen der Deinen zu sehen«, hatte sie zu ihm gesagt.

Wohl eher nicht, dachte Moussa, als Ahmed mit finsterer Miene erschien, erstaunt, einen Fremden vor sich zu haben. Eher nicht. Er begrüßte ihn auf Arabisch und merkte sofort, dass Ahmed nicht allzu viel für Nomaden übrighatte.

»Bist du ein Tuareg?«, fragte er. »Was hat dich hierher verschlagen?«

Moussa erfuhr, dass Ahmed ohne einen Cent in die Schweiz gekommen war, nachdem ihn ein Tuareg-Führer übers Ohr gehauen und allein in der Wüste zurückgelassen hatte. Wie durch ein Wunder hatte er es dennoch geschafft und hegte, trotz weitläufiger verwandtschaftlicher Bande, keinerlei Sympathien für die *kel tamascheq*.

»Ich will nicht über Politik reden«, sagte Ahmed. »Ich will keinen Krieg.«

»Ich genauso wenig.«

»Du bist ein Tuareg. Ihr seid dauernd im Krieg.«

Moussa zwang sich zur Ruhe. Weshalb hatte er bloß auf Leila gehört? Er fragte Ahmed, wie es ihm in der Schweiz erginge und wie das Leben im Asylbewerberzentrum sei. Wenn er politisches Asyl beantragen würde, so überlegte er, würde er vermutlich ebenfalls hier landen.

»Nicht schlecht«, erwiderte Ahmed. »Wir arbeiten, lernen Italienisch. Aber ich würde gern nach Deutschland.«

»Hast du heute frei?«

»Ja, heute bin ich frei wie der Wind!« Ahmed lächelte. »Hör mal, hast du Geld dabei?«

Sie gingen in einer Bar in Bahnhofsnähe etwas trinken. Moussa staunte, dass die Asylsuchenden kommen und gehen durften, wie sie wollten. Er fand das eine gute Sache. Es war ohnehin schon schwierig genug, sich mit dem Leben in einer Stadt abzufinden, und ihm wäre es sehr schwergefallen, irgendwo eingeschlossen zu sein, ohne hinaus zu können. Ihm fiel sein Cousin Issouf ein: Der hatte ihm gestanden, dass er in seiner Wohnung in Pordenone jede Nacht sein Bett umstellte. Er hielt es nicht aus, Nacht für Nacht an demselben Platz zu schlafen.

»Ich bin in der Wüste aufgewachsen«, hatte er ihm gesagt. »Betten, die sich nicht bewegen, gehen mir auf die Nerven. Heute schlaf ich hier, morgen da.«

Abgesehen von dieser kleinen Rebellion, die mehr ein Spiel war, hatte Issouf sein Leben umgekrempelt. Moussa wusste nicht, ob ihm das gelingen würde. Aber er wollte es versuchen.

»Was trinkst du, Bruder?«

Sie bestellten zwei Coca-Cola. Ahmed erklärte ihm, dass man in Bars nicht rauchen durfte, dafür aber umsonst die Zeitungen lesen konnte. Er zeigte ihm auch ein ganz und gar rosafarbenes Blatt und erklärte ihm, dass es darin nur um Fußball ginge.

»Eine ganze Zeitung über Fußball, siehst du? Die sind verrückt hier!«

Moussas Blicke wurden von einer anderen Zeitung angezogen, die aufgeschlagen auf einem der Nachbartische lag: in der Mitte der Seite hatte er ein Foto von Carlo Farinelli erkannt. Er beugte sich vor, um es besser sehen zu können.

»Mensch, erzähl mir nicht, dass Tuaregs lesen können!«, rief Ahmed.

Moussa überhörte die Provokation. Er hatte tatsächlich große Mühe, Italienisch zu lesen, schaffte es aber dennoch, die Überschrift zu entziffern. *Radfahrer im Val Colla überfahren. Jagd nach dem Täter auf Fahrerflucht.* Moussa wusste nicht, was »Fahrerflucht« bedeutete, und auch das Wort »Jagd« kannte er nicht. Es verhieß jedenfalls nichts Gutes.

»Verstehst du da echt was?«, fragte Ahmed.

Moussa zog es vor, das Thema zu wechseln.

»Meinst du, es geht durch, wenn ich beantrage, in der Schweiz zu bleiben?«

»Das liegt in Gottes Hand, Bruder. Weißt du, ich würde gern nach Deutschland gehen, weil ich da Verwandte habe. Aber um ehrlich zu sein, würde ich in jedes Land gehen. Du nicht?«

»Mir gefällt es hier«, antwortete Moussa.

»Entscheidend ist, dass man einen Platz für sich findet. Wegen diesem verdammten Tuareg-Führer habe ich mein Leben riskiert, um hierherzukommen, ich will nicht mehr zurück. Welche Rolle spielt das Land? Die sind alle gleich. In jedem Fall besser als deine Wüste, oder?«

Moussas Handy klingelte. Als Ahmed sah, wie er danach griff, verzog er das Gesicht. »He, was für ein Luxus!«

Moussa ging ran und sagte seinen Namen.

»Ciao Moussa, ich bin's, Enea! Hör mal, bist du bereit für die Greina? Es ist Schnee angesagt, deshalb müssen wir morgen raufgehen.«

»Morgen?«, fragte Moussa mit einem Blick auf Ahmed.

»Das ist die letzte Gelegenheit. Bist du dabei? Ich weiß, dass du dabei bist! Aber kein Gerede, du darfst niemandem was davon erzählen. Es gehen nur Annika, du und ich. Nur wir. Niemand darf etwas davon erfahren.«

51.

Und in Gedanken war ich bei meiner Sara

»Ich habe alle Geschäftsberichte durchgesehen, die Buchführung, den Briefverkehr.« Maddalena Storni wandte sich um, die Espressokanne in den Händen. »Eine Hundearbeit, das kannst du mir glauben.«

Der Versammlungstisch im zweiten Stock des Hauses in Cadro war mit Papieren übersät. Rings um Contini stapelten sich Rechnungen, Formulare, Papiere auf Italienisch, Englisch, Arabisch und teilweise sogar in Tuareg-Sprache.

»Das ist *Neo-Tifinagh*«, erklärte Maddalena, die seinem Blick gefolgt war. »Man hat die Vokale ergänzt. In dieser modernen Version wird es für Straßenschilder, Zeitungen und Ausweispapiere verwendet.«

Sie schraubte die Espressokanne zusammen und stellte den Herd an. Dann befreite sie einen Teil des Tisches von Papieren.

»All diese Bürokratie. Keine Ahnung, wie dieser Brief hier gelandet ist. Vielleicht hat Sara ihn aus Versehen zu den Versammlungsprotokollen gepackt.«

Es war das erste Mal, dass Contini eine ganz persönliche Nachricht Eugenios zu Gesicht bekam. Er war beeindruckt von der Ähnlichkeit mit den Briefen an Moussa und Giona: dieselben Druckbuchstaben, dieselbe sprachliche Mixtur.

Dear Sara, so viel steht fest, dass die esuf und ich »nous avons passé vingt jours séjournant / au lieu ombragé nous étions couchés ensemble«, wie Chebettou 1888 (in der Übersetzung von Foucauld) schrieb. Und in Gedanken war ich bei meiner Sara, so far away und schön wie eine Antilope. Aber die Wanderung geht weiter, täglich legen wir unsere Kilometer zurück. Ich bin auf ein neues Sprichwort gestoßen. Ich habe es für dich übersetzt: »Halte sie auf, sagt der Durst zum Schatten, dann werde ich sie töten.« Schrecklich, n'est-ce pas? Wer von Durst geplagt ist, sucht den Schatten, um sich vor der Sonne zu schützen, aber der Schatten ist gefährlich: Du musst deinen Weg fortsetzen, wenn du Wasser finden und deinen Durst stillen willst. Wie geht es den ibaraḏän? Sag Enea, dass ich ihn mitnehme, sobald er ein bisschen größer ist!

Der Brief ging mit dem Bericht über die Reise weiter. Am Ende folgte eine Reihe von Sprichwörtern in Tifinagh-Schrift, mit Transkription und Übersetzung ins Italienische. Contini fiel sofort auf, dass sich auch *E toseed tumasädt* darunter befand. Ebenso wie er das Wort *ibaraḏän* bemerkt hatte.

»Was sagst du dazu?«, fragte Maddalena.

»Das ist Eugenio«, sagte Contini. »Die Ironie, das Spiel mit den Sprachen, die sprunghaften Themenwechsel. Diese Lebendigkeit gepaart mit Einsamkeit.«

»Man könnte meinen, du hättest ihn gekannt!«

»So ist es«, murmelte Contini. »In den letzten Tagen habe ich das Gefühl, mit ihm auf Reisen gegangen zu sein ... und ich fürchte, ich bin nicht der Einzige.«

Maddalena stellte die Espressokanne auf den Tisch. Dann holte sie zwei Tassen mit dem aufgedruckten Logo der Organisation und fragte Contini, ob er Milch oder Zucker wolle.

»Nur Kaffee«, antwortete er.

Er starrte weiter auf den Brief, als könne hinter diesen Worten das Gesicht des anderen Eugenio, des Nachahmers in Erscheinung treten.

»Wer kann das sein?«

Maddalena begriff, war er meinte. »Sicherlich jemand, der diesen Brief gelesen hat. Aber nein, es kann ihn niemand gelesen haben: Er liegt seit Jahren hier.«

»Hm.«

»Erzähl mir jetzt nicht, dass ich zu den Verdächtigen gehöre.« Maddalena versuchte zu lächeln, aber es wollte ihr nicht recht gelingen. »Nein, tut mir leid. Ich rede dummes Zeug! Ich bin nur ziemlich beunruhigt. Was will dieser falsche Eugenio?«

Auf dem Rückweg nach Corvesco ging Contini die Wortwahl Maddalenas durch den Kopf: *dieser falsche Eugenio.* Jemand hatte sich die Briefe unter den Nagel gerissen, hatte sich seine Ausdrucksweise und seine Einstellungen zu eigen gemacht und sogar seine Kinder, ja selbst Giona hinters Licht geführt. Doktor Fontana hatte die Vermutung geäußert, Farinelli könne dahinterstecken, aber Contini glaubte nicht daran. Zumal er sich nicht das Leben genommen hatte, sondern vielmehr von einem Auto überfahren worden war. Jemand, der Fahrerflucht begangen hatte? Oder ein geplanter Mord, ausgeführt von der Person, die Eugenio nachahmte?

Wenn der Nachahmer Carlo Farinelli umgebracht hatte, so hatte er es, aus seiner verqueren Sicht, in Eugenios Namen getan. Aber welche Verbindung bestand zwischen Eugenio und Carlo? Vielleicht verbarg sich hinter der Freundschaft eine Auseinandersetzung, ein Streit, ein Geheimnis, das zwanzig Jahre später irgendjemanden zum Mord getrieben hatte.

Vielleicht hatte Contini aber auch nur zu viel Fantasie.

52.

Kleine Sterne

Auf dem Weg hinauf nach Corvesco legte er eine Kassette von Aznavour ein. Die Anlage gab verdächtige Geräusche von sich. Vielleicht war sie, trotz der Eingriffe des Mechanikers, kurz davor, ihren Geist aufzugeben? Was sollte er dann machen? Er hatte ein paar CDs, aber er befürchtete, dass die inzwischen veraltet waren. Welcher neuen Technik sollte er vertrauen? *La bohème, la bohème … ça voulait dire on est heureux.* Was war das für ein Vibrieren im Hintergrund? War vielleicht das Band heiß gelaufen? *La bohème … nous ne mangions qu'un jour sur deux …*

Das Handy! Daher das Vibrieren! Contini sah es auf dem Beifahrersitz blinken und sich bemerkbar machen. Er hielt den Wagen an. Auf dem Bildschirm las er: *Renzo Maltese – Ermittlungsbüro Maltese Investigazioni.* Er gehörte zu den Leuten, bei denen Contini immer ranging, oder fast immer.

»He, Contini, ist das deine Katze, die da neben dem Telefon heult?«

»Was? Nein, das ist Aznavour.« Er schaltete die Anlage aus. »Jetzt verstehe ich dich gut.«

»Wie kann man seine Katze nur Aznardingsbums nennen … oder wie noch mal?

»Lass gut sein. Was willst du?«

»Du willst was von mir. Ich habe Informationen zu diesem Mädchen, das mit dem Sohn deines Klienten chattet.«

»Ist es eine saubere Sache oder Betrug?«

»Vielleicht beides.« Maltese legte eine Pause ein. »In unserem Beruf bekommt man ja so manches zu Gesicht. Aber eins habe ich nicht verstanden: Wo verläuft die Grenze?«

Contini fing an, sich Sorgen zu machen: »Welche Grenze?«

»Zwischen nicht ganz dicht und verliebt. Nimm diesen Bruce, wie alt ist der, siebzehn?«

»Ja.«

»So jung und so romantisch. Ich habe den Computer des Mädchens aufgespürt und habe einen Freund in Turin gebeten, die Sache zu überprüfen … das werde ich dir natürlich in Rechnung stellen, nur dass du's weißt! Ich habe auch ihre Chats gelesen: das Mädchen will nichts von ihm. Weder Geld noch Dates noch Geschenke. Da steckt kein Betrug hinter.«

»Besser so, oder?«

»Die Sache ist nur, dass das Mädchen siebenundfünfzig ist.«

Eine traurige Geschichte. Signora Fumagalli, wohlsituiert, verheiratet, drei Kinder am Gymnasium beziehungsweise an der Uni, chattete seit einigen Monaten mit Bruce Cattori und gab sich dabei als Gleichaltrige aus. Alles, was sie offenbar wollte, waren schnulzige Phrasen, Herzchen, ein inniger Austausch zu später Stunde. Als die Cattoris bei ihr anriefen, hatte Signora Fumagalli ihren Namen und ihre Adresse genannt und sich als die Mutter des Mädchens, das mit Bruce chattete, ausgegeben.

»Mal langsam«, sagte Contini. »Sie hat sich für sich selbst ausgegeben, also für die Mutter des Mädchens, für das sie selbst sich ausgibt?«

»Schön, du hast ein Talent, die Dinge zu verkomplizieren! Ja, sie hat einen Haufen Lügen erzählt. An deiner Stelle würde ich die Polizei einschalten: Sie werden die Signora stoppen, Bruce zum Psychologen schicken und alle sind zufrieden, einschließlich dir, der du dein Honorar kassieren kannst, ohne einen Finger krumm gemacht zu haben.«

»Schaun wir mal. Ich werde mit den Eltern von Bruce reden.«

»Und ich werde meinen Freund in Turin bitten, dir den Bericht zuzusenden. Ach ja, und wegen dieser anderen Sache, um die du mich gebeten hast, werde ich einen von meinen Leuten ins Val Colla schicken. Das wird dich auch was kosten, Contini. Nicht, dass du mich am Ende übers Ohr haust, hörst du?«

»Keine Sorge, Familie Torres hat mich beauftragt.«

»Genau das ist es, was mich erschreckt. So wie der Vater verschwunden ist, könnten auch andere verschwinden. Jedenfalls haben wir die Überwachungskamera gefunden, du hattest recht. Den Typ aus dem Laden musst du mit ein paar Scheinchen überreden.«

»Einverstanden. Kann ich morgen früh da vorbeischauen?«

»Welch Eile! Ja, ich denke schon. Aber wieso überlässt du die Sache nicht der Polizei?«

»Weil ich nicht glaube, dass es sich um Fahrerflucht handelt.«

»… sprach der Detektiv mit harter Stimme. Also ich will damit jedenfalls nichts zu tun haben. Wir hören uns. Und grüß mir Aznardingsbums, die Katze!«

Francesca war in Locarno geblieben, aber unter dem Verandadach brannte Licht. Im ersten Augenblick stutzte Contini, dann fiel ihm ein, dass er ja einen Gast hatte. Und ihm fiel ebenfalls ein, dass er nichts eingekauft hatte und dass die Speisekammer leer war. Glücklicherweise hatte der Gast selbst für Abhilfe gesorgt.

Contini fand Moussa am Küchentisch sitzend, in angeregter Unterhaltung mit Giocondo Bottecchi, dem Besitzer des Grotto Pepito. Zwischen ihnen strich mit hoffnungsvollem Gebaren der graue Kater hin und her, angelockt von dem Geruch, der vom Herd herüberzog.

»Contini!«, rief Giocondo. »Weißt du eigentlich, dass ich in all den Jahren, die wir uns kennen, noch nie bei dir daheim gewesen bin?«

»Das ist ganz normal«, entgegnete Contini, während er Hut und Jacke ablegte. »Schließlich bist du der Restaurantbesitzer.«

»Da musste erst dein Beduinenfreund kommen, ehe auch ich mal zum Essen eingeladen werde. Setz dich, trink einen Schluck Wein … es ist ein Hiesiger, aus meinem Weinkeller. Moussa trinkt seinen grünen Tee, aber du lässt mich nicht alleine trinken, oder?«

Giocondo war gerade dabei, etwas Butter in einem Pfännchen zu zerlassen. Er fügte ein paar Kräuter und einen Zweig Rosmarin hinzu und gab Moussa ein Zeichen, ein zweites Glas zu füllen. Der Kater drängte sich an Continis Beine. Täusche ich mich, oder führt hier jemand in letzter Zeit, bei all dem Kommen und Gehen von Gästen, das Leben eines Wilden? Contini brachte Hut und Jacke ins Wohnzimmer, gefolgt von dem Kater. Ich lasse mich von einem Katzentier nicht als Wilder bezeichnen. Aber Tatsache bleibt, dass ich seit zwei Tagen keine anständige Mahlzeit mehr bekommen habe. Contini kehrte zurück in die Küche und füllte etwas Trockenfutter in den Katzennapf.

»Wart mal«, rief Giocondo. »Gib ihm ein bisschen Speckschwarte …«

Er nahm die Schwarte von der Arbeitsplatte. Siehst du, Contini, das ist der Unterschied zwischen Barbarei und Zivilisation. Während der Kater sein Futter verzehrte und dabei ein Schnurrkonzert anstimmte, machte es sich Contini mit seinem Rotweinglas bequem.

»Sag mal, wo du mein Gast bist, was koche ich dir heute Abend eigentlich?«

»Witzbold«, murmelte Giocondo. »Wer bringt Moussa denn Traditionen bei, wenn nicht ich? Ich mach Rehrücken mit Kastanienmehl, Pilzen und Tagliatelle.«

Moussa lächelte. »Ich bin im Restaurant vorbei, um Hallo zu sagen. Ich habe ihm gesagt, dass ich ihm was aus meinem Land koche, wenn er herkommt. Aber dann hat er mich ausgetrickst und alles selbst in die Hand genommen …«

»Nächstes Mal bist du dran.« Giocondo zog den Rehrücken aus dem Ofen, trennte das Küchengarn auf und bestrich ihn mit der Butter. »Derweil kannst du zuschauen und was lernen. Reichst du mir bitte mal den Wacholder rüber?«

Während des Essens redeten vor allem Giocondo und Moussa. Ersterer war, angeregt durch den Wein und die Komplimente für den Rehrücken, gesprächiger als sonst. Er brachte sein Erstaunen darüber zum Ausdruck, dass man in der Wüste leben konnte.

»Da gibt's keine Grenzen«, sagte er. »Du weißt nicht, wo sie anfängt und wo sie zu Ende ist. Hier, inmitten der Berge, ist es viel einfacher.«

Moussa erklärte ihm, dass es auch in der Sahara Berge gebe. Natürlich nicht so hohe und dicht bewaldete. Er sei gespannt, wie die Schweiz im Frühling aussehen werde.

»Ich wette, dann ist alles grün!«

»Du wirst es ja sehen«, sagte Giocondo. »In meinem Grotto weht jedenfalls immer ein frisches Lüftchen, auch wenn man draußen erstickt.«

»Wenigstens an Hitze bin ich gewöhnt ...«

Hin und wieder ging Contini nach dem Abendessen draußen unterm Verandadach eine Zigarette rauchen. An diesem Abend, nachdem sie Giocondo verabschiedet hatten, leistete Moussa ihm dabei Gesellschaft. Es war eine kalte, wolkenverhangene Nacht, der Nordwind pfiff durch den Wald.

»Sieht so aus, als würde es morgen schneien«, sagte Contini.

»Und das, wo wir morgen in die Berge gehen!«

»Wie? In die Berge?«

Moussa erzählte ihm von Eneas Plan.

»Vielleicht hofft er darauf, etwas zu finden. Er hat mir gesagt, dass ich niemandem was erzählen soll. Aber ich habe nichts versprochen.«

»Geht nur ihr beide?«

»Annika kommt auch mit.«

»Hm.«

»Ich konnte es ihm nicht abschlagen.«

»Und Annika ist einverstanden?«

»Sie hat mir gesagt, dass ihr Bruder darauf beharrt hat. Jedenfalls weiß sie, wie man mit Schneeschuhen läuft. Enea auch. Ich dagegen werde Probleme haben!«

Weshalb gefiel Contini der Gedanke an diese Expedition nicht? Im Grunde war es verständlich, dass Enea alles mit eigenen Augen sehen wollte: es ging um seinen Vater. Eine Tour auf die Greina würde sicher niemandem Schaden zufügen.

Moussa beugte sich über das Verandageländer und schaute in die Nacht.

»Man sieht den Himmel nicht!«

Contini trat neben ihn. »Ich würde sagen, er ist dort oben.«

»Ah, danke!«, Moussa lächelte. »Ich bin an diese Schwärze nicht gewöhnt. Bei uns ist es zwar noch dunkler, aber voller Sterne.«

Contini dachte an das alte Volkslied aus den Abruzzen. *Luntane cchiù luntane de li luntane stelle* … Er erinnerte sich nicht mehr daran, wo er es gelernt hatte, aber innerhalb weniger Tage war es ihm zweimal in den Sinn gekommen.

»Hier sind die Sterne dagegen so weit weg, dass sie unsichtbar werden.«

»Aber nein, sie sind nur hinterm Schnee versteckt.« Moussa deutete mit dem Finger auf Corvesco, weiter unten. »Und außerdem gibt es noch die dort, sieh nur!«

Das Dorf schlummerte inmitten der Wälder. Man sah die Straßenlaterne auf der Piazza und die vor der Kirche und in der Kurve, kurz bevor es bergab ging. Dann gab es noch zwei, drei erhellte Fenster, ein paar Weihnachtsbäume und Eingangsbeleuchtungen.

»Es sind Lebenszeichen«, sagte Moussa. »Sie sind wie kleine Sterne.«

Die Lichter schienen nach einem unbegreiflichen Schema angeordnet zu sein: einer verschlüsselten Botschaft gleich oder einer Konstellation, die es zu deuten galt.

»Kleine Sterne …«, wiederholte Contini, während er die Zigarette im Aschenbecher ausdrückte. »Dann habe ich mich also getäuscht, was meinst du?« Er schob Moussa den Aschenbecher hin und knipste das Licht unterm Verandadach an. »Vielleicht hast du recht: Der Himmel ist nie dort, wo man ihn vermutet.«

53.

Die große Leere

Der Urlaub rückte näher und die Sorge um den grauen Kater.

»Wir fahren am zweiten oder dritten Januar«, erklärte Francesca am Telefon. »Von mir aus auch am ersten, wenn du alle Fälle abgeschlossen hast.«

»Den Fall Torres abzuschließen, wird schwierig.«

»Dann lass ihn halt offen. Oder besser gesagt, schließ ihn nur halb. Wenn wir zurückkommen, rollst du das Ganze wieder auf. Warte … du wolltest gerade eins von deinen ›Hms‹ anbringen, stimmt's?«

»Hm.«

»Na bitte. Aber diesmal kommst du mir nicht davon, Contini. Diesmal will ich erleben, wie du Skilift fährst, dich mit Sonnencreme einschmierst und Bratwurst mit Pommes auf der Panoramaterrasse futterst. Und wer weiß, vielleicht könnte man ja am Abend einen romantischen Spaziergang durch den Schnee machen.«

»Wer weiß?«

»Das behalte ich mir als kleines Extra vor. Du wirst ja allmählich einsichtig.«

Contini versprach, sich seiner Leihski und der helvetischen Wintersporttradition als würdig zu erweisen.

»Wenn du willst, kann ich auch Langlauf ausprobieren, oder Steigfelle oder Glühwein … was hältst du von Sauna?«

»Übernimm dich mal nicht. Weißt du schon, wo du den Kater unterbringst?«

»Ich lass ihn bei Moussa. Er wird protestieren, der Kater, nicht Moussa, aber …«

»Aber er wird sich damit abfinden. Du packst die Winterstiefel in den Koffer und hältst dich bereit, okay?«

Hältst dich bereit. Auf dem Weg ins Val Colla wiederholte Contini diese Worte. Er war zeitig aufgestanden, noch bevor Moussa, Annika und Enea zur Greina aufbrechen wollten. Was er vorhatte, war ein Versuch ins Blaue, aber genau das bedeutete, sich bereitzuhalten. Die erste Voraussetzung dafür war, dass Farinellis Mörder zu den Personen gehörte, die in den Fall Torres verwickelt waren. Die zweite war, dass er seinen eigenen Wagen benutzt hatte. Und die dritte, dass die mit Malteses Hilfe erstellte Liste Continis vollständig war.

Das Juweliergeschäft von Massimiliano Bruschi befand sich genau an der Straßenecke, und die Überwachungskamera über dem Eingang war so installiert, dass auch ein Stück der vom Val Colla hinabführenden Straße erfasst wurde. Der Juwelier willigte ein, Contini zu helfen, allerdings weniger wegen der Aufwandsentschädigung, die er jedoch nicht ausschlug, als vielmehr wegen des Nervenkitzels, in einen echten Mordfall verwickelt zu werden. Noch besser: Es ging darum, einem Detektiv zu helfen, der in absolut klassischer Manier der Polizei einen Schritt voraus war.

Einen Schritt voraus oder zurück oder nebendran, dachte Contini. Aber zu Signor Bruschi sagte er nichts. Er zog das Blatt hervor, auf dem er die Automodelle all der Personen notiert hatte, auf die er im Lauf seiner Ermittlungen, wenn auch nur im Entferntesten, gestoßen war: die gesamten Mitglieder der Familie Torres, einschließlich der Schwester von Sara, deren Mann und Kinder, alle derzeitigen und früheren Mitarbeiter der Organisation »Wüstenbrunnen«, alle ehemaligen Kollegen von Torres, einschließlich Doktor Fontana, alle Kletterfreunde und Bergführer, mit denen Torres vor zwanzig Jahren auf Touren gegangen war.

Moussa hatte nicht damit gerechnet, dass Annikas Nähe ihn in einen Konflikt stürzen würde. Doch er merkte, dass zwei unterschiedliche Regungen in seinem Inneren aufloderten. Einerseits hätte er Annika am liebsten umarmt, ihre Nähe gespürt, den Geruch ihrer Haut, ihres Haares wahrgenommen. Andererseits drängte ihn etwas, auf Distanz zu gehen, um ihre Gefühle besser zu verstehen und nicht zu aufdringlich zu sein. So hielt er sich bei jeder Pause, die sie einlegten, abseits, eingehüllt in seinen *Tagelmust* und zurückgezogen in seine eigene Welt.

Die Landschaft war immergleich: weiß, weit, kalt. Moussa gewöhnte sich an das Laufen mit Schneeschuhen. Auf halber Strecke, als keinerlei menschliche Spuren mehr zu erkennen waren, hatte er das Gefühl, seiner Heimat so nahe zu sein, wie zuvor an keinem anderen Ort in der Schweiz. In gewisser Weise war er hier seiner Heimat sogar näher als bei sich daheim. War es die Entfernung, die die Erinnerungen so lebendig werden ließ? Vielleicht hatte er hier aber auch nur einen Landstrich gefunden, der seiner Wüste glich. Wenige Kilometer entfernt von den Städten mit ihrem Verkehr und den Zugfahrplänen gab es diesen Hauch, diese aus Einsamkeit und Gleichmut geformte Leere.

»Hoffen wir, dass das Wetter hält«, sagte Enea. »Wenn wir oben sind, werden wir lange dort ausharren müssen.«

Annika protestierte. »Wieso denn? Wir wissen doch, wo die Inschrift ist.«

»Was tut das zur Sache? Wir müssen ankommen und zuhören. *E toseed tumasădt!*«

Moussa verbarg sein Erstaunen. Enea sprechen zu hören wie einen *kel awal,* hatte in ihm erneut widersprüchliche Regungen entfacht: die Freude darüber, das Sprichwort seiner Mutter zu hören einerseits, und andererseits das Gefühl, dass dieses Sprichwort fehl am Platz war. Auf *Tamascheq* bezeichnete man das als *senti*: das Aussprechen von etwas, das man besser nicht aussprechen sollte.

»Enea, manchmal begreife ich dich nicht«, sagte Annika.

»Wart ab«, sagte er. »Du wirst noch begreifen.«

Moussa fand, dass irgendetwas nicht stimmte. Eine Spannung, die an einem so entlegenen Ort zwischen Reisegefährten nicht herrschen durfte. Doch er wusste, dass man sich in solchen Fällen zurückziehen musste, um zu verstehen. Er hörte auf, sich unsinnige Gedanken zu machen, konzentrierte sich auf den Rhythmus seiner Schritte und verbannte alles aus seinem Geist bis auf die Bewegung des Fußhebens, das Suchen nach einem Halt, das Nachziehen des anderen Fußes, das Verlagern des Stocks.

Nach einer Weile geschah das, was auch in der Sahara stets geschah. Die Wüste blieb nicht länger Wüste, sondern belebte sich mit Knirschen und Knistern, mit Spuren im Schnee, mit schwarzen Dohlen vor dem Profil der Berge.

54.

Dann sind wir endlich in Sicherheit

Das Unternehmen entpuppte sich als komplexer als gedacht.

Vor allem, weil Contini keine Ahnung von Autos hatte. Normalerweise begnügte er sich damit, sie nach Größe und Farbe zu unterscheiden: ein großes graues Auto war und blieb ein großes graues Auto, sonst nichts. Zum Glück war Signor Bruschi auf diesem Gebiet ziemlich bewandert. Er erklärte dem Detektiv, dass die Motorhaube eines deutschen Wagens komplett anders sei als die eines japanischen. Er, Bruschi, würde die Zuverlässigkeit eines Mercedes oder gar Opels so mancher japanischen Lösung vorziehen, mochten diese auch noch so innovativ sein, zumal die Ästhetik dabei oft zu kurz käme, denn schließlich spielte ja auch das Auge eine Rolle, Contini verstehe sicher, was er meine …

Contini verstand. Nickte. Hörte zu. Und derweil nahm er alle Autos unter die Lupe, die an Farinellis Todestag die Straße entlanggefahren waren, auf der sich das Ganze ereignet hatte. Man konnte nur wenig erkennen in der einen Ecke des Bildschirms. Jedes Mal musste er das Bild anhalten, die Liste durchgehen, Bruschi um seine Meinung fragen, mit ihm darüber diskutieren, ob Leichtmetallfelgen besser seien als Felgen aus Aluminium oder Stahl, und dann ging es zum nächsten Wagen.

Zum Glück war an jenem Tag sehr wenig Verkehr gewesen.

Doppeltes Glück: Als der richtige Wagen auftauchte, war das Bild, wie durch ein Wunder, scharf und präzise.

Einige Minuten nach Farinellis vermeintlichem Todeszeitpunkt war am Juweliergeschäft Bruschi ein Auto derselben Marke, desselben Modells und desselben Baujahrs vorbeigefahren wie das von Enea Torres. Contini konnte sogar einige Ziffern auf dem Nummernschild erkennen. Auch sie stimmten überein: Es war tatsächlich der Wagen von Enea Torres.

Enea Torres. Was hatte das zu bedeuten?

Annika wurde langsamer und wartete, bis Moussa sie eingeholt hatte.

»Alles in Ordnung?«

Nur seine Augen waren zu sehen, aber Annika spürte, dass er lächelte.

»Klar. Und bei dir?«

»Mehr oder weniger. Enea kommt mir ziemlich aufgeregt vor.«

Tatsächlich rief der große Bruder genau in diesem Moment mit mahnender Stimme von oben.

»Los, los. Nicht aus dem Rhythmus kommen! Wir haben es gleich geschafft, dann ist's vorbei!«

Moussa streckte einen Arm zu ihr aus, als wolle er sie berühren, aber Annika merkte, dass er zögerte. So ergriff sie selbst seine Hand und legte sie an ihre Wange.

»Ich bin froh, dass du dabei bist.«

»Ich auch«, erwiderte er.

»Oh je, wie eisig!« Annika küsste seine Finger. »Trägst du keine Handschuhe?«

»Mit Handschuhen hätte ich dich nicht streicheln können …«

Annika fand, dass er ein bisschen unbeholfen war, aber wenn er sich Mühe gab, konnte er auch zärtlich sein. Sie küsste ihn sanft auf den Mund.

»Das ist die Belohnung«, flüsterte sie. »Aber jetzt zieh dir Handschuhe an, damit es sich beim nächsten Streicheln nicht so anfühlt, als würde man von Eis berührt …«

Enea rief erneut nach ihnen.

»Schon gut!«, rief Annika zurück. »Alter Quengler!«

Nach der Scalettahütte kam eine letzte Steigung, dann wurde das Gelände flach. Aber die Anstrengung machte sich allmählich bemerkbar. Annika nahm Moussas Atem hinter sich wahr, seine Ruhe, die Sicherheit eines Menschen, der viel gewandert ist, nicht um Sport zu treiben oder zum Vergnügen, sondern weil es zu seinem Leben gehörte.

Enea schien hingegen langsam den Kopf zu verlieren. Vielleicht dämmerte ihm, wie sinnlos diese winterliche Tour eigentlich war. Der Ort, an dem sie nach Eugenio suchen mussten, befand sich weder in der Wüste noch in den Bergen. Man musste ihn loslassen, um in der Tiefe des Herzens Erinnerungen zu wecken und den Schmerz über die Abwesenheit in eine andere, geheimnisvollere und unbegreiflichere Form der Nähe zu verwandeln.

Annika glaubte nicht an Gott. Sie konnte nicht verstehen, wie Giona und Moussa das konnten. Jeder in seiner Religion, aber es lief auf dasselbe hinaus: Wie konnte man behaupten, sich an ein »Du« zu wenden, das nichts weniger als der mit Intelligenz und Willen ausgestattete Schöpfer des Universums sein sollte? Das kam ihr wie ein schönes Märchen vor. Ein romantischer Film mit Happy End: wunderbar und ergreifend, aber natürlich nicht real. Gleichzeitig spürte sie, dass die Erinnerung an einen Verstorbenen eine Form der Lebensbejahung war. So lange Annika sich an die starken Arme erinnerte, die sie hochgehoben hatten, an jenes Lachen, den kitzelnden Bart, war ihr Vater nicht gänzlich tot. Zumindest gefiel ihr dieser Gedanke.

Von Weitem erspähten sie das, was Moussa als *adghagh taganzé* bezeichnete, den Felsbogen im Dolomit. Enea schien noch aufgeregter zu werden. Er wollte nicht einmal mehr eine kurze Pause einlegen.

»Oben haben wir Zeit genug zum Ausruhen«, sagte er. »Es gibt da eine Höhle, dort wird es uns gut gehen. Ihr werdet sehen, dann sind wir endlich in Sicherheit.«

Enea Torres. Während Signor Bruschi sich über die Form des Kofferraums ausließ, versuchte Contini, dem Bild einen Sinn zu verleihen. Enea Torres war wenige Minuten nach Farinellis Tod aus dem Val Colla hinabgekommen. Konnte das Zufall sein? Wenn ja, hätte er darum wohl kein Geheimnis gemacht. Und wenn es kein Zufall war, konnte es sein, dass tatsächlich Enea derjenige war, der Farinelli angefahren hatte?

Contini fiel ein Wort ein, das sowohl Moussa als auch Giona benutzt hatten: *metenkal.* Ein großes oder kleines Versteck, sei es aus Worten oder aus Gestein. Eugenios Stil, seine Briefe, die eingemeißelten Tuareg-Inschriften … waren sie in Wahrheit ein *metenkal?* Auch die Idee, die Nachforschungen zum Verschwinden wiederaufzurollen und einen Detektiv zu beauftragen … steckte vielleicht von Anfang an Enea dahinter?

Schlüssig wäre es schon. Die Briefe an Sara mit den Reiseberichten, den Kindheitserinnerungen, den Tuareg-Sprichwörtern. Wer lag näher als Enea, wer hätte bessere Gelegenheit gehabt, sich ihrer zu bemächtigen? Das würde auch erklären, wie Moussas alter Onkel Eugenio persönlich hatte treffen können. Tatsächlich sah Enea genauso aus wie seinerzeit sein Vater. Und der Alte war bestimmt nicht mehr ganz auf der Höhe. Das hieß allerdings, dass Enea nach Niger gereist war, ohne dass jemand es bemerkt hatte.

Es bestand noch die Möglichkeit, dass jemand anderes mit Eneas Wagen gefahren war. Aber wer und weshalb? Vielleicht Gianni? Das waren alles Dinge, die sich leicht überprüfen ließen. Zum ersten Mal, seit er den Fall übernommen hatte, spürte er, dass er irgendeiner Form von Wahrheit näher kam.

Während er darüber nachdachte, wie er mit seinen Ermittlungen fortfahren sollte, fiel ihm plötzlich ein, dass Enea Torres in diesem Moment unterwegs hinauf zur Greina war. Und mit dabei waren Annika und Moussa.

Dann fiel ihm ein, dass es oben auf der Hochebene keinen Handyempfang gab.

55.

Stgw 90

Alles lief genau so, wie Eugenio vorausgesehen hatte.

Abgesehen vielleicht vom Schnee, der zu früh gekommen war. Aber inzwischen hatten sie das Versteck erreicht und das Unwetter konnte ruhig losbrechen.

Während sie zu dem Felsbogen hinaufkraxelten, fielen bereits die ersten Flocken. Annika und Moussa blieben stehen und blickten zum Himmel empor, aber Eugenio drängte sie, ihm zu folgen. Es kam ihm vor, als habe er jahrelang unter einer Lawine ausgeharrt, während die Luft immer dünner, die Gedanken immer flüchtiger wurden. Er war am Leben, das spürte er, er war am Leben und er war stark. Aber so konnte es nicht weitergehen.

Nun, da er für Gerechtigkeit gesorgt hatte, konnte er endlich gehen, konnte sich mit dem vereinen, was ihm am meisten am Herzen lag: mit seiner Frau und seinen Kindern. Moussas Gegenwart ging ihm etwas gegen den Strich, denn er fürchtete, dass er mit Gewalt reagieren könnte. Aber es war unvermeidlich, dass er dasselbe Schicksal teilen musste wie die Familie Torres.

Als sie, außer Atem vom Anstieg und durchgefroren angesichts des immer dichteren Schneetreibens, den Felsbogen erreichten, würdigte Eugenio die Inschrift keines Blickes. Er selbst hatte sie dort eingemeißelt, er kannte sie auswendig. Er näherte sich der kleinen Höhle seitlich des Bogens, streckte die Hand hinein und tastete nach dem Gewehr, das er dort zurückgelassen hatte. Es war seine Dienstwaffe, ein Stgw 90, das die Armee allen Soldaten aushändigte. Theoretisch durfte man keine Munition besitzen, aber es war nicht schwer, während einer der obligatorischen Wehrübungen ein wenig davon mitgehen zu lassen.

Wie vorauszusehen war, erblasste Annika beim Anblick der Waffe und Moussa versuchte zu reagieren. Den Stock schwenkend, trat er einen Schritt nach vorn. Doch Eugenio war nicht zum Scherzen aufgelegt. Er entsicherte.

»Das Ding ist geladen.« Er richtete das Gewehr zuerst auf Moussa, dann auf Annika. »Keine Bewegung. Ich will mit euch reden.«

»Bist du verrückt?«, rief Annika. »Enea, was ist in dich gefahren?«

»Eugenio«, erwiderte dieser bloß.

»Was?«

»Ich bin Eugenio.«

»Hör zu …«, versuchte es Moussa.

Eugenio beachtete ihn nicht. »Ich bin hier gestorben, in diesen Bergen, vor zwanzig Jahren.«

Contini rief daheim bei den Torres an. Gianni ging ran und bestätigte ihm, dass Enea im November für eine Woche ins Ausland gereist war.

»Er stand unter Stress, wegen seiner Arbeitslosigkeit. Er ist in einen Club Méditerranée gegangen, ich weiß gerade nicht mehr genau, wo, vielleicht Marokko? Es hat ihm gutgetan, denke ich. Weißt du, vorher war er ein bisschen depressiv, wegen Saras Tod, aber seit Weihnachten scheint es ihm besser zu gehen ...«

Contini verabschiedete sich von Gianni und versuchte zuerst Moussa, dann Annika und schließlich Enea selbst anzurufen. Doch keines der drei Handys war erreichbar. Er überlegte, ob er die Polizei alarmieren sollte, aber ihm war klar, dass er zu wenig in der Hand hatte. Vor allem hatte er keinerlei Beweis dafür, dass Enea den beiden anderen etwas antun wollte. Am klügsten war es, wenn er selbst auf die Greina stieg und versuchte, den Vorsprung aufzuholen. Letzten Endes waren das alles nur Vermutungen ... noch konnte er hoffen, sich zu irren.

Vor dem Aufbruch hätte er gern Gionas Meinung gehört. Er war es, der ihn in diese Geschichte hineingezogen hatte, und außerdem war er Eneas Onkel. Aber die einzige Möglichkeit, mit Giona zu sprechen, hieß, hinauf in die Berge oberhalb von Corvesco zu steigen.

Francesca war von der Vorstellung wenig begeistert. »Jetzt? Aber weshalb?«

»Weil ich Angst habe, dass etwas passieren könnte.«

»Und was soll Giona machen?«

»Keine Ahnung. Er kennt Enea besser als ich. Weißt du, wenn der Kerl das alles tatsächlich getan hat ... wenn er sich als sein Vater ausgegeben hat, wenn er Moussa aus Niger hergelockt, alle hinters Licht geführt, Farinelli umgebracht hat ...«

»Hab verstanden.«

»Wir wissen nicht, was in seinem Kopf vorgeht. Ich geh rauf zur Greina, aber du musst mit Giona sprechen und tun, was er dir sagt.«

»Hab verstanden«, wiederholte Francesca. »Ich verkleide

mich als Eskimo und stapfe hinauf in die Berge. Du weißt aber schon, dass es angefangen hat zu schneien?«

»Ja … auch hier im Bleniotal. Bin schon fast da. Ich hoffe nur, dass Moussa und die anderen sich zur Umkehr entschlossen haben.«

»Vielleicht kommen sie dir ja beim Abstieg entgegen.«

»Ich hoffe es. Und ich hoffe, Enea begeht keine Dummheiten.«

56.

Schwierige Zeiten

Die Liebe zu den Bergen hatte Enea von seinem Vater geerbt. Seit er ein kleiner Junge war, nutzte er jede Gelegenheit, um hinaufzusteigen und der Erbärmlichkeit der Welt zu entkommen. Nichts blieb immer gleich. Dieselben Grate, dieselben Felsformationen veränderten ihr Aussehen, je nachdem, von wo aus sie betrachtet wurden. Auch von den höchsten Gipfeln konnte man nicht alles sehen: die Möglichkeit, weitere Gipfel zu entdecken, noch steilere Wände zu erklimmen, bestand immer.

An jenem Tag im September 1998 hätte er in der Schule sein müssen. Stattdessen war er mal wieder, wie schon so oft, auf die Greina geflüchtet. Er wollte den Druck loswerden, versagt zu haben. Er war bereits zweimal sitzen geblieben und er spürte, dass er alles gegeben hatte, was er konnte. Aber seine Eltern waren anderer Ansicht.

Auf der Hochebene hatte er sich besser gefühlt. Die vom Regen reingewaschene Luft wirkte wie neu, wie zum Anbeginn der Welt, oder zumindest so, wie Enea sich den Anbeginn der Welt vorstellte. Sein Vater hatte ihm erklärt, dass dort oben alles unberührt war: die Zahl der Menschen beschränkte sich auf ein Minimum, die Natur triumphierte. Jeder Strauch, jede Kaulquappe in einem der Tümpel, jedes Murmeltier, jede

Gämse musste sämtliche Kräfte aufwenden, um Nahrung zu finden und Energie für harte Zeiten zu speichern.

Er war allein. Bei dem Regen waren keine anderen Wanderer, keine Jugendgruppen auf Schulausflug unterwegs. Wie wahrscheinlich war es, ausgerechnet an diesem Tag auch seinen Vater auf der Greina anzutreffen? Bei genauerem Nachdenken – und Enea hatte im Lauf der Jahre viel darüber nachgedacht – war die Wahrscheinlichkeit gar nicht so gering. Auch sein Vater liebte diese Orte und außerdem trainierte er gerade für eine Trekkingtour. So war Enea nicht sehr erstaunt gewesen, als er ihn aus der Ferne mit dem Fernglas erspähte. Neben ihm hatte er Carlo erkannt. Da er offiziell in der Schule hätte sein müssen, wollte er lieber nicht gesehen werden und hatte vorsichtshalber einen anderen Weg eingeschlagen.

»Er hat einen anderen Weg eingeschlagen«, rief Eugenio mit seinem typischen Lachen. »Der Junge hat einen anderen Weg eingeschlagen … wisst ihr, was das bedeutet?«

Annika und Moussa drängten sich an den Felsen, während der Schnee ringsum alles verdeckte, was noch nicht vom Weiß verschluckt war: die letzten Flecken Dolomit, die letzten Schieferplatten.

»Ich will's euch erklären! Das bedeutet, dass dieser Junge sich jahrelang gequält hat, weil er wusste, dass er seinen Vater am Tag seines Verschwindens gesehen hatte.«

»Aber … ist das wahr?«, stammelte Annika.

»Natürlich ist das wahr. Was glaubst du? Anfangs hat er nichts gesagt, denn er wusste ja nicht, dass der Vater nicht zurückkehren würde. Er wusste ja nicht, dass man ihn umgebracht hatte wie ein Tier! Und dann hat er sich tausendmal gefragt, weshalb Carlo nichts gesagt hatte … der Freund der Familie, Onkel Carlo. Aber Sara wollte nicht mehr darüber reden, der Junge ist herangewachsen und schließlich zu der Überzeugung gelangt, dass der Vater sie verlassen habe. Ist das zu fassen? Dieser Bastard hat mich nicht nur umgebracht, sondern hat meine Kinder auch noch glauben gemacht, ich hätte sie verlassen!«

»Wir müssen gehen.« Moussa schickte sich zum Aufbruch an. »Wenn wir nicht gehen, werden wir hier einschneien. Schau doch nur, man sieht schon nichts mehr …«

»Gehen?« Erneut Eugenios Lachen, warm und ansteckend. »Jetzt haben wir Gelegenheit, alles wiedergutzumachen. Alle zusammenzubleiben … halt, keine Bewegung, sonst wird es nur noch schmerzlicher!«

»Aber was hast du vor …?« Annika weinte. »Willst du … willst du …«

»Es ist zu deinem Wohl, Annika. Du musst mir vertrauen. Du musst deinem Vater vertrauen.«

Er hob das Gewehr. Besser, er brachte es gleich zu Ende, ehe Moussa versuchte, sich zur Wehr zu setzen. Er wollte alles mit Würde vollbringen.

»Da kommt jemand!«

»Was?«

»Moussa deutete auf einen Punkt hinter Eugenios Rücken.

»Willst du mich auf den Arm nehmen?«

Eugenio wandte sich um. Aus dem Augenwinkel sah er einen Mann, der zu ihnen hinaufstieg. Er schrie und fuchtelte mit den Armen.

57.

Whiteout

Nach dem Telefonat mit Francesca war Contini in einen Sog geraten. Er hatte nur kurz angehalten, um einen Happen zu essen, dann war er gefahren, bis der Wagen nicht mehr weiterkam, hatte die Schneeschuhe angelegt und war losmarschiert, im Schneetreiben und gegen den Wind, der ihm ins Gesicht peitschte. Er schonte weder Lungen noch Muskeln. Ohne sich eine Pause zu gönnen, stieg er hinauf zur Hochebene, wählte stets den steilsten Weg.

Am zeitigen Nachmittag wurde das Wetter schlechter. Contini hatte einen guten Orientierungssinn in den Bergen und er kannte die Greina, doch im Lauf der Stunden sah er die Bezugspunkte nach und nach verschwinden.

Er nahm den Stock zu Hilfe, kraxelte aufwärts, versuchte, den Vorsprung einzuholen. Hinter der Berghütte überquerte er das vereiste, vom Wind blank gefegte Metallbrückchen und hielt sich Richtung Osten. Er kreuzte den Wanderweg und ließ den Fluss Brenno rechts von sich. An einem bestimmten Punkt überquerte er ihn. Normalerweise orientierte er sich an der Veränderung der Felsen, die vom Grau ins Gelb übergingen, aber an diesem Nachmittag musste er seinem Instinkt vertrauen.

Er spürte seine Hände nicht mehr. Jeder Atemzug brannte

in den Lungen, Kopfschmerzen machten sich bemerkbar. Er hielt ein paar Minuten inne, den Rücken gegen einen Felsen gelehnt. Er rieb sich die Hände, um die Durchblutung anzuregen, und wartete, bis der Herzschlag sich beruhigt hatte. Vor ihm lag das anstrengendste Wegstück, danach begann die Hochebene und von dort waren es nur wenige Minuten bis zum Felsbogen.

Er überlegte, ob sie vielleicht bereits ins Tal zurückgekehrt waren und er niemanden mehr antreffen würde. Besser wäre es: Was auch immer Enea getan hatte, worin auch immer sein Problem bestand, war es doch sicherlich keine Angelegenheit, die sich inmitten eines Schneesturms lösen ließ.

Als er oberhalb von sich endlich etwas erspähte, das der Bogenformation glich, hielt er inne, legte die Hände an den Mund und stieß versuchsweise einen Ruf aus. Dann lief er weiter, blieb hin und wieder stehen, um sich bemerkbar zu machen. Er wollte den jungen Leuten ein wenig Mut einflößen, für den Fall, dass sie dort oben waren und in Schwierigkeiten steckten.

Leider entpuppte sich beides als wahr.

An der Position der drei erkannte er sofort, dass etwas nicht stimmte. Enea auf der einen Seite, aufrecht stehend, die beiden anderen an den Felsen gedrängt. Atemlos, das Gesicht voller Schneeflocken, eilte Contini herbei. Er bückte sich, stützte die Hände auf die Knie, dann richtete er sich wieder auf und sah das Gewehr.

»Was geht hier vor sich?« Er erkannte die Waffe der Schweizer Armee. Annika weinte, klammerte sich an Moussa. »Ein Unwetter zieht auf, wir müssen sofort zurück.«

»Enea will uns erschießen«, rief Moussa. »Er hat Carlo umgebracht.«

»Ruhe!«, schrie Enea. »Es gibt nichts mehr zu sagen.«

»Warte.« Contini versuchte, sich ihm zu nähern. »Lass uns reden ...«

»Halt! Geh zu den anderen!«

»Besser, du gehorchst«, sagte Moussa.

»Er will uns töten ...« Annika schluchzte. »Aber warum? Was haben wir dir getan? Lass uns gehen ... ich bin deine Schwester!«

»Keiner von uns wird von hier fortgehen«, sagte Enea. »Daheim wird man meinen Brief finden, in dem ich berichte, was geschehen ist. Aber jetzt ...«

Im selben Augenblick tauchte aus der Höhle ein mythologisches Wesen auf.

Schneeverkrustet, mit weißem Bart und zerfurchtem Gesicht unter einer Fellmütze. Gestützt auf einen langen Holzstecken. Contini traute seinen Augen nicht: Dieses Geschöpf sah aus wie einem Märchenbuch entsprungen. Dann bemerkte er, dass es Schneeschuhe trug. Er hob den Blick und diesmal erkannte er ihn.

Es war der alte Giona. Schmächtig, hager, mit vom Wind zerzaustem Bart, taumelte er, als würde er jeden Augenblick stürzen. Er machte einen Schritt auf Enea zu. Auch der war vollkommen entgeistert.

»Was ... was machst du hier?«

»Ich habe auf dich gewartet.«

»Aber du ... du ...«

Eine Sekunde lang geriet er ins Stocken. Moussa und Contini schnellten praktisch gleichzeitig auf. Moussa kam ihm einen Augenblick zuvor. Er brachte Enea zu Fall und stieß das Gewehr weg. Contini packte die Waffe und sicherte sie.

»Lass ihn los«, sagte Giona zu Moussa, der Enea weiterhin

fest im Griff hielt. Dann wandte er sich an Contini. »Das Gewehr ist nicht geladen. Lasst uns gehen, wir müssen uns beeilen.«

»Aber wie lange bist du schon hier?«, fragte Contini.

»Schon länger. Und ich habe nicht mehr so viel Kraft wie früher.«

»Aber woher wusstest du …«

»Von Enea. Gestern Nacht ist er zu mir hinaufgestiegen und hat mir erzählt, dass er auf die Greina will. Er hat mir gesagt, er habe eine Verabredung mit seinem Vater.«

»Dieser Bub!« Enea lachte, und es war ein grauenhaftes Lachen. »Dieser Bub schafft es nie, das Richtige zu tun!«

»Auf, lasst uns gehen!«, unterbrach ihn Moussa.

Contini wollte begreifen. Während sie sich für den Abstieg bereitmachten, befragte er erneut den Alten. »Warum hast du mir nichts gesagt? Und wie bist du überhaupt hier raufgekommen?«

»Ich bin bei dir daheim vorbei, aber da war keiner. Also …«, er legte eine Pause ein, »also habe ich ein Taxi genommen. Dann bin ich zu Fuß weiter, mit Schneeschuhen. Zum Glück habe ich die Waffe gefunden. Hör mal, Junge, kannst du mir helfen?«

Sie waren abstiegsbereit.

»Aber wieso hast du dich versteckt?«, fragte Annika, die noch unter Schock stand. »Wieso … wieso das alles?«

»Es tut mir leid«, sagte Giona. »Aber ich hatte mich hinten in die Höhle verkrochen, neben der Waffe. Ich habe lange gewartet. Hinzu kam die Kälte, der Hunger, die Erschöpfung … nun ja, ich bin eingeschlafen. So war's. Tut mir leid.«

Es folgte eine lange Stille. Dann brach Enea erneut in Gelächter aus. Wieder dieses grauenvolle Lachen. Diesmal dauerte es jedoch nur wenige Sekunden, bis es sich in Schluchzen verwandelte. Enea ließ sich zu Boden sinken, die Hände vor dem Gesicht.

»Ich wollte nicht …«, stammelte er immer wieder. »Ich wollte nicht, ich wollte nicht, ich wollte nicht!«

Die Worte gingen in Jammern über, ein schriller, lang gezogener Ton. Giona bückte sich zu ihm hinunter.

»Wir sind bei dir, Junge.« Er legte ihm eine Hand auf die Schulter. »Wir lassen dich nicht allein.«

In diesem Moment zog eine Bö auf, die heftiger war als die anderen und Schnee vom Boden aufwirbelte, der sich mit den von oben fallenden Flocken vermischte. Annika verlor das Gleichgewicht und wäre gestürzt, wenn Moussa sie nicht an einem Arm gepackt hätte.

»Bleibt alle zusammen!«, schrie Contini. »Einer dicht am andern!«

Es war ein *Whiteout.* Ein Zusammenspiel aus Schnee, Eiskristallen und vom Wind verwehtem Nebel. Alles wurde weiß: Kein Unten und kein Oben war mehr erkennbar, jegliche Farbe verschwand, aufgelöst im Nichts. Contini wusste, dass dieser Effekt andauern würde, auch nachdem der Wind nachgelassen hatte. Bei einem *Whiteout* durchdringt das Weiß nicht nur die Landschaft, sondern wird ein Gemütszustand, ein Schmerz, der das Gehirn ergreift. Der Schnee kommt aus allen Richtungen, schwankt unter den Füßen, einem sturmgepeitschten Meer, einem Strudel gleich, der jegliche Unterscheidung zwischen innen und außen zunichtemacht. Am Ende gibt es nur noch dich und das Weiß und du weißt nicht länger, wo das Weiß endet und wo du selbst beginnst. Im tiefsten Inneren bist du das Weiß, du bist der Abgrund ins Nichts, der jeglichen Rest, jedes Gesicht, jede Spur von Leben verschlingt.

58.

Wie ein Fuchs im Schnee

In der Silvesternacht gingen Elia Contini und Moussa ag Ibrahim hinaus in den Wald, um Füchse zu fotografieren.

Francesca versuchte im Geist diesen Satz zu wiederholen, um sich den Klang zu vergegenwärtigen. In der Silvesternacht. Hinaus in den Wald. Um Füchse zu fotografieren. Der Schweizer Detektiv und der Tuareg-Migrant. Wie auch immer man es drehte und wendete, ließ sich dieser Satz jedenfalls schwerlich bei einem Abendessen in Gesellschaft anbringen, etwa während ihres Aufenthalts im Wallis, bei einem Après-Ski-Umtrunk. Abgesehen davon, war es recht unwahrscheinlich, dass Francesca und Contini zu einem Après-Ski-Umtrunk gehen würden, von daher stellte sich das Problem nicht.

Aber war es denn überhaupt ein Problem?

Gewiss, hin und wieder spürte sie den Stachel des Bedauerns, einen Anflug von Sehnsucht nach einem Partner, der zu Silvester zum Fondue Chinoise einlud, und anschließend gingen alle gemeinsam bis zum frühen Morgen in die Diskothek. Doch wenn sie darüber nachdachte, wurde ihr bewusst, dass sie das eigentlich gar nicht wollte.

Auch wenn sie, Francesca Besson, es vermutlich niemals laut zugeben würde, liebte sie es, bei Schneetreiben in die

Berge zu steigen, um Eremiten zu suchen, die ins Tal abgestiegen waren und ein Taxi genommen hatten. So wie sie es liebte, im Grotto Pepito zu Abend zu essen, mit ihrem Partner die Koffer für den Skiurlaub zu packen, zu entdecken, dass besagter Partner vergessen hatte, seine Leihski abzuholen, sich mit einem Kräutertee und dem Film *Gangster in Key Largo* (mit Humphrey Bogart, *of course)* zu trösten und dann ins Bett zu gehen, während unsere beiden Helden nach draußen verschwanden, um Füchse zu fotografieren. In den Wald. In der Silvesternacht.

Elia Contini und Moussa ag Ibrahim.

»Auch hier habt ihr manchmal wunderbare Stille.«

»So wie bei euch.«

»Oh, nein. Die Stille der Sahara ist anders.«

»Stille ist Stille.«

»Das glaube ich nicht. Jede hat ihren eigenen Klang.«

Stille.

»Ja. Vielleicht hast du recht.«

Stille.

»Hör mal, Contini.«

»Was gibt's?«

»Du weißt, dass Gastfreundschaft für uns sehr wichtig ist.«

»Willst du jetzt eine Dankesrede anstimmen?«

»Und du weißt, dass auch Worte für uns …«

»Die Füchse werden gleich auftauchen.«

»… sehr wichtig sind. Deshalb, mein Freund, danke. Danke.«

»Dank an dich. Ich überlasse dir das Haus, den Kater, die Füchse. Das ist eine Verantwortung.«

»Die Füchse? Soll ich etwa rausgehen und sie fotografieren, während du nicht da bist?«

»Du könntest sie vielleicht im Auge behalten, nach den Spuren schauen. Gucken, ob es das übliche Hin und Her gibt.«

Stille.

»Das ist etwas, das mir an eurem Land gefällt.«

»Was?«

»Hier in der Kälte auszuharren, bei Nacht. Wie ein Fuchs im Wald zu sein.«

»Und weiter?«

»Mich heimisch zu fühlen. Auch wenn es dunkel ist. Auch im Winter, wenn es keine Nahrung gibt.«

»Hm.«

»Dann …«

»Hab schon verstanden.«

Stille.

»Hör zu, Moussa, ich glaube … also, ich kenne jemanden bei der Einwanderungsbehörde.«

»Du kennst da jemanden?«

»Der kann uns helfen. Gemeinsam mit Annika und Maddalena. Aber sag, bist du dir sicher?«

»Was meinst du?«

»Dass du hierbleiben willst.«

»Ich will bei Annika bleiben.«

»Gut. Jetzt behalte den Eingang zum Fuchsbau im Auge und stell dich drauf ein …«

»Ich bin bereit zu tun, was ich tun muss. Ich habe das Zentrum in Chiasso gesehen.«

»Das Zentrum?«

»Für Asylbewerber. Es ist kein schlechter Ort. Ich könnte dort leben.«

»Wir werden sehen.«

»Ich hoffe, eine Arbeit zu finden. Ich würde gern Gärtner werden.«

»Eine schöne Tätigkeit.«

»Dann hätte ich was zu tun. Könnte gegen das Heimweh ankämpfen.«

Stille.

»Denn ich glaube, mein Heimweh nach der Sahara wird immer bleiben.«

»Das glaube ich auch. Aber weißt du, was helfen kann, es zu bekämpfen?«

»Was?«

»Ein gutes Foto von einem Fuchs zu schießen, wie er aus seinem Bau hervorlugt.«

»Du meinst, das hilft?«

»Ganz sicher.«

»Gut. Dann lass uns warten.«

Stille.

59.

Der Brunnen

Eines Tages fragten einige Wüstenväter den Altvater Poimen in seiner Zufluchtsstätte inmitten der Wüste: »Wenn wir Brüder sehen, die während der Nachtliturgie einschlummern, wünschst du, dass wir sie aufrütteln, damit sie wach bleiben?« Altvater Poimen erwiderte: »Wahrlich, wenn ich einen Bruder sehe, der schlummert, bette ich seinen Kopf auf meinen Schoß und lasse ihn ruhen.«

Genau das ist es. Um ein Baum zu sein, den man an einem Wasserlauf gepflanzt hat, damit er in Zeiten der Dürre Früchte trage, muss man gleichzeitig voranschreiten und innehalten. Meine Gebeine sind ein Schmerz, mein Atem ist ein Seufzer, mein Stolz eine Wunde. Meine Gedanken sind voll Traurigkeit. Ich hoffe, die Gnade des Verlassens zu finden. Aber es ist nicht leicht, den Kopf zu senken und meinen Schlaf anderen anzuvertrauen.

Wie ist es möglich, dass niemand zuvor bemerkt hat, was mit Enea vor sich geht? Fontana spricht von Dissoziation, von psychogener Amnesie, multipler Persönlichkeitsstörung. Das definiert aber nur, erklärt jedoch nicht das Übel. In seiner Abschiedsbotschaft berichtet Enea von seiner Wut, als er die Liebesbriefe zwischen seiner Mutter und Carlo gefunden hatte. Er hat nichts gesagt, da Sara im Sterben lag. Aber er hat alle Bilder gesammelt, auf denen die beiden zusammen zu sehen sind. Wie die Wurzeln des Techaghert *ist er in die Tiefe hinabgestiegen, um Wasser zu suchen, ohne zu wissen, dass der Baum bereits abgestorben war.*

Wir sind alle vollkommen unversehrt von der Greina zurückgekehrt. Ein Wunder. Doch jetzt beginnt die wahre Anstrengung: Enea in der Klinik braucht unsere Hilfe. Wir müssen an ihn *denken und nicht daran, die Wahrheit herauszuposaunen. Die Wahrheit hat es nicht nötig, verteidigt zu werden, denn sie ist es, die uns verteidigt.*

Im Assekrem habe ich Abū Turāb, den »Vater des Bodens«, gelesen und durch ihn begriffen, dass mein Leben, meine Persönlichkeit, meine Gaben nicht mir gehören. Was mir gehört, ist der Wunsch nach Freude und Ruhe. Kein Brunnen ist tief genug für diesen Wunsch, ganz gleich, ob du ihn in der Sahara suchst oder in den Bergen oberhalb von Corvesco.

Der Ort der endgültigen Rückkehr ist der Brunnen. Der Ruhepol, die Hoffnung, der Punkt, von dem es tagtäglich aufzubrechen gilt. Das Wasser der Tümpel und Bäche ist abhängig von den Jahreszeiten. Deshalb kehren die Nomaden, wir alle, die wir Nomaden sind, zum Brunnen zurück. Wenn ich mich hinaussetze und die Berge betrachte, den Himmel, das Dunkel der Wälder, zeichne ich diese Worte in den Boden.

Der Ort der Rückkehr ist der Brunnen.

Assägaru änuwän.

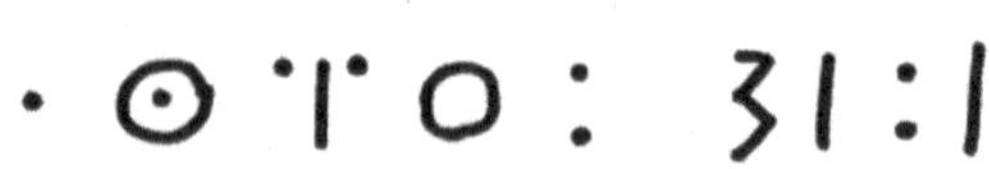